SER

Les Enfants
du crépuscule

ÉDITIONS DU MASQUE

1

Elle s'appelait Lisa Meetchum... Du moins c'était le nom qu'elle avait porté lorsqu'elle était jeune fille. Son nom de femme mariée ne comptait plus – n'est-ce pas ? – puisque son époux était mort.

Elle s'appelait Lisa Meetchum, elle avait 38 ans, et elle savait qu'on allait la tuer, cette nuit peut-être... dans une heure ou dans quelques minutes. Les choses étaient en marche, elle ne pouvait plus rien faire pour les arrêter. D'ailleurs en avait-elle vraiment envie ?

Elle se sentait molle, lourde, entre les bras du fauteuil club de cuir éraflé, sans force. Le fauteuil de Sammy. Elle ignorait depuis combien de temps elle fixait le ciel à travers la porte-moustiquaire. Elle avait bu plusieurs verres de *Southern Comfort* pour faire passer les vieux *Quaaludes* retrouvés dans le tiroir de la table de chevet. En moins d'une heure son cerveau avait pris la consistance d'un morceau de guimauve ; quant à son corps, il lui paraissait bourré de fleurs de coton, telles ces hottes que les esclaves noirs remplissaient jadis dans les plantations.

Les moustiques bourdonnaient autour d'elle dans la pénombre rouge du couchant, et, comme elle avait oublié de s'asperger de lotion protectrice, ils la piquaient sans qu'elle éprouve la moindre souffrance. Ils allaient, venaient, formant un pont aérien ininterrompu, lui marbrant la peau de minuscules taches rouges. Elle les regardait se poser sur ses mains, lui pomper le sang et s'envoler sans même avoir le courage de les chasser ou de les aplatir d'une gifle.

« Ce sera comme ça quand tu seras morte, se disait-elle. Les bêtes se promèneront sur ton corps. Alors autant t'y habituer tout de suite. »

Sa fatigue ne datait pas d'hier. Depuis la mort de Sammy, cinq ans plus tôt, elle avait perdu toute énergie. Il lui fallait parfois une heure pour prendre une décision aussi simple que d'aller chercher le journal sur la pelouse. Et encore une autre avant de parvenir à déchirer la bande de papier portant son adresse, et une troisième avant de déplier les grandes feuilles imbibées d'humidité tropicale.

« Je suis comme une batterie qui se déchargerait, répétait-elle à miss Clayton, sa voisine. Quand il n'y a plus assez de jus, on a beau tirer sur le démarreur, ça refuse de se mettre en marche. Voilà tout. »

Elle avait 38 ans et assez de fatigue en elle pour faire basculer dans le sommeil une équipe de base-ball. Elle aurait dû vendre cette fichue fatigue à un laboratoire pharmaceutique. On lui aurait pompé le sang pour le transformer en somnifère. Personne n'y aurait résisté.

Les médecins qu'elle avait consultés appelaient ça de la dépression, mais elle savait bien, elle, qu'il s'agissait en réalité d'un problème *électrique*. Elle n'était qu'une pile usée produisant une lumière jaunâtre, vacillante. D'ailleurs ça devait se voir dans ses yeux, non, ce manque de rayonnement ? Dans son sourire aussi, sans doute, et dans ses gestes... Sûrement qu'elle bougeait au ralenti sans même s'en rendre compte !

Elle aurait voulu avoir la force de dire à l'assassin qu'il était bien inutile d'abréger ses jours, qu'il suffisait d'attendre qu'elle s'éteigne toute seule, mais même cette déclaration lui paraissait trop épuisante à formuler.

Elle regarda la serrure. Il ne servait à rien d'aller donner un tour de clef supplémentaire, ou de fermer les volets, car toute la maison était rongée par les termites.

Gonds et charnières tenaient par miracle. C'était courant en Floride. Il aurait fallu prendre le taureau par les cornes, traiter la bâtisse au gaz dès le début, tuer les larves à la première ponte, maintenant il était trop tard. Pourquoi se donner la peine de fermer la porte, puisqu'un simple coup de pied l'arracherait de ses gonds ?

Certains escaliers étaient en si mauvais état qu'elle avait dû en condamner l'accès. Au cours des deux dernières années, elle avait renoncé à se promener dans les étages de l'aile sud à cause des grincements inquiétants du parquet. On ne plaisantait pas avec les termites. Elles évidaient les poutres, les planches. Lorsque l'homme de la compagnie de désinsectisation était venu ausculter la maison, Lisa l'avait vu avec stupeur enfoncer un tournevis dans une moulure de teck aussi facilement qu'il aurait percé un pain de mastic. De la sciure avait commencé à couler du morceau de bois, en un jet inextinguible. Une sciure dorée, aussi fine que de la farine, qui avait l'air de jaillir d'un robinet.

« C'est foutu, avait dit le type. Vous avez plus qu'à déménager, m'dame. J'espère que vous trouverez un gogo de New York pour lui vendre la baraque ! »

Non, il était inutile qu'elle prenne la peine d'aller verrouiller la porte. Depuis la mort de Sammy elle vivait recroquevillée au centre d'un château de sable. La Mort allait venir, il lui suffirait d'un coup d'épaule pour s'ouvrir un passage à travers le mur.

Lisa s'aperçut qu'elle transpirait beaucoup. Le devant de sa robe, entre ses seins, était maintenant assombri par la sueur. Elle allait mourir en sentant mauvais, et cela l'ennuyait un peu. Le cuir des accoudoirs chuintait sous ses paumes moites. Elle tremblait à l'idée de perdre le contrôle de sa vessie et de faire pipi sous elle quand elle entendrait craquer le parquet sous le poids de l'assassin.

Les yeux dilatés, elle fixait chaque objet entreposé dans le salon. Le guéridon, notamment, sur lequel elle avait donné ses « consultations » au cours des trois dernières années. Lisa Meetchum, la voyante des Everglades. Elle aurait pu passer des annonces dans les journaux si elle avait voulu, mais elle n'avait jamais fait ça pour l'argent.

Ça l'avait prise à la mort de Sammy, bêtement, pour essayer d'établir un contact... Elle avait voulu se prouver qu'il y avait autre chose après le grand saut, un territoire indéfinissable avec lequel il était possible d'entretenir un semblant de communication. Elle avait appris à faire tourner les tables, à lire dans le marc de café, à tirer les cartes. Elle se disait : « Je n'y crois pas vraiment, c'est juste pour passer le temps. » Mais, au fil du temps, on l'avait de plus en plus fréquemment félicitée pour la justesse de ses prédictions, et elle s'était laissé prendre au jeu. Elle avait commencé à étudier la science des lignes de la main, la chiromancie. Ça meublait le vide des journées sans Sammy, ça l'empêchait de penser au temps qui passait, à son lit vide, à son tour de taille qui s'épaississait, aux filaments gris qui se faisaient de plus en plus nombreux dans sa chevelure jadis si noire.

Elle regarda de nouveau le guéridon. Peut-être aurait-elle dû essayer d'appeler Sammy à son secours ? Mais non, c'était idiot. Les morts ne pouvaient rien pour les vivants. Tout ce qu'il pourrait lui dire c'est : « Je croyais que tu étais affreusement malheureuse sans moi ? Tu as si souvent répété que tu avais hâte de me rejoindre, tu te rappelles ? Alors, pourquoi tant de frayeur aujourd'hui ? Dans quelques minutes tu seras morte et nous nous retrouverons dans l'au-delà, réunis comme jadis, la main dans la main. Ce n'est qu'un mauvais moment à passer, mais le jeu en vaut la chandelle, tu ne crois pas ? »

C'est vrai qu'il aurait raison de se moquer d'elle. Elle avait tant de fois sangloté au creux de son oreiller en appelant la mort de tous ses vœux. Finalement, elle allait obtenir ce qu'elle désirait par-dessus tout, il suffisait d'attendre qu'on lui livre le cadeau à domicile. Sous quelle forme la chose lui serait-elle offerte ? Couteau... nœud coulant ?

Elle fit un nouvel effort pour s'extraire du fauteuil. La sueur formait une flaque humide sous ses cuisses. Le climatiseur ne fonctionnait plus depuis longtemps et il devait faire près de 40 degrés Celsius dans la maison. La chaleur avivait l'odeur de moisissure montant des planchers et de la véranda. Elle songea au linge qu'elle n'avait pas eu le temps d'étendre dans le jardin et qui allait se couvrir de taches vertes. Elle eut honte en réalisant qu'après sa mort, sa sœur, Peggy, allait découvrir la maison dans cet état. Un capharnaüm, un taudis. Le foutoir d'une soûlarde incapable de tenir son ménage. Elle allait mourir enveloppée d'une robe sale, empaquetée dans des sous-vêtements négligés. Que penserait le médecin légiste lorsqu'il la dépouillerait de ses hardes sur la table de dissection de l'institut médico-légal ? Rien de très flatteur sûrement ! Peut-être aurait-elle dû prendre une douche ? S'épiler les jambes ? Se passer du vernis sur les ongles ? Se préparer à mourir comme on se fait belle pour aller à un bal de promotion ou à une fête de bureau ?

Elle scrutait le guéridon. Sammy n'y avait jamais frappé le moindre coup. L'occultisme, c'était peut-être de la foutaise après tout ? Et elle allait mourir à cause de cette supercherie, parce qu'elle avait laissé croire à tout le monde qu'elle n'ignorait rien des secrets enfouis au creux des paumes...

Quelqu'un l'avait crue, quelqu'un qui ne tenait pas à ce qu'on déchiffre les mystères inscrits dans ses mains. Elle avait voulu jouer les sorcières, impressionner ses voisines, piquer leur curiosité pour les forcer à venir en consultation, l'une après l'autre. Ça occupait agréablement les après-midi, n'est-ce pas, ces bavardages murmurés, ces « prédictions » de pacotille ?

« Allons ! pensa-t-elle avec un sursaut. Tu n'as pas toujours inventé. Plus d'une fois tu es tombée juste. Tu avais un certain talent. »

Elle parvint enfin à s'arracher du fauteuil. Elle oscilla sur place, au bord de la syncope, des papillons noirs devant les yeux. Elle chercha à se rappeler ce qu'elle devait faire. Ranger la maison pour que Peggy n'ait pas honte de débarquer dans un tel taudis ?

Il y avait longtemps qu'elle n'avait pas pensé à sa sœur. Avant l'accident elle n'avait vécu que pour Sammy, après l'accident, elle n'avait existé que pour célébrer la mémoire de Sammy. Elle s'était peu à peu fermée à tout ce qui n'était pas le souvenir de son mari. Peggy, sa sœur cadette, était devenue une sorte de lointain fantôme. Elle avait cessé de répondre à ses lettres, elle avait pris l'habitude de raccrocher à chacun de ses coups de téléphone.

Peggy, quel âge avait-elle aujourd'hui ? 35 ans ? Curieusement, Lisa ne parvenait pas à l'imaginer autrement que sous l'aspect d'une petite fille. Une gamine efflanquée, en short rose, coiffée d'un bob aplati, tenant à la main un seau rempli de coquillages et pleurnichant parce que les mouches des sables lui piquaient les chevilles.

Elles avaient été très liées jadis, puis elles avaient perdu le contact, comme cela arrive souvent lorsqu'on se marie, que les parents meurent et que chacun suit son chemin.

Lisa parcourut le salon du regard. Il lui sembla qu'elle remarquait pour la première fois les emballages de nouilles chinoises et les vieux cartons de pizzas abandonnés sur le sol, au milieu des feuilles froissées du *Miami Herald*. Depuis combien de temps n'avait-elle pas fait le ménage ? Ç'avait pourtant été une belle et fière demeure jadis, du temps des parents. Une maison d'anciens petits Blancs ayant réussi, de Crackers enrichis.

Elle fit trois pas mal assurés. Le cocktail *Quaaludes*-alcool de pêche lui donnait l'impression qu'un embaumeur invisible injectait de la silicone en poussée lente dans les méandres de son cerveau.

Elle revit sa mère, inspectant le rez-de-chaussée à l'aube des grandes vacances, le trousseau de clefs à la main, tandis que retentissaient les appels impatients de

P'pa déjà installé au volant de la Packard neuve qu'il comptait étrenner sur la Tamiani Trail, le temps de rejoindre Fort Lauderdale. M'man ne daignait partir en vacances qu'une fois la maison rangée de fond en comble. Elle avait coutume de répéter : « Comme ça, si nous mourons dans un accident de voiture, ceux qui viendront faire l'inventaire pourront constater que je savais faire le ménage ! »

Elle serinait cette profession de foi à chaque départ, une expression de profond contentement sur le visage, pendant que P'pa grognait dans sa barbe : « Si nous sommes aplatis contre un palétuvier ça nous fera une belle jambe de partir au cimetière en laissant derrière nous de la vaisselle propre ! »

Lisa se frotta les yeux. Elle avait la peau engourdie et la plus grande difficulté à apprécier les distances. Elle aurait voulu que Sammy apparaisse dans un coin de la pièce pour lui chuchoter des encouragements, lui dire que mourir n'était pas si terrible, qu'elle ne souffrirait pas, et que, somme toute, les choses ne se passeraient pas si mal que ça. Mais Sammy ne se montrait pas. Elle se demanda si elle avait le temps d'esquisser un semblant de ménage, de passer l'aspirateur, de...

Non, sûrement pas. Il y avait quelque chose de plus important à faire. Cacher la poupée pour que Peggy ne la trouve pas. C'était la poupée qui avait tout déclenché, il ne fallait pas qu'elle fasse une nouvelle victime.

Lisa tituba jusque dans la chambre et entrebâilla l'armoire. La poupée était là, entre les piles de draps, dans une boîte à chaussures. Un jouet coûteux, d'une finesse extrême. Une œuvre d'art digne de figurer dans la vitrine d'un musée et qui représentait une petite fille en robe noire. Une petite fille aux cheveux blonds, au visage souriant. Moins un jouet qu'une sculpture tant le moindre trait avait été reproduit avec un réalisme hallucinant. Lisa referma la boîte de carton et plaqua le couvercle au moyen d'un bracelet de caoutchouc. Elle respirait avec difficulté et ses lèvres se cyanosaient. Il lui fallut beaucoup de temps pour gagner la porte de derrière qui donnait sur le jardin, et creuser un trou dans la pelouse avec une pelle pliante. La nuit s'installait, et, faute d'éclairage, elle procédait à tâtons. Elle réussit enfin à enfoncer la boîte au fond de la cavité puis à la recouvrir de terre. Elle ne se faisait pas trop de souci, la végétation poussait vite en Floride, et l'herbe ferait disparaître toutes les traces de son intervention avant qu'il soit longtemps.

Elle se redressa, le souffle court, et rangea la pelle dans la cabane à outils. Le jardin était en friche, envahi de plantes tropicales sauvages. La mousse espagnole dégringolant des arbres en faisait une sorte de bayou miniature. À cause de la proximité des marais on le disait infesté de serpents, et, en temps ordinaire, Lisa n'y mettait jamais les pieds.

Elle regagna la maison en se tordant les chevilles. Les moustiques l'enveloppaient d'un nuage vorace, piquant ses bras nus et ses mollets.

Elle se traîna jusqu'au fauteuil de cuir, en essayant de conserver son équilibre. Ses paupières se fermaient toutes seules. C'était bien d'avoir enterré la poupée. Il ne fallait surtout pas que le malheur se reproduise.

Dans quelques minutes l'assassin la tuerait, il fouillerait probablement la maison de fond en comble à la recherche du jouet. Ne le trouvant pas, il renoncerait et ne mettrait plus jamais les pieds ici. De cette manière, Peggy ne courrait pas le risque de le rencontrer.

La poupée, tout était parti de là... D'un réflexe de convoitise malheureux. D'une lubie de vieille petite fille...

Elle était trop fatiguée pour y réfléchir. Le salon était plongé dans l'obscurité à présent. Lisa devina qu'elle était en train de s'assoupir sous l'effet des drogues. Elle eut une dernière pensée pour le pistolet de Sammy, là-haut, dans le tiroir de la table de chevet, mais elle avait toujours eu peur des armes à feu. « C'est tellement laid dans la main d'une femme ! » avait coutume de répéter leur mère quand elle les surprenait, Peggy et elle, à jouer au cow-boy avec les revolvers en plastique des gamins d'à côté. Depuis, elle n'avait cessé d'éprouver une secrète répugnance pour ces engins typiquement masculins. Répugnance que Sammy avait renforcée en surnommant son arme sa « petite bite de fer apprivoisée ».

Pour toutes ces raisons, elle ne se lèverait pas pour tenter d'aller chercher le pistolet dans la chambre du haut. Et puis elle était si fatiguée.

De plus, si elle tentait cette manœuvre délicate, il lui resterait encore à triompher de l'escalier rongé par les termites. L'escalier dont les marches risquaient de céder sous son poids, l'expédiant tout droit dans les profondeurs de la cave.

Elle ferma les yeux et laissa son menton toucher sa poitrine.

Elle dormait d'un sommeil profond quand l'assassin entra dans la maison et s'approcha du fauteuil au cuir éraflé.

Elle dormait quand la lame du couteau s'enfonça à la base de son cou, derrière la clavicule, et plongea vers le cœur, sectionnant l'aorte. Elle passa du sommeil au néant sans même en avoir conscience, sans même pousser un gémissement. Elle était si bien installée dans le vieux fauteuil, que la mort la saisit ainsi, dans une position somnolente toute pleine d'abandon.

La main qui avait porté le coup essaya de récupérer l'arme du crime, sans doute dans l'intention de frapper une seconde fois ; le sang jaillit, éclaboussant le visage de Lisa et le manche du couteau qui s'en trouva poissé.

Dehors, dans le jardin, un raton laveur alerté par l'odeur du sang leva son museau frémissant pour humer la nuit.

2

Alors qu'elle nageait vers le croissant osseux d'un récif de corail, Peggy crut apercevoir du coin de l'œil l'aileron hétérocerque d'un requin filant dans sa direction. Elle eut si peur qu'elle urina dans la mer. C'était là le cauchemar de tout baigneur, même si au fond de soi on ne croyait jamais que la chose puisse se produire un jour.

Peg avait suivi un stage pour identifier à la seule vue de la partie émergée d'une nageoire caudale la race d'un squale, mais la frayeur avait brouillé son jugement, et elle aurait été incapable de dire s'il s'agissait d'un renard de mer, d'un requin taureau ou d'une bête à peau bleue.

Elle savait qu'il eût été plus malin de se rouler en boule et de se laisser couler au fond au lieu de s'agiter comme elle le faisait, mais la terreur paralysait son esprit, et elle continua à nager de toutes ses forces en direction de la plage. C'était la pire des stratégies, car pas un être humain n'avait encore battu un requin à la course.

Au bout d'un moment, il devint évident qu'aucun prédateur ne la suivait. Elle avait été trompée par une ombre, la crête d'une vague, ou peut-être un morceau de revêtement goudronné que le flot avait tenu dressé au-dessus de la surface l'espace d'une seconde. Elle se traîna sur le sable sans souci de s'écorcher la peau sur les débris de coquillages, et ne retrouva son calme qu'une fois au sec. Là, elle se recroquevilla, les genoux sous le menton, fixant l'océan comme jamais elle ne l'avait fait jusque-là. Aux vagues molles, paresseuses, il était impossible d'ignorer qu'on était en Floride.

Il n'y avait pas de requin. Rien. Elle avait rêvé. Pourtant la peur demeurait fichée en elle tel un mauvais présage, l'ombre d'un malheur imminent.

« Ça t'apprendra, murmura-t-elle entre ses dents. Ça t'apprendra à jouer les sirènes. Il faudra bien que cette foutue manie te passe un jour, non ? »

Elle n'avait jamais su résister à l'appel de la mer et, chaque matin avant de se mettre au travail, elle s'octroyait trente minutes de brasse. Elle savait qu'elle avait tort, la Floride est le paradis des requins, et les Keys détenaient le record des attaques de squales perpétrées dans moins de 2 mètres d'eau. C'est du moins ce qu'elle avait lu dans un journal. On racontait que la pollution rendait les *bullsharks* à moitié fous, qu'ils se rapprochaient de plus en plus des côtes pour se nourrir dans les sorties d'égouts.

Peggy écrasa une goutte d'eau salée qui lui chatouillait le nez et se redressa. Elle était petite et très jolie, d'une minceur filiforme qu'accentuait le maillot de bain une pièce d'un noir d'encre. Comme la plupart des nageuses de compétition, elle avait les cheveux coupés très court, à la garçonne. Mouillés, ils semblaient aussi noirs que le maillot ; secs, ils viraient plutôt au châtain foncé. À 10 mètres on la prenait fréquemment pour une adolescente, une étudiante. Il fallait s'approcher pour distinguer les petites rides d'expression que la trentaine avait installées au coin de ses yeux.

Elle se sécha à l'aide d'un drap de bain décoloré, sans cesser de jeter de fréquents coups d'œil par-dessus son épaule nue. À cause de la drogue on n'était plus en sécurité nulle part. Les plages de Key West, jadis paradisiaques, servaient désormais de débarcadères aux passeurs de cocaïne. La pollution descendant de Miami avait fini par tuer le fameux bleu « carte postale » qui avait fait la célébrité de l'endroit. Certains jours, l'eau

15

devenait laiteuse, saturée de micro-organismes. Ou encore totalement rouge à cause d'une algue proliférante (le *gymnodinium brevis*) qui se décomposait en répandant une odeur pestilentielle.

Peggy avait adoré cet endroit, cette chaîne d'îlots reliés par d'interminables ponts, ce lieu étrange où les gens n'avaient pour toute adresse que le numéro de la borne kilométrique la plus proche de leur maison. Aujourd'hui – peut-être parce qu'elle vieillissait insensiblement – elle ne remarquait plus que les défauts du décor. Les sourires factices des commerçants, l'air béat des touristes, les sidéens en phase terminale qui envahissaient Key West, et dont on croisait les silhouettes pathétiques et décharnées au coin des rues. La magie s'était diluée, sans qu'elle sache très bien pourquoi. « Je fais une overdose de paradis, disait-elle souvent, il me faudrait sans doute une cure de fumées d'usine et de gaz d'échappement ? »

Elle roula sa serviette en boule et traversa la plage à petite foulée pour regagner son bungalow. Ces derniers temps, à force de s'entendre répéter qu'elle avait choisi une habitation trop isolée, elle commençait à devenir nerveuse. La nuit surtout, quand des silhouettes se pressaient en chuchotant en bordure du rivage. Chaque soir, désormais, elle fermait les volets, bloquait la porte au moyen d'une barre de sécurité. Si ça continuait, dans quelque temps, elle achèterait un chien... ou un pistolet. Avant, elle ne pensait jamais à ce genre de choses : ni aux requins, ni aux passeurs de drogue. Pas davantage aux réfugiés clandestins en provenance de Cuba ou d'Haïti, qui traversaient la mer sur d'invraisemblables radeaux et pouvaient débarquer n'importe où, n'importe quand. La presse ne cessait de raconter qu'il y avait parmi eux beaucoup de repris de justice et de psychopathes. Avant, Peggy aurait ricané à la lecture de telles inepties, aujourd'hui, un nœud se formait à la hauteur de son estomac et elle devait renoncer à absorber ses céréales du matin. Bientôt, elle n'oserait même plus venir nager, elle le pressentait. Deux mois plus tôt, elle avait découvert le cadavre d'un noyé, à la lisière des flots. Les flics lui avaient dit qu'il s'agissait probablement d'un Cubain dont le radeau de fortune avait chaviré.

Elle franchit la porte du bungalow, eut un mouvement d'hésitation, puis verrouilla le battant derrière elle. Un jour elle retournerait en ville, elle le savait. Et pourtant c'était bien agréable de pouvoir nager chaque matin au réveil, de sortir du lit pour piquer une tête dans l'océan. Comment se contenter d'une simple baignoire quand on avait connu cela ? Elle en tomberait malade, comme les dauphins de tous les « seaquariums » de la côte qui s'étiolaient doucement dans leur bassin-prison.

Dans la petite salle de bains aux parois de teck, elle ôta son maillot et se doucha. Elle n'avait pas un pouce de graisse sur le corps, et la natation, qu'elle pratiquait depuis l'âge de 3 ans, lui avait fait des muscles aussi fermes que le bois constituant la charpente du bungalow.

« Tu seras la nouvelle Esther Williams ! » lui répétait son père quand elle était enfant. Pauvre papa ! Pauvre vieux fou abîmé dans ses rêves de gloire, et prêt à tout pour faire de sa fille cadette un phénomène de foire. Elle lui avait échappé *in extremis,* elle lui avait également brisé le cœur en refusant d'endosser le destin pour lequel il l'avait « programmée ».

Elle s'ébroua, enfila un jean et un tee-shirt. Le ventilateur accroché au plafond ne tournait pas assez vite pour rafraîchir l'atmosphère. Le climatiseur avait rendu l'âme la semaine précédente. Il faisait trop chaud dans la pièce principale et Peggy commençait à craindre pour son ordinateur. Elle renonça à boire une nouvelle tasse de café et s'installa à sa table de travail. Elle alluma la console et lança le logiciel de création graphique. C'était en réalité un outil d'architecture, capable d'établir des plans en 3D avec toutes les cotes nécessaires, et d'évaluer au gramme près le poids du produit en cours d'élaboration. Peggy travaillait pour une entreprise de décoration sous-marine exerçant au large des Keys. Son patron, Dex Mullaby, avait décroché un contrat pour remodeler le paysage du plateau littoral mis à mal par la mort du corail et le réchauffement des fonds.

« Il y a des gars qui décorent les jardins, ricanait-il, moi je fais la même chose... mais au fond de la mer. Je suis un paysagiste qui travaille avec un masque et des palmes au lieu de porter un tablier et un chapeau de paille ! »

Les Keys attiraient une foule de plongeurs du dimanche à l'imagination enfiévrée par les récits des chasseurs de trésors professionnels. Fisher et les lingots d'or espagnols de *l'Atocha* ne cessaient d'éveiller de nouvelles vocations. Tous voulaient visiter des épaves, découvrir des merveilles sous-marines inédites. On ne savait plus que faire pour contenter ces hommes-grenouilles jamais rassasiés. Une statue du Christ avait été immergée non loin d'un récif de corail. Parfois, un prêtre équipé d'un masque et d'un bi-pack d'air comprimé venait dire la messe au pied de la sculpture, au milieu des poissons, pour un public de vacanciers enthousiastes.

Le patron de Peggy, lui, avait imaginé de recréer une Atlantide de pacotille, en installant, par 15 mètres de fond, de fausses ruines mégalithiques « un peu bizarres ». « Des trucs, style Stonehenge ou les colosses de l'île de Pâques ! » radotait-il. Le travail de Peg consistait à imaginer l'aspect de ces ruines fantaisistes, et à en établir les plans.

– Faut que ça sorte de l'ordinaire, martelait Mullaby. N'aie pas peur d'en rajouter dans le style OVNI en perdition, statue d'extraterrestre engloutie. Tu vois le genre ! Rien de trop appuyé, tout dans la suggestion. L'important c'est qu'ils aient le grand frisson.

Peggy avait conçu pour lui un certain nombre de « curiosités touristiques » en matière imputrescible qui semblaient âgées d'un bon millier d'années, et que les gars de Mullaby avaient enracinées au fond des eaux pour la plus grande joie des touristes qu'on amenait à la verticale de la cité engloutie en bateau à fond de verre.

18

Le seul problème, c'était que Mullaby avait tendance à rogner sur la qualité des matériaux pour augmenter sa marge bénéficiaire. Cela provoquait parfois des accidents cocasses. La semaine précédente, trois statues de l'île de Pâques mal enracinées dans la vase du fond étaient remontées à la surface comme des bouées de signalisation, au beau milieu d'une visite guidée !

Peggy étudiait le profil d'un « temple » aux allures de vaisseau spatial englouti quand le téléphone sonna. C'était la police.

C'est ainsi qu'un homme à la voix neutre, qui se présenta comme l'adjoint Rogue Sheridan, lui apprit que sa sœur Lisa venait d'être assassinée, et que Peggy était priée de se présenter le plus vite possible au bureau du shérif de Saltree, dans le comté d'Assunta, là où le meurtre avait eu lieu, pour identifier le corps.

3

D'abord, elle ne ressentit rien qu'une espèce de trou d'air. Puis elle perçut les bruits ambiants avec une insupportable acuité : le ronronnement épuisé du ventilateur, celui plus sourd de l'ordinateur. Et le ressac, dans le fond, comme des graviers remués dans un baril de lessive en carton. Elle retint son souffle mais la douleur ne se décidait pas à venir. Elle eut peur de son insensibilité, puis elle comprit qu'elle était anesthésiée et que son esprit devait apprivoiser l'idée de la mort de Lisa.

Depuis combien de temps n'avait-elle pas vu sa sœur ? Trois ans ? Davantage ? Elle était stupéfaite de découvrir que la vie avait passé si vite. Mais c'était ainsi ; depuis la mort de son mari, Lisa s'était peu à peu coupée du monde. Chaque fois que Peggy essayait de lui téléphoner, Lisa abrégeait la conversation, prétextait un rendez-vous, une obligation ménagère pour raccrocher... quand elle ne se contentait pas de répondre par monosyllabes ou de monter le son de la télévision pour rendre la communication à peu près inaudible.

Au début, Peg lui avait écrit régulièrement, sans obtenir de réponse. Chaque fois qu'elle avait tenté de rendre visite à sa sœur, elle avait trouvé celle-ci un peu plus distante. Non, distante n'était pas le mot qui convenait. *Absente...* Oui, c'était plutôt ça. Lisa paraissait ailleurs, perdue dans ses pensées, à l'écoute d'un monde immatériel dont elle essayait de capter les chuchotis. Peggy savait qu'après la mort de Sam, Lisa avait trouvé refuge dans l'occultisme. Les tables tournantes, le petit télégraphe de l'au-delà. Beaucoup de personnes agissaient ainsi, devenant alors les proies des charlatans de la voyance, mais Lisa ne s'était pas contentée de consulter. Elle avait voulu maîtriser l'outil, étudier les techniques.

Peggy se leva. En dépit de la chaleur moite, elle grelottait. Sans trop savoir ce qu'elle faisait, elle sortit sur la véranda et s'avança dans le sable. Il était déjà très chaud et lui brûlait la plante des pieds. Ce soir, il grouillerait de mouches. La réverbération la contraignait à plisser les paupières. Elle s'aperçut qu'elle avait du mal à respirer comme si quelqu'un lui comprimait le sternum. Bon Dieu ! Elle n'allait pas faire un complexe de culpabilité, tout de même ! Les liens affectifs, ça se tricote à deux... Était-ce sa faute si tout était parti à la dérive à la mort des parents ? Lisa avait tout investi sur Sam, un ouvrier spécialisé dans la charpente métallique. Un beau mâle à barbe rousse qui dansait la gigue sur des poutrelles d'acier à 100 mètres au-dessus du sol, et qu'une rafale de vent avait fini par déséquilibrer un jour d'avril.

Le bruit d'une voiture fit sursauter la jeune femme. La TransAm noire de Dex Mullaby s'arrêta à la lisière de la plage. Dex en émergea. C'était un ancien plongeur professionnel d'une cinquantaine d'années. Comme beaucoup de ses semblables il avait accumulé les accidents de décompression. Il souffrait d'un mal répertorié sous la désignation d'agrégat plaquettaire, et que les plongeurs surnommaient, eux, le « sludge ». Le sang s'épaississait, vous mettant à la merci d'une thrombose, d'une hémiplégie. Vêtu d'une guayabera bleu pâle et d'un bermuda à fleurs, il s'avança à la rencontre de Peg. Le vent de la mer jouait dans ses cheveux argentés qu'il portait longs. Depuis quelque temps il s'empâtait, le tennis, les massages, les régimes n'y changeaient rien.

– Hé, bébé, fit-il en dévisageant la jeune femme. Ça ne va pas ? T'es toute blanche.

– Ma sœur... balbutia Peggy. La police vient d'appeler. Elle a été assassinée cette nuit. Je dois aller... reconnaître le corps.

– Ta sœur ? grogna Mullaby. Je ne savais même pas que tu en avais une. Tu ne m'en as jamais parlé.

Il la prit par le bras et la poussa vers la véranda, puis il alla chercher de quoi boire derrière le bar.

– Vous étiez très liées ? s'enquit-il lorsqu'il réapparut, un verre de rhum cubain dans chaque main.

– Non, bégaya Peggy. J'étais la préférée de mon père, et je crois qu'elle m'en a toujours un peu voulu.

– Ton paternel, soupira Mullaby. Le Dr Frankenstein... Celui qui voulait te greffer une queue de sirène, c'est ça ?

Il s'efforçait de détendre l'atmosphère mais, comme dans chacune de ses entreprises, il évoluait avec la pesanteur d'un scaphandrier chaussé de plomb.

– Il voulait que je sois championne de natation, corrigea Peggy. J'ai grandi dans l'eau... Tu sais tout ça, je te l'ai déjà raconté.

Elle ferma les yeux et porta le verre à ses lèvres. Elle revoyait « Dad », le Vieux, comme le surnommait Lisa. Un grand type avec des mains dures et rugueuses, comme pétries avec du ciment ; le chronomètre accroché au cou, voisinant sans complexe avec les médailles religieuses. Un ancien fermier enrichi qui s'était mis dans la tête de jouer les entraîneurs sportifs et qui avait choisi la plus jeune de ses filles pour cobaye.

Lui en avait-il fait boire des tasses ! Lui en avait-il imposé des tours de bassin ! Pour lui, elle avait nagé avec des poids fixés aux poignets et aux chevilles, elle avait sauté les yeux fermés de plongeoirs si élevés qu'elle était persuadée que son corps allait exploser en heurtant la surface de l'eau. Et cela avait duré des années, transformant les week-ends en interminables séances de torture.

« Tu seras plus célèbre qu'Esther Williams, répétait le Vieux. Tu seras la vedette de tous les shows aquatiques d'Hollywood ! »

Peggy n'avait jamais réussi à lui faire comprendre qu'on ne tournait plus de ballets aquatiques depuis la fin de la Seconde Guerre mondiale. Il restait cramponné à son rêve.

« Moi je n'existe pas, sifflait Lisa. Y'en a que pour toi. Moi je ne suis pas assez belle en maillot. C'est comme si j'étais invisible. Tu sais ce qu'il a eu le culot de dire à maman ? Que j'avais de trop grosses cuisses ! Le vieux salaud ! »

Ces colères désorientaient Peggy. Elle aurait voulu expliquer à sa sœur qu'elle se serait bien passée des attentions de Dad. Que les séances d'entraînement lui devenaient de plus en plus insupportables au fil des mois.

Elle réalisa que Mullaby lui parlait et fit un effort pour reprendre pied dans la réalité.

– Qu'est-ce que tu vas faire ? demandait l'ancien plongeur.

– Je vais partir, répondit la jeune femme. Ensuite... il y aura l'enterrement, et puis sûrement tout un tas de formalités. Je ne sais pas. Il faudra mettre en vente la maison des parents.

– Ça tombe mal, grogna Mullaby. Combien de temps comptes-tu rester absente ?

– Je n'en sais rien, s'impatienta Peggy. Une semaine ? Je n'ai pas l'habitude de ces choses-là !

Elle eut envie de lui crier qu'il aurait pu montrer un peu plus de tact, mais c'était inutile, il aurait été forcé de chercher le mot dans le dictionnaire. Sa présence lui fut soudain désagréable, elle fut sur le point de lui demander de s'en aller sans attendre, et surtout sans chercher à la réconforter. Il ne lui était d'aucun secours. « C'est sûrement à ça qu'on s'aperçoit qu'on aime vraiment un homme, songea-t-elle, quand on a besoin de lui tenir la main dans l'épreuve. »

Mais elle n'aimait pas Mullaby. Elle avait juste couché avec lui à deux ou trois reprises, par désœuvrement.

Dex parti, elle entreprit de bourrer un sac de voyage avec ce qui lui tombait sous la main. La souffrance s'obstinait à ne pas venir. Pleurer l'aurait pourtant rassurée.

À présent, les souvenirs affluaient sans qu'elle cherchât le moins du monde à les susciter. Ils crevaient comme une poche d'eau trop remplie.

Elle revoyait son père, debout au bord de la piscine, ses cheveux déjà blancs coupés en brosse courte au ras du crâne. Il soufflait dans un sifflet de nickel, pour marquer la cadence de la nage. À force de piétiner au bord des bassins il collectionnait les verrues plantaires et les mycoses. Pauvre vieux Dad !

– C'est ton entraîneur ? demandaient les autres filles à Peggy. T'aurais pu dénicher un coach un peu moins gâteux ! Encore heureux qu'il ne lui vienne pas l'idée de se mettre en slip de bain, ça deviendrait le musée des horreurs !

Peggy se forçait à rire avec elles. Honteuse. Elle en voulait à Dad d'avoir l'air d'un grand-père... Et elle s'en voulait d'avoir honte. Elle était malheureuse. Elle se sentait devenir mauvaise.

P'pa et M'man s'étaient mariés tard, après une vie de labeur déjà bien entamée. L'un et l'autre avaient toujours eu dans l'idée de ne fonder une famille qu'après avoir mis de côté un pécule suffisant pour profiter de la vie en petits rentiers à l'abri des coups du sort. Ce programme, basé sur la discipline et l'effort, avait eu malheureusement l'inconvénient de ne pas leur laisser le temps de souffler avant la quarantaine. Voilà pourquoi, presque vieux, ils se retrouvaient aujourd'hui parents de deux fillettes franchissant tout juste le seuil de l'adolescence.

Peggy et Lisa avaient toujours eu honte de l'âge de leurs parents. À l'école, il leur arrivait souvent de prétendre que le « vieux monsieur » ou la « vieille dame » qui venait les chercher au volant de la grosse

Packard était leur grand-père ou leur grand-mère. Elles savaient que c'était mal, mais elles ne pouvaient s'en empêcher. Toutes les autres filles avaient des parents jeunes, des parents qui dansaient le rock'n roll, alors pourquoi pas elles ?

— Nous sommes des gosses de vieux, marmonnait parfois Lisa. Ça veut dire qu'on a sûrement été privées d'une partie de nos billes à la naissance. J'ai lu ça dans une revue. On découvrira un jour qu'on n'est pas aussi intelligentes que les autres... ou qu'on a des maladies bizarres. C'est la fatalité, les vieux n'ont plus dans le corps toutes les vitamines qu'il faut pour faire des bébés bien portants.

Cette prédiction avait hanté Peggy. C'est peut-être du reste à cause d'elle qu'elle avait accepté de se soumettre aux séances d'entraînement avec tant de bonne volonté. Pour se prouver qu'elle n'avait aucun vice de fonctionnement, qu'elle n'était pas une marchandise avariée. Et Dad avait sauté sur l'occasion. Quand elle y repensait, elle avait l'illusion d'avoir passé plus de temps dans l'eau que sur la terre ferme. Et les séances d'assouplissement... La musculation... Ces interminables minutes d'agonie pendant lesquelles Dad lui tenait la tête sous l'eau pour lui apprendre à développer son souffle. Elle avait cru mille fois mourir, les poumons en feu.

— Les pêcheuses de perles japonaises tiennent cinq minutes ! grognait Dad. Bon sang, toi, une petite Américaine pur jus, tu peux tout de même faire mieux qu'une bridée ! Pense à ton pays, pense à tous les petits gars qui sont morts pendant la guerre du Pacifique ! Fais-leur honneur !

Mais Peggy suffoquait, buvait la tasse. Une fois, elle avait perdu conscience et coulé au fond du bassin. Un maître nageur l'avait repêchée. Elle n'était revenue à elle qu'au terme d'une longue séance de bouche à bouche. Cet incident avait fichu P'pa dans une rogne noire.

— Tu crois que je n'ai pas compris ton petit jeu ! avait-il sifflé en traversant le parking. Toute cette comédie pour te faire embrasser par un godelureau ! Je sais bien que tu me prends pour une vieille buse, mais ça ne marchera pas deux fois de suite, fourre-toi bien ça dans le crâne !

Avec le temps les altercations devinrent de plus en plus fréquentes. Dad s'irritait de la stagnation de ses performances. Elle n'était jamais assez souple, assez rapide, assez forte. Il lui parlait de plus en plus souvent de son « gros cul », de ses « nichons » dont elle était « tout empêtrée ». Elle n'était plus la petite sirène de jadis.

— Tu deviens aussi pataude que ta sœur aînée ! grondait le père. On dirait une vache qui patauge au milieu du Rio Grande, si tu crois que c'est joli à regarder !

Quand elle eut 17 ans les choses prirent un tour insupportable. Dad était devenu tyrannique. Il avait rencontré lors d'un voyage en Louisiane un ancien médecin français en exil. Le bonhomme concoctait des « vitamines » à l'usage des sportifs... ou des chevaux de course. Des injections « énergétiques » qu'il vendait à prix d'or. Il avait convaincu Dad qu'une bonne série de piqûres remédierait efficacement aux carences de sa fille.

— Tu comprends, chuchota P'pa un soir en s'agenouillant près du lit de Peggy, ça me rend malade de te voir stagner... C'est pour ça que je deviens méchant. Je sais que tu peux être la meilleure. Je sais aussi que je t'en demande trop. Tout ça c'est de ma faute, j'ai tendance à oublier que tu es une gosse de vieux. Tu manques d'énergie. Les injections vont te redonner du tonus. Tu verras.

Mais Peggy ne voulait pas des piqûres. Il y avait déjà un bon moment qu'elle n'envisageait plus de consacrer sa vie à la compétition. Elle voulait être décoratrice de théâtre, dessiner des univers en trompe l'œil.

La veille de l'arrivée du fameux médecin français, elle fit son balluchon et partit en auto-stop pour la Californie.

Oui, c'est ainsi que les choses s'étaient passées. Jamais plus elle n'avait mis le pied dans une piscine. De toutes ses années d'entraînement, ne subsistaient qu'une passion pour la nage libre, une extrême souplesse et une étonnante capacité à retenir son souffle près de quatre minutes. Elle se sentait bien dans son corps et elle était encore capable de battre la plupart de ses petits amis au crawl, ce qui lui valait généralement des compliments dispensés sur un ton mi-figue mi-raisin.

Elle n'avait jamais revu ses parents. Son père, s'estimant trahi, avait rompu toute relation avec elle et reporté son affection sur Lisa. Dans les années qui avaient suivi, Peggy avait vainement tenté de maintenir un semblant de lien avec sa mère, mais Allison Meetchum était de la vieille école. Elle appartenait à cette génération de femmes qui obéissaient encore aveuglément à leur mari, même si cela leur faisait saigner le cœur.

Le temps avait passé, si vite, trop vite, comme toujours passe le temps dès qu'on cesse d'avoir l'œil sur lui. Peggy avait brossé quelques décors pour de petites troupes de théâtre off Broadway. Sa carrière n'avait jamais réellement démarré. Elle avait tâté de la décoration d'appartements pendant trois ans, en association avec une amie. Elle avait été antiquaire, avait retapé de vieilles maisons, décoré des immeubles pour célibataires à Los Angeles, puis à Miami...

Elle avait toujours refusé de s'éloigner de la mer, et s'était chaque fois débrouillée pour avoir un bungalow sur la plage, où qu'elle habitât.

Et puis les parents moururent bêtement, lors d'un voyage touristique au Mexique. Leur voiture emboutit un autocar conduit par un chauffeur empestant la tequila. Les deux véhicules prirent feu une seconde après la collision.

Lisa hérita de la maison familiale.

Lisa...

4

Peggy jeta son sac de voyage à l'arrière de sa voiture et démarra. Elle conduisait un gros break Dodge démodé, dont les portières se trouvaient recouvertes de placage de bois. Ce qu'on appelait dans les années 50 une « Canadienne ». Le moteur avait été refait à neuf, à la main, par un mécanicien homosexuel de Boca Raton. La jeune femme adorait les véhicules équipés de pneus à flancs blancs. Elle prit l'unique route traversant l'enfilade des Keys. Il lui fallait maintenant parcourir 250 kilomètres pour rejoindre Miami. Elle n'y parviendrait qu'en laissant derrière elle la borne milliaire 45 marquant l'entrée de Key Largo.

Il faisait très chaud, et les « insectes d'amour » s'agglutinaient sur son pare-brise. Activer les essuie-glaces ne contribuait qu'à les transformer en une bouillie opaque qui réduisait encore plus la visibilité.

« Lisa est morte... se répétait Peggy, les mains crispées sur le volant. Lisa a été assassinée. »

Cela n'avait rien d'exceptionnel. Miami était devenu invivable au cours des dernières années. On s'y faisait égorger en plein jour pour des motifs défiant toute logique. On racontait que beaucoup de conducteurs ne prenaient plus la route qu'avec un pistolet posé sur le siège du passager, comme l'autorisait la législation sur les armes à feu. Un peu partout, des affiches apposées par la police vous invitait à rouler toutes vitres relevées et à ne pas utiliser de véhicules décapotables. Certains vendeurs de voitures proposaient désormais des modèles équipés de pare-brise et de vitres latérales antiballes en polycarbonate. Peggy avait entr'aperçu l'un de leurs spots publicitaires à la télé, on y voyait une mère de famille arrêtant son auto à un feu rouge, et agressée par un psychopathe armé d'une masse de carrier. Le commentaire, prononcé d'un ton lourd de menace, disait : *Ne soyez pas comme les poissons rouges, à la merci de la fragilité du bocal !*

Peggy dut s'arrêter au bord de la route, non loin du *Sea World's Shark Institute* – le labo où l'on étudiait les requins – pour entrouvrir la portière et vomir dans la poussière. Le goût affreux de la bile lui fit venir les larmes aux yeux, mais ce n'étaient pas des vraies larmes de souffrance. Elle se nettoya avec une poignée de mouchoirs en papier et but une gorgée d'eau minérale tiède. Elle aurait donné n'importe quoi pour ne pas être seule. Elle posa la main sur le combiné du téléphone, et réalisa au même moment qu'elle n'avait personne à qui se confier. Qui avait envie d'entendre parler de meurtre ? D'un *vrai* meurtre, non pas de l'une de ces lointaines anecdotes diffusées par les médias...

Elle remit le contact, indifférente aux *love bugs* dont le vent ne réussissait pas à disperser les essaims.

Elle avait revu brièvement Lisa lors de l'enterrement des parents. Sa sœur était alors mariée avec Sam, et n'existait déjà plus qu'à travers lui. Peggy lui avait trouvé l'air d'une petite fille qui n'en revient pas d'avoir gagné le gros lot. Très vite, elle comprit que Lisa était horriblement jalouse et qu'elle détestait voir des femmes tourner autour de son mari. Peggy, jeune célibataire fréquentant les milieux artistiques, devait représenter pour elle un danger potentiel non négligeable, et elle avait tout fait pour abréger la rencontre. Peggy conservait le souvenir d'une hospitalité réticente, de discussions monosyllabiques. Le deuxième jour, elle avait craqué.

— Bon sang ! lança-t-elle en se plantant devant Lisa. De quoi as-tu peur ? Je ne vais pas te voler ton mari, tout de même !

— Est-ce qu'on peut savoir ! ricana sa sœur. Tu m'as bien déjà volé mon père !

Voilà, les choses en restèrent là. Tout était dit, le contentieux exhumé au grand jour.

Tout en concentrant son attention sur la route, Peggy tenta de se rappeler Sam. Sammy, comme l'appelait Lisa. C'était l'un de ces ours adorables dont on peut fort bien se satisfaire à partir du moment où l'on se contente de joies simples. Il n'avait jamais froid, jamais chaud. Ingurgitait des litres de bière sans rouler sous la table. Lisa le disait capable de réparer n'importe quoi, de la vieille montre savonnette au moteur d'avion. Sam était son héros, elle le brandissait haut et droit comme elle l'aurait fait d'une oriflamme au seuil d'un champ de bataille. Peggy ne savait pas grand-chose de leur vie commune. Elle n'avait repris contact avec sa sœur qu'après l'accident de Sammy, pour la cérémonie d'incinération.

— Tu viens choisir l'urne avec moi ? supplia Lisa. Après tout c'est ton boulot, tu es décoratrice, non ? Je voudrais quelque chose qui fasse bien sur le dessus de la cheminée du salon.

— Tu veux dire que tu vas conserver les cendres ? balbutia Peggy. Normalement ça ne se fait pas.

— Eh bien je le ferai, *moi !* grogna Lisa d'un ton buté.

5

Elle tourna le dos à Miami pour emprunter la Tamiani Trail. Elle n'aimait guère cette piste sur laquelle d'énormes semi-remorques semblaient se pourchasser tandis que leurs conducteurs échangeaient injures macho et blagues grasses au moyen de leur CB. Lorsqu'il leur arrivait de croiser une conductrice, ils s'amusaient à l'effrayer en la poursuivant à grands coups de sirène ou s'appliquaient à faire rugir le moteur de leur Mack pour lui faire sentir combien elle était frêle et sans défense face aux géants de la route.

La tension nerveuse la détourna un peu de ses problèmes, mais, quand elle quitta la piste, les muscles des avant-bras lui faisaient mal tant elle s'était crispée sur le volant. À présent les Everglades s'étendaient devant elle, à perte de vue. Étrange bout du monde où la terre se diluait progressivement dans l'océan. Territoire spongieux grouillant d'une vie secrète et sur lequel planait en permanence un brouillard de moustiques qu'aucune lotion protectrice ne parvenait véritablement à exterminer. Il n'y avait guère que les touristes pour trouver du charme à cet endroit. C'était en réalité un immense marécage fétide en cours d'assèchement, et que les promoteurs immobiliers auraient bien aimé transformer en une superbe dalle bétonnée sur laquelle on aurait pu ériger des dizaines de condominiums pour célibataires

31

exerçant des professions libérales de bon rapport. Pour l'instant, le lobby écologiste leur tenait encore la dragée haute, mais cela ne durerait pas éternellement, car certains commençaient à se lasser des sectes « vertes » et du discours hystérique de leurs leaders.

Des boutiques d'artisanat séminole occupaient les deux côtés de la piste, simples bungalows à toit de tôle ondulée que le prochain ouragan emporterait à la première rafale. La Dodge pénétra enfin dans les « faubourgs » de Saltree.

Jadis la ville avait été baptisée Sausage Tree, en raison de la présence d'un *Kigelia pinnata* sur la place de la mairie – cet arbre bizarre dont les fruits avaient la forme d'une saucisse – mais, très vite, les gens avaient eu honte d'habiter une bourgade affublée d'un nom aussi ridicule, et d'un commun accord avaient pris l'habitude d'abréger le patronyme en « Sau'tree ». Avec le temps, cette abréviation avait elle-même dégénéré en « Saltree ». Peggy se rappelait combien, à 10 ans, elle avait été humiliée en apprenant la vérité. Avec Lisa, elles avaient même imaginé de faire crever le foutu arbre à saucisses en l'arrosant la nuit au moyen de mixtures de leur invention. Bientôt tous les gosses du village s'étaient associés au complot, les garçons principalement, qui s'appliquaient à pisser sur les racines du vénérable *Kigelia*. C'était devenu pour eux un véritable défi, et ils n'hésitaient pas à se gaver de *root beer* pour mieux empoisonner l'arbre ridicule.

Peggy leva le pied. On avait beaucoup construit depuis sa dernière visite. Des pavillons à un seul étage, en matériau « tropical ». Des carcasses de voitures rouillées pourrissaient dans les jardins submergés d'herbes folles. Aujourd'hui la population était cubaine à 70 pour cent. Tous les panneaux affichés aux devantures des boutiques étaient rédigés en espagnol. Seul le centre-ville résistait encore à l'envahissement, mais la moyenne d'âge des derniers occupants WASP était élevée. Les belles demeures de jadis ne valaient plus rien sur le marché de l'immobilier, et les familles cubaines ou haïtiennes finissaient par les racheter pour une bouchée de pain.

Peggy passa au ralenti devant la maison de son enfance. Elle avait d'abord compté s'y arrêter, mais quelque chose l'en empêchait à présent, une espèce de terreur animale qu'elle ne pouvait refréner. La bâtisse lui parut affreusement délabrée avec sa façade écaillée, ses vitres sales derrière lesquelles pendaient des rideaux jaunâtres. Mon Dieu ! qu'était-il arrivé à Lisa, jadis si maniaque sur les questions ménagères ?

La vision des bandes jaunes apposées sur la porte d'entrée (*Crime scene. Do not cross the line*) eut raison de son courage, et elle accéléra lâchement pour fuir ce lieu de désolation. Dans le rétroviseur, elle regarda s'éloigner la pelouse qu'elle avait connue tondue de frais et qui, aujourd'hui, avait l'allure d'une jungle miniature. Tout cela devait grouiller de bestioles répugnantes : insectes, serpents. La proximité des Glades autorisait toutes les craintes.

Peggy lutta contre le découragement et l'envie de fuir qui la tenaillaient. Elle prit la direction du bureau du shérif et se gara sur le parking réservé aux visiteurs. L'ancien *sherif's office* de son enfance s'était mué en une imbrication de cubes bétonnés que perçaient des baies vitrées munies de stores à lamelles. Elle se présenta à l'accueil. Une jeune femme en uniforme amidonné la conduisit au bureau de l'adjoint, un grand type d'une quarantaine d'années au menton volontaire et déjà bleu de barbe. Il avait des cheveux drus, d'une noirceur asiatique ou indienne, bien que les traits de son visage ne présentassent aucun signe de métissage. Debout, il remplissait toute la pièce. Il avait la stature d'un ours. Sa chemisette découvrait des bras puissants recouverts de poils noirs. Peggy songea qu'il n'avait probablement pas un pouce de graisse sur le corps et qu'il devait être assez agréable à contempler sous sa douche. Cette pensée incongrue la fit rougir.

– Bonjour, fit l'homme, je suis l'adjoint Sheridan, Rogue Sheridan. Le chef Bullock est en arrêt longue maladie, je le remplace depuis plusieurs mois déjà. Vous êtes la sœur d'Elisabeth Meetchum, c'est ça ?

– Oui, dit Peggy. Que s'est-il passé ?

Sheridan eut un geste vague de la main droite. Il portait un mince bracelet indien au poignet. Peut-être avait-il quelques gouttes de sang séminole, après tout ?

– C'est sans doute un crime de rôdeur, dit-il. Il y a pas mal de traîne-savates dans le coin. Un type est entré dans la maison avec l'espoir de rafler quelques dollars ou des objets de valeur. Tout était sens dessus dessous. Les tiroirs arrachés des commodes, le linge éparpillé. Votre sœur vivait seule, elle constituait une proie facile. Ces grandes maisons sont très difficiles à défendre. Il n'y avait aucun système d'alarme, les serrures sont vétustes, et plusieurs fenêtres du rez-de-chaussée ne ferment pas. Ses voisines disent qu'elle laissait la plupart du temps sa porte ouverte. De plus le jardin, à l'arrière, donne sur le marécage. Ça veut dire qu'on a pu y aborder en pirogue. Des tas de criminels en fuite se cachent dans les Glades, ça a été comme ça de tout temps, vous savez ! C'est un endroit infernal, mais pour peu qu'on accepte d'y croupir au milieu des crocodiles et des serpents, il est possible d'échapper aux flics pour le restant de ses jours.

Peggy hocha la tête, elle avait l'impression que Rogue Sheridan lui parlait dans une langue étrangère. Elle se demanda s'il essayait de lui faire comprendre qu'il fallait d'ores et déjà se résigner à ne jamais retrouver l'assassin de Lisa.

– C'est une sale corvée, fit-il un ton plus bas. Mais vous devez identifier le corps. C'est la procédure.

Peggy se laissa guider à travers le bâtiment. Après avoir remonté un couloir, elle pénétra dans une petite morgue dont l'une des parois était tapissée de grands tiroirs nickelés. Sheridan manœuvra l'un d'eux. La dépouille de Lisa jaillit en pleine lumière. D'abord, Peggy eut du mal à la reconnaître et faillit déclarer avec soulagement : « Ce n'est pas elle ! », puis elle réalisa que sa sœur avait beaucoup grossi. Tout son visage était bouffi, sa chevelure mêlée de filaments argentés. Elle paraissait beaucoup plus âgée qu'elle n'aurait dû. Le drap, mal entortillé autour de son corps, laissait deviner des formes empâtées. Les mains étaient sales, les ongles négligés. La plante de ses pieds se révélait, quant à elle, noire de crasse.

« Elle a l'air d'une clocharde », songea Peggy, cédant à la stupeur. Une grosse entaille bâillait à la base du cou, derrière la clavicule. Elle avait dû être causée par une lame très large. Les lèvres de la blessure paraissaient décolorées.

– C'est bien elle... balbutia Peg.

– Vous ne l'aviez pas vue depuis longtemps, n'est-ce pas ? remarqua Sheridan.

– C'est vrai, avoua la jeune femme sur la défensive. Le courant ne passait pas bien entre nous... Des histoires de famille mal résolues, des bêtises. Quand elle a perdu son mari, Sam, elle a coupé les ponts avec tout le monde.

– Elle était très connue ici, à Saltree, dit l'adjoint sans que Peg puisse déterminer si ses propos ne véhiculaient pas une certaine acidité. Elle jouait les voyantes bénévoles. Elle donnait des consultations gratuites. Les femmes venaient de tous les coins de la ville pour se faire lire les lignes de la main. Elle ne se faisait pas payer, c'était une sorte de passe-temps. Elle avait fini par jouir d'une certaine célébrité. D'après ce que j'ai compris, elle vivait des revenus d'une assurance décès ?

– Oui, celle souscrite par son mari. Je lui avais suggéré de prendre des locataires, mais elle s'y refusait.

Sheridan fit la grimace.

– Je ne sais pas si elle aurait pu se le permettre, vous savez. La maison est dans un triste état. Elle l'a laissée se délabrer. Dans nos régions il faut faire très attention aux termites. Quand vous vous y rendrez, méfiez-vous des escaliers. L'autre jour, mon pied droit est passé au travers d'une marche pourrie. À mon avis vous ne pourrez rien récupérer. Tout est rongé : les armoires, les commodes. Il aurait fallu traiter la maison au gaz, la mettre sous plastique et empoisonner ces bestioles.

Il referma le tiroir métallique et poussa doucement Peggy vers la sortie.

— Ce serait mieux de vous installer au motel, à la sortie sud de la ville, reprit-il. Ou encore dans une pension de famille. Je peux vous indiquer une veuve qui loue des chambres.

— Vous ne voulez pas que je pénètre dans la maison ? s'enquit Peg.

— J'aimerais mieux pas, avoua l'homme aux joues bleues. On ne sait jamais ce qui peut se passer. J'ignore depuis combien de temps vous n'avez pas mis les pieds là-bas, mais c'est vraiment devenu un taudis. À mon avis, elle était en pleine dépression, elle se laissait aller. L'autopsie a montré qu'elle était bourrée de calmants et d'alcool. Elle buvait n'importe quoi. De la gnôle artisanale que ses « clientes » lui offraient en remerciement de ses services. Des saloperies à rendre aveugle un chasseur de crocodiles.

Il fit une pause.

— Si vous tenez à nettoyer, ajouta-t-il, je peux envoyer quelqu'un pour le faire à votre place. Croyez-moi, il n'y a rien de plus déprimant que d'établir ce genre d'inventaire, je sais de quoi je parle. J'ai vidé moi-même la maison de mes parents quand ils sont morts. C'est terrible, quand on s'aperçoit que le bilan d'une vie tient tout entier dans un sac de supermarché.

— Vous êtes gentil, fit Peggy, gênée. Mais j'aurais l'impression de me défiler.

Elle avait été sur le point d'ajouter : « encore une fois », elle retint les mots au moment où ils naissaient sur sa langue.

— Il faut que je fasse ça moi-même, répéta-t-elle.

— OK, conclut Sheridan. Mais si vous changez d'avis, n'hésitez pas à m'appeler. C'est une petite ville ici, on a encore le sens de l'entraide. Et, après tout, vous êtes une fille du pays.

Elle signa les formulaires officiels et quitta le bâtiment sans parvenir à déterminer ce qu'elle pensait réellement de Rogue Sheridan.

Une fois la Dodge arrêtée devant la porte du jardin, Peggy rassembla son courage. Elle avait du mal à reconnaître la maison de son enfance. Où était passée la pelouse soigneusement tondue par son père ? Cette pelouse si verte que Dad se vantait de raser « comme un crâne de *Marine* un jour de parade » ? Une jungle hirsute l'avait mangée. La façade avait beaucoup souffert de l'humidité, et, à la végétation parasitaire qui scellait les volets des étages supérieurs, on devinait sans mal que les fenêtres n'avaient pas été ouvertes depuis des années. La jeune femme repéra également deux ou trois sumacs vénéneux sous lesquels il faudrait éviter de se prélasser.

Il fallait se décider à bouger. Peg ouvrit la portière. Tous les voisins étaient probablement en train de la détailler des pieds à la tête. Peggy Meetchum... la fille indigne, celle qui avait abandonné sa famille pour aller faire la vie quelque part sur la côte ouest ! Voilà qu'elle revenait maintenant que tout le monde était mort ! C'était bien le moment... Et elle ne pleurait même pas ! Si elle avait rappliqué avec l'idée de gagner de l'argent sur la vente de la baraque, elle allait être bien déçue, cette foutue garce !

Peg entreprit de remonter l'allée, entre les hautes herbes qui lui frôlaient les épaules. Son arrivée provoqua une débandade de bestioles embusquées. Depuis qu'elle vivait à Key West elle s'était déshabituée des moustiques, moins féroces au bord de la mer, mais ici, en plein marécage, les essaims de maringouins fondaient sur son visage et ses bras nus comme si elle était la seule proie vampirisable à des lieues à la ronde. Le plancher de la véranda hurla de manière inquiétante lorsqu'elle en gravit les marches. La porte d'entrée était barrée par la traditionnelle bande de plastique jaune des scellés. Elle l'arracha sans une hésitation.

Une fois le seuil franchi, elle fut atterrée par la masse de moutons de poussière entassés au coin des pièces ou sous les meubles. Elle était oppressée et faisait des efforts pour ne pas se laisser hypnotiser par le fauteuil club couvert de sang séché qui trônait au milieu de la pièce. Des rigoles s'étaient formées, suivant les plis du cuir, si bien qu'on avait l'impression que c'était le fauteuil lui-même qui saignait, tel un gros animal cubique entaillé par les coups de lance d'une troupe de guerriers. Pendant une minute, Peggy resta figée, s'attendant presque à voir le cuir frémir, ou à entendre une plainte s'échapper du dossier. La pénombre installait une atmosphère de fantasmagorie. Elle se contraignit à bouger pour rompre l'enchantement, mais ses regards revenaient sans cesse au fauteuil. « C'est là que ta sœur est morte, chuchotait une voix dans sa tête. C'est là qu'on l'a *assassinée*. »

Les choses se seraient-elles passées différemment si elle avait été là, à côté de Lisa... ou bien le meurtrier les aurait-il égorgées toutes les deux, sans faire de détail ?

Quand Sam était mort, Peggy s'était sentie obligée de cohabiter pendant quelques semaines avec sa sœur aînée. L'initiative s'était révélée malheureuse car les deux femmes n'avaient rien en commun. Peg avait d'ailleurs été étonnée de constater à quel point deux sœurs, nées des mêmes parents et élevées dans le même milieu pouvaient à ce point être dissemblables. Lisa lui avait fait l'effet d'une étrangère. D'une inconnue.

« Si cette fille n'était pas ma sœur, avait-elle pensé, je n'aurais aucune raison de chercher à la revoir. »

Aujourd'hui, ces pensées n'avaient rien de très agréable.

Le cœur serré, Peg fit le tour du rez-de-chaussée. Rogue Sheridan n'avait pas exagéré. La maison avait été mise à sac. Le contenu des armoires jeté sur le sol. On avançait sur un tapis de vêtements froissés. Lisa n'avait rien jeté. Les habits des parents étaient toujours là. Peggy frissonna en identifiant le Stetson décoloré que Dad posait sur son crâne tonsuré pour jardiner. Tout était là, en un affreux pêle-mêle, jusqu'aux vieilles bottes texanes de P'pa, achetées à El Paso dans sa jeunesse, et qu'il avait dû faire dix fois ressemeler. Peg se pencha pour en toucher le cuir. Il était ciré, brillant. Cela signifiait que Lisa avait continué à entretenir religieusement les reliques paternelles alors même qu'elle laissait la maison partir à vau-l'eau. La lingerie de Lisa, elle, n'avait pas bénéficié d'autant d'attention. Là, ce n'étaient que culottes aux élastiques détendus, robes aux ourlets défaits, combinaisons reprisées, soutiens-gorge au fermoir remplacé par une épingle de sûreté. Tout cela sentait la débâcle intime. Une odeur rance montait des paniers à linge. Dans la salle de bains, les parois de la baignoire disparaissaient sous une couche de poussière grise et un lézard se prélassait tout près du trou de vidange.

Peggy ne savait par où commencer. Ranger ? Trier ? Mais pourquoi ? Et pour qui ? Durant une seconde, elle regretta de ne pas avoir écouté Rogue Sheridan. Il eût peut-être été plus sage de choisir quelques souvenirs symboliques et de demander à un brocanteur d'emporter le reste. Mais quel brocanteur daignerait se charger de meubles en aussi piteux état ? Les hautes armoires de style Early America étaient toutes rongées de l'intérieur. La poignée de l'une d'entre elles resta dans la main de la jeune femme quand elle voulut la manœuvrer. Le bois n'était plus que sciure. Dans la cuisine, certaines étagères, rongées par les insectes, s'étaient effondrées sous le poids des bocaux. On avait abandonné dans une cuvette une pile de linge hâtivement savonné, la moisissure avait transformé les vêtements en une montagne de mousse verte. Peggy battit en retraite. Ce champ de bataille l'épouvantait. Les semelles de ses Keds foulaient la correspondance amoureuse de ses parents, les photos de son enfance, des monceaux de factures jaunies provenant de la comptabilité de son père... Au bout d'un moment elle finit tout de même par remarquer qu'il ne se trouvait là aucun cliché d'elle en maillot de bain, à la piscine municipale de Saltree. Et pourtant, Dieu sait si Dad avait usé des bobines de pellicule pour la photographier sur le podium des gagnantes, les bras chargés de trophées en laiton doré. Où étaient ces fichues coupes, d'ailleurs ? Lisa s'en était-elle débarrassée... ou bien Dad lui-même les avait-il enterrées dans le jardin pour ne plus les avoir sous les yeux comme autant de rappels de ses espoirs déçus ?

Peggy haussa les épaules, ça n'avait pas d'importance. Le meurtrier avait-il seulement trouvé ce qu'il cherchait ? Un peu d'argent liquide... quelques bijoux ?

Elle se demanda soudain ce qu'elle faisait là. Qu'attendait-elle pour ramasser le Stetson de Dad, quelques photos, le chapelet de M'man, et s'en aller ? Elle n'allait pas ramener tout ce foutoir à Key West, n'est-ce pas ? Il aurait fallu louer un camion de déménagement, et de toute façon, elle ne disposait pas de la place nécessaire pour entreposer tant de meubles branlants qui, de plus, ne résisteraient sans doute pas aux cahots du voyage !

« Qu'est-ce que tu veux ? se dit-elle. Importer chez toi les termites qui ont déjà bouffé cette maison de la cave au grenier ? Combien de temps crois-tu qu'elles mettraient pour dévorer ton bungalow ? »

Quelque chose pourtant lui interdisait de s'en aller. Un sentiment vague d'obligation morale. Elle chercha un siège et en éprouva la solidité avant de s'y asseoir. Non, elle ne fuirait pas. Elle allait mettre de l'ordre, trier ce bordel insensé et sauver quelques souvenirs de la débâcle. De toute manière il lui fallait encore régler les formalités de crémation. Et que faire des cendres de Lisa ? Les disperser ou les mélanger à celles de Sammy ? Bien qu'elle trouvât ce procédé un peu mélodramatique, Peggy n'ignorait pas que certaines familles pratiquaient ce rituel.

Elle se redressa. Où se trouvait l'urne contenant les cendres de Sam ? Le meurtrier ne l'avait tout de même pas emportée ?

Elle parcourut le salon, écartant du bout du pied les détritus amoncelés. Elle finit par découvrir le réceptacle de bronze, là où on l'avait jeté. Le couvercle avait sauté, et la fine poussière grise le remplissant s'était éparpillée sur le sol. La jeune femme fronça les sourcils. Ayant elle-même choisi l'objet pour répondre aux supplications de Lisa, elle se rappelait que le couvercle de l'urne se vissait. Lisa, terrifiée par l'éventualité d'un faux mouvement, l'avait exigé. Les cendres répandues signifiaient que le criminel avait dévissé le couvercle pour s'assurer que le vase ne dissimulait pas quelques billets de banque.

6

Sa première idée avait été d'obéir aux conseils de l'adjoint Sheridan et d'aller s'installer au motel planté à la sortie sud du bourg mais, à présent, elle voyait dans cette solution une sorte de fuite empreinte de lâcheté. Elle se sentait forcée d'occuper les lieux, de les remettre en état. Sans chercher à analyser ses motivations, elle s'agenouilla sur le parquet pour entasser papiers et vêtements en deux monceaux distincts. De temps à autre ses doigts effleuraient un objet qui faisait monter en elle une bouffée de souvenirs. Des choses qu'elle aurait cru effacées à jamais, telle cette bouteille de verre bleu qu'à 12 ans Lisa prétendait emplie d'un élixir permettant de comprendre le langage des animaux, et qu'elle avait vendue 1 dollar à sa sœur, alors qu'elle ne contenait en réalité que de l'huile de castor additionnée de *root beer*.

Quand elle eut à peu près dégagé la grande salle, Peggy attaqua la cuisine et la salle de bains. Bouger lui faisait du bien, même si, au demeurant, la sueur lui collait le tee-shirt à la peau. Elle se répétait qu'il était important que la maison soit en état pour la venue de l'agent immobilier. Elle n'osa cependant toucher au fauteuil ensanglanté qu'elle se contenta de couvrir d'un drap. Quand elle eut terminé, elle prit une douche, se changea, et sortit pour aller faire quelques provisions. Elle avait découvert avec stupeur que le vieux frigo Westinghouse de ses parents fonctionnait toujours !

Un *E-Z Mark* s'était installé en ville, à côté d'un *Mexicatessen* qui vendait des tacos en guise de hot-dogs. Pendant qu'elle faisait ses achats, elle devina qu'on ne la quittait pas des yeux, qu'on chuchotait derrière son dos. Elle ne reconnut personne. Comme beaucoup d'autres, les voisins de son enfance avaient pris la fuite pour échapper à l'invasion cubaine.

Les provisions entassées à l'arrière de la Dodge, elle se rendit chez l'entrepreneur de pompes funèbres afin d'organiser la crémation de la dépouille de Lisa, puis à l'unique agence immobilière de Saltree dans le but de prendre rendez-vous. Une secrétaire à l'accent hispanique lui dit que « *El Señor* Bounce, il passerait ce soir à domicile... »

De retour à la maison, Peg réalisa que sa nervosité croissait avec l'approche de la nuit. Arriverait-elle à dormir à proximité de l'horrible fauteuil caché sous son drap ? Elle n'avait pas osé se risquer à l'étage supérieur en raison de la fragilité des escaliers, et ce territoire inexploré pesait sur sa tête. Instinctivement, elle leva le nez, alertée par un craquement en provenance du plafond. Ça ne voulait pas dire grand-chose, la bâtisse émettait quinze craquements à la minute ; mieux valait en prendre tout de suite son parti.

Elle déballa ses achats, garnit le frigo et tenta de se confectionner un sandwich. En portant le casse-croûte à sa bouche elle s'aperçut qu'elle n'avait pas du tout faim.

Ted Bounce, l'agent immobilier, se présenta alors que le ciel virait au rouge au-dessus du marécage. Il était en chemisette, des auréoles de transpiration sous les bras. D'une main, il tenait sa veste rejetée sur son épaule, de l'autre il remorquait un pack de six bières Budweiser. Vingt ans plus tôt ç'avait été l'un des flirts de Lisa. Aujourd'hui, il portait les cheveux coupés en brosse pour dissimuler la calvitie s'élargissant au sommet de son crâne. La porte-moustiquaire à peine ouverte, Peggy fut frappée par son odeur de sueur et de bière que ne parvenait pas à dissimuler une aspersion copieuse d'*English Leather*. Elle eut le sentiment qu'il était légèrement ivre.

– Hé ! grasseya-t-il, salut Peg, ça fait une éternité ! Bon sang, t'as pas grossi, toi. C'est injuste. T'as passé tout ce temps en caisson cryo ou quoi ?

Il franchit le seuil avec le sans-gêne d'un homme qui a perdu l'habitude de voir dans une maison autre chose qu'une marchandise à évaluer d'un coup d'œil circulaire. Peggy eut soudain la conviction qu'il était souvent venu ici... et tout récemment. Cela se devinait à la façon dont il évitait de poser le pied sur les lattes du parquet qui grinçaient. En dépit de l'état de décrépitude avancée du plancher, il était capable de se déplacer presque sans bruit.

Il posa son pack sur la table, en détacha deux boîtes et tendit l'une d'elles à la jeune femme.

– Tu veux vendre ? soupira-t-il. Ça me fait mal au cœur de te dire ça, mais la baraque est foutue. J'ai plusieurs fois prévenu Lisa du danger que courait la charpente, c'était comme de parler à un mur. Elle s'en fichait. Elle était ailleurs. Elle vivait dans son monde imaginaire.

Il but un peu de bière. De la mousse coula sur son menton. Il ne prit pas la peine de l'essuyer.

– Elle aurait pu se remarier, murmura-t-il. J'étais prêt à me mettre sur les rangs. Au lieu de ça, elle recevait ici toute une cour des miracles. Des vieux, des vieilles, des jeunes... Beaucoup de femmes mais aussi quelques hommes. Elle jouait les voyantes. Je suis souvent venu la voir, j'ai essayé de la ramener à la réalité, mais elle s'éloignait, c'était sensible. À la fin, elle ne se lavait même plus, une vraie pitié ! On aurait dit une souillon, elle marchait pieds nus. Quand les habits étaient trop sales, elle les brûlait dans le jardin et en achetait d'autres au drugstore. Je crois qu'elle était en train de perdre la tête. Une nuit, je l'ai trouvée derrière la maison. Elle était complètement saoule. Elle dormait toute nue dans un hamac, sous la véranda ! Elle avait les oreilles et les narines remplies de moustiques.

Il se laissa tomber sur une chaise. D'un revers de l'avant-bras, il essuya les gouttes de sueur que l'ingestion de bière avait fait rouler sur son front.

– Les gens qui venaient la consulter la fournissaient en tord-boyaux, ajouta-t-il. De la gnôle d'alambic assez forte pour servir de carburant à un dragster.

– Je sais, fit Peggy, l'adjoint du shérif me l'a déjà dit.

– Ah ! L'adjoint Sheridan ! ricana Bounce. Joli coco. Il était toujours là, à tourner autour de Lisa. Elle faisait fantasmer les hommes. Elle ne s'en rendait même pas compte. C'est malheureux à dire, mais je me demande si quelques types n'ont pas à plusieurs reprises profité de son ivresse pour la baiser à son insu. Trois ou quatre fois, en lui apportant des provisions, je l'ai trouvée inconsciente, en travers du lit, la robe troussée sur la tête. Quand elle refaisait surface, elle ne se souvenait de rien.

– Tu t'occupais donc d'elle ? remarqua Peggy.

Bounce s'agita, l'air gêné.

– Comme ça, sans plus, marmonna-t-il. Ça me faisait mal au cœur de la voir s'enfoncer. De temps en temps, elle se ressaisissait. Elle s'habillait très chic, comme avant, et s'en allait prendre le car, une jolie petite valise en peau de porc à la main. Je n'ai jamais pu savoir où elle partait. J'ai longtemps cru qu'elle allait te rendre visite, mais je pense que je me trompais, n'est-ce pas ?

– Oui, fit Peggy en détournant le regard. On n'avait presque plus de contacts. Elle ne répondait pas au courrier et raccrochait le téléphone dès qu'elle identifiait ma voix.

– Elle allait peut-être voir sa belle-famille ? hasarda Bounce.

– Non, fit Peg. Sammy était orphelin.

– Alors je ne sais pas, soupira l'agent immobilier. Mais ces fois-là, elle était fringuée super-chic, et il était visible qu'elle n'avait pas bu depuis plusieurs jours.

Ils gardèrent le silence une bonne minute. Bounce en profita pour ouvrir une autre bière.

— Je ne devrais pas te dire ça, dit-il avec réticence, mais je crois qu'elle était devenue folle. Plusieurs soirs, je l'ai surprise en train de jouer à la poupée.

— À la poupée ? s'étonna Peg.

— Ouais, grogna Bounce dont le visage luisant exprimait un profond malaise. Comme une petite fille. Une poupée blonde. Quand je suis entré, elle l'a cachée sous une serviette. C'est bien une preuve qu'elle avait conscience de mal faire, non ?

Il ne put s'empêcher de roter.

— Elle voulait peut-être qu'on lui fasse un gosse ? proposa-t-il. J'ai toujours entendu mon paternel dire que les bonnes femmes devenaient dingues si elles n'avaient pas de gamins à torcher.

— Je ne sais pas, avoua Peggy. Elle ne me confiait pas ses états d'âme.

— Une poupée ! gronda encore Bounce, à son âge !

Il demeura hébété un long moment, comme s'il avait oublié pourquoi il était là. Peggy alluma plusieurs lampes pour chasser l'obscurité oppressante qui s'installait. Les insectes, victimes du phototropisme, se mirent à voleter autour des ampoules. Bounce s'ébroua enfin.

— Tu veux que je mette la baraque en vente ? interrogea-t-il d'une voix pâteuse. Tu n'en tireras pas grand-chose. Les Cubains la rachèteront pour une bouchée de pain. Le terrain ne vaut rien, trop marécageux. Les Hispanos ne sont pas pressés, le temps joue en leur faveur. Ils savent que tôt ou tard ils finiront par mettre la main sur la totalité de la ville. Saltree s'appellera alors Santa Habanera, ou une connerie du même style. J'espère que je ne serai plus là pour voir ça.

Il se leva, en proie à une brusque fureur. Faisant le tour de la pièce, il se mit à décocher des coups de pied dans les meubles. Les portes des bahuts cédaient sans opposer de résistance. Les termites avaient transformé la maison en décor de carton-pâte.

46

– C'est la maladie des Glades, haleta-t-il à bout de souffle. Si on reste trop longtemps ici, on est bouffé de l'intérieur. On n'a plus le courage de rien. C'est ça qui a tué Lisa. Si ça se trouve, le tueur, elle le connaissait très bien. Elle savait ce qu'il allait faire. Dans une certaine mesure il lui a rendu service.

Il se reprit, s'essuya le visage avec sa cravate.

– OK, lâcha-t-il avec lassitude. Je mettrai un panneau, mais ne t'attends pas à des miracles. Le mieux c'est que tu rentres chez toi. Je te tiendrai au courant.

– Veux-tu venir à la cérémonie de crémation ? demanda Peggy.

– D'accord, soupira Bounce après avoir marqué une brève hésitation. J'y serai, passe un coup de fil au bureau pour me faire savoir l'heure et le jour.

Il prit presque la fuite, laissant derrière lui ses boîtes de bière vides. La jeune femme le regarda s'éloigner le long du chemin, avec son crâne tonsuré par les années et l'espèce de pneu de graisse qui ballottait sous sa chemise, à la hauteur des hanches. Où était passé le Bounce qui venait chercher Lisa, sa *date* du bal de promo, dans un smoking de location bleu électrique, tenant maladroitement entre ses mains la traditionnelle orchidée que sa cavalière accrocherait à sa ceinture avant de quitter la maison de ses parents ?

Peggy frissonna. Elle avait encore le temps de sauter dans la Dodge pour filer au motel. Pourquoi ne parvenait-elle pas à s'arracher à l'emprise de la maison ? Elle fit le tour de la bâtisse pour vérifier que les volets étaient bien fermés. Elle n'avait rien à craindre de ce côté car la mousse et les lianes avaient fini par souder les jalousies de la plupart d'entre eux et il aurait fallu tailler dans l'écran végétal à coups de machette avant de pouvoir s'introduire par l'une des fenêtres. Seuls ceux situés en façade jouaient encore librement, elle prendrait soin de les verrouiller.

La sauvagerie du jardin l'effraya. Les chaises et la table de fer forgé installées par Dad étaient toujours là, mais les hautes herbes caoutchouteuses les avaient recouvertes, serrant leurs vrilles de chanvre autour des pieds de métal. La balançoire et son portique disparaissaient sous les grappes de mousse espagnole. Au moment où elle battait en retraite, elle aperçut le visage d'une grosse femme noire qui la regardait par-dessus la haie des voisins. Elle portait un turban jaune et une curieuse robe de chambre en patchwork qui sentait la marchandise de colportage.

— Bonsoir. Vous êtes la petite sœur de m'dame Lisa ? lança l'inconnue.

— Oui, fit Peg en s'approchant de la haie.

L'apparition l'avait effrayée et elle était agacée d'avoir laissé paraître sa nervosité.

— C'est un grand malheur, dit la femme en hochant la tête. Je suis Mama Eléonora, mais on m'appelle Mama Léon. J'suis la gouvernante de miss Clayton, vot'voisine. Elle est bien vieille et elle a besoin de quelqu'un pour lui rappeler de ne pas sortir toute nue. Je suis haïtienne. Vot'sœur, je l'aimais bien, mais elle jouait avec des choses qui ne sont pas pour les Blancs. Je l'avais prévenue. Je savais que le malheur viendrait tôt ou tard.

Peggy fronça les sourcils. Dans la lueur du couchant, elle avait du mal à distinguer les traits sombres de Mama Léon. Elle avait l'impression de converser avec une statue de goudron. Illusion que renforçait l'immobilité de la grosse femme.

— Je ne comprends pas, dit Peg.

— La magie, grogna la Noire avec irritation. Elle croyait qu'on peut pratiquer ça comme le ping-pong. Elle lisait les mains. Elle avait l'œil. Elle disait aux gens des choses qu'ils n'avaient pas forcément envie d'entendre. Elle cherchait les histoires. Certains commençaient à avoir peur d'elle. Peut-être qu'elle était mauvaise, va savoir ?

— Non, objecta Peggy. Je ne pense pas qu'elle était méchante. Elle cherchait à établir un lien avec son mari mort, c'est tout. C'est courant quand on a subi une perte.

48

– Non, non, grogna Mama Léon. Elle était bien au-delà de ça. Elle faisait des poupées d'envoûtement. Je le sais bien. Je l'ai surprise une fois avec une poupée dans les mains, elle était là, dans le jardin, et elle regardait le jouet d'un drôle d'air. J'en ai eu la chair de poule. Quand elle m'a vue, elle a caché la poupée derrière son dos... Pourquoi elle aurait fait ça si elle n'avait rien à se reprocher, hein ?

– Comment était-elle, cette poupée ? interrogea Peggy.

– Blanche, maugréa la grosse femme. Je veux dire, c'était un jouet d'enfant blanc, avec des cheveux jaunes et une robe noire. Je suis vieille mais j'ai encore de très bons yeux. J'ai bien vu que ce n'était pas un truc qui sortait d'un drugstore. Le visage était modelé avec beaucoup de soin, comme si on souhaitait qu'il ressemble exactement à celui d'une personne vivante, vous voyez ? À Haïti on a l'habitude des envoûtements. Vot'sœur, elle jouait au *sentero,* à la sorcière comme on dit chez vous. Elle cherchait à faire du mal à quelqu'un. C'était pas à vous puisque vous êtes brune. Peut-être qu'elle avait une ennemie ?

Peggy avait hâte de s'éloigner car la conversation la mettait mal à l'aise.

– Vous allez reprendre la maison ? s'enquit Mama Léon. Vous allez vivre ici ? C'est pas bon pour vous. Il y a le mauvais œil maintenant. Il faudrait purifier les lieux. Si vous me payez bien, je pourrai le faire pour vous.

La jeune femme sourit, soulagée. Elle comprenait enfin les motivations cachées de la gouvernante. Lui faire peur pour lui extorquer quelques dollars... Et dire qu'elle avait failli céder à la frayeur ! Était-elle bête parfois ! Elle prit congé de la grosse femme en lui disant qu'elle allait réfléchir.

– Faites vite, grommela Mama Léon. Si c'est encore quelque part dans la maison, ça peut travailler contre vous. Les Blancs, ils ne sont pas plus doués pour la magie que pour le jazz. M'dame Lisa, vot'sœur, elle a sûrement fait une grosse bêtise.

Peggy regagna la demeure. Quelque chose continuait à lui titiller l'esprit. C'était la deuxième fois en très peu de temps qu'on lui parlait de poupée... Lisa avait-elle perdu la tête au point d'avoir recours à un substitut d'enfant ? Voyait-elle dans la poupée blonde la petite fille que Sam et elle n'avaient pas eu le temps d'avoir ?

Elle verrouilla la porte d'entrée, donna deux tours de clef, et fit de même avec la porte de derrière, celle qui donnait sur le jardin. Une fois toutes les ouvertures bouclées, elle réalisa qu'il faisait très chaud dans la maison et que le ventilateur ne parvenait pas à rafraîchir l'atmosphère. Elle avait perdu l'habitude de la moiteur des Glades. Elle aurait volontiers bu un verre, mais les placards de la cuisine ne lui offrirent qu'un échantillonnage de cruchons et de bocaux au contenu suspect. Il y avait même des eaux-de-vie mexicaines dans lesquelles flottaient des serpents, des lombrics ou des scorpions. Comment Lisa avait-elle pu avaler de tels tord-boyaux ?

Cette fois, elle se força à grignoter le sandwich au thon qu'elle avait remisé au frigo, et à boire un verre de lait. Toute seule, assise dans l'immense cuisine vide, elle se mit à pleurer. Elle se sentait dans la peau du dernier des Mohicans. Peggy, l'ultime survivante de la tribu Meetchum. Voilà comment la vie tournait, un jour on se retrouvait gardienne des morts familiaux, dans une maison aussi silencieuse qu'un tombeau.

« Arrête ! songea-t-elle, tu deviens grotesque. Et puis cette maison a *toujours* été silencieuse puisque Dad nous interdisait de parler pendant les repas ! » Ce n'était pas le moment de s'inventer une enfance merveilleuse. Dans le clan Meetchum, tout avait toujours fonctionné de travers. Les parents trop vieux qui ne supportaient pas les éclats de rire de leurs filles, la tyrannie de Dad obsédé par ses rêves de prouesses sportives, l'indifférence ennuyée de M'man qui n'aimait rien tant que tricoter dans son coin en écoutant les rediffusions du *Frelon Vert* à la radio... Avec le recul, Peggy prenait conscience qu'elle avait, durant toute son enfance, eu l'impression de vivre avec des étrangers. Des gens à qui elle n'avait jamais rien dit de capital.

Elle nettoya la table de la cuisine et passa dans la salle de bains pour se laver les dents. Le chauffe-eau et la tuyauterie d'époque donnaient aux parois carrelées l'apparence d'une chambre des machines. Dans le miroir du lavabo, elle se trouva une sale tête. Parviendrait-elle à dormir ?

Elle décida de laisser toutes les lumières allumées. Surtout dans la pièce où trônait *le* fauteuil. Sous son drap, il paraissait encore plus menaçant, comme s'il s'était mué en un gros homme accroupi. Un homme qui attendait le moment de déplier les jambes pour bondir en hurlant.

« Imbécile, grogna Peggy. Tu cherches à te faire peur ? Ce n'est qu'un objet. »

Oui, bien sûr. Mais le billot du bourreau était également un objet.

Elle ouvrit la porte de la chambre, la seule qu'elle avait eu le temps de remettre en état. C'était jadis l'une des pièces réservées aux invités. « Une chambre d'amis », répétait Dad avec satisfaction. L'ennui c'est que la famille Meetchum n'avait aucun ami car les rares copains d'enfance de P'pa étaient morts à la guerre, avant la naissance de Lisa et de Peggy.

La jeune femme actionna le ventilateur et se déshabilla. Il faisait si lourd qu'elle fut soulagée de se retrouver nue, étendue sur la toile propre du drap. En temps normal elle aurait pris un somnifère léger, mais l'idée de perdre conscience à proximité du fauteuil ensanglanté lui était insupportable.

Pourquoi s'attardait-elle ici ? Qu'essayait-elle de prouver ?

« Ça t'embête d'être la seule survivante ? songea-t-elle. Tu espères peut-être que l'assassin viendra te régler ton compte cette nuit ? Comme ça l'histoire de la famille Meetchum serait définitivement bouclée. »

Son ventre et sa poitrine se couvraient de sueur. Elle se força à fermer les paupières. Elle glissait doucement dans le sommeil quand le parquet craqua au-dessus de sa tête. Elle savait qu'il était idiot de s'alarmer ; il s'agissait sans aucun doute du travail des termites...

Mais elle savait également qu'elle ne parviendrait pas à trouver le repos tant qu'elle ne serait pas allée vérifier de ses propres yeux. Elle se leva et enfila le maillot de footballeur qui lui servait de chemise de nuit. Ses doigts se refermèrent sur la grosse lampe torche qu'elle conservait dans son sac de voyage. Elle l'avait achetée dans une boutique d'autodéfense. Quand on appuyait sur un bouton, un gaz incapacitant s'échappait du cylindre caoutchouté constituant le manche de l'objet. Mullaby, son patron, s'était moqué d'elle quand il avait découvert le gadget.

« Mince ! avait-il ricané. Tout pour le bonheur de la femme solitaire. Je parie que ça fait également vibro-masseur ? »

Peggy ouvrit la porte de la chambre et traversa la salle d'un pas ferme, sans même jeter un regard en direction du fauteuil. Au pied de l'escalier, elle prit sa respiration et, se cramponnant à la rampe, s'engagea sur les longues planches jetées sur les marches. Grimper de cette manière se révéla difficile, mais elle supposa que les adjoints du shérif savaient ce qu'ils faisaient. Elle parvint enfin au premier étage et s'empressa d'actionner l'interrupteur pour illuminer le couloir. Les papiers peints disparaissaient sous les taches d'humidité noires ou rousses. La moisissure avait tout envahi, de minuscules champignons poussaient dans les interstices des lattes du parquet. La jeune femme s'orienta. Elle parcourut successivement le fumoir, la bibliothèque. Partout régnait le même capharnaüm. L'assassin avait vidé les rayonnages, jetant les livres à travers la pièce avec une fureur qui avait fait éclater certaines reliures. Elle constata que la plupart des volumes traitaient de sciences occultes, et principalement de chiromancie. Elle fut surprise de découvrir un ordinateur sur l'ancien bureau de Dad. Des disquettes étaient éparpillées, chacune portait le nom d'un individu : *Mrs Sanders, Mrs Clayton, Dolorès Obispo, Manuela Sanchez.* Des brochures de référence entassées près de l'appareil donnaient à penser que l'ordinateur était équipé d'un logiciel d'interprétation des lignes de la main, le genre de gadget qu'on pouvait acheter par correspondance moyennant une centaine de dollars. Il y avait des taches de sang sur les disquettes mais aussi sur le vieux sous-main de Dad, comme si l'assassin, littéralement aspergé par le sang de Lisa, avait laissé sa marque un peu partout. Peggy lutta contre la nausée qui lui tordait l'estomac. Le sang avait pris une teinte brune, vernissée. Elle se détourna du bureau, le visage nimbé d'une sueur glacée. Tous les objets présents avaient été aspergés de poudre à empreintes par les services du shérif, mais il était visible qu'on n'avait rien pu relever d'utilisable, probablement parce que le meurtrier portait des gants.

L'ordinateur excepté, rien n'avait changé. Les murs étaient toujours recouverts des tableaux de P'pa. Ses chères vieilles « croûtes ». Des scènes de western classiques : le troupeau de vaches passant le Rio Grande, le marquage au fer des veaux, le dressage du bronco noir. L'attaque du convoi par les Indiens fourbes...

De l'art naïf qu'on n'osait plus vendre qu'en plein cœur du Texas, et que P'pa avait commandé sur catalogue à El Paso.

Les cadres de travers indiquaient que l'assassin avait retourné les toiles pour vérifier qu'elles ne dissimulaient aucun coffre. Machinalement, Peggy entreprit de les redresser. C'est au moment où elle soulevait le « passage du Rio Grande » qu'elle aperçut l'empreinte sanglante sur le mur. Une marque de paume, parfaitement imprimée sur le plâtre de la cloison. Une tache d'un rouge sombre qui avait grossièrement la forme d'un cœur, et sur laquelle on pouvait lire, en blanc, le tracé des lignes palmaires.

Peggy laissa retomber le cadre avec dégoût et se précipita sur le téléphone.

– Je voudrais parler à l'adjoint Sheridan, balbutia-t-elle en portant le combiné à son oreille.

7

Rogue Sheridan approcha son visage de la cloison de plâtre pour scruter l'empreinte rouge sombre.

– On ne l'a pas vue, celle-là, avoua-t-il sans chercher d'excuse. Je vais la passer au scanner, mais ne vous montez pas la tête. Elle ne comporte aucune empreinte digitale... vous voyez ? Pas de marques de doigts, rien qu'une paume. Or aucun fichier ne conserve en mémoire le tracé des empreintes palmaires. Il y a peu de chances pour que ça nous mène quelque part.

– S'il portait des gants, fit nerveusement Peggy, pourquoi les a-t-il enlevés ?

Sheridan haussa les épaules.

– On peut imaginer un tas de choses, énonça-t-il sans se troubler. S'il portait des gants de cow-boy, il a dû réaliser au bout d'un moment que le cuir et le sang font mauvais ménage, et que tout ce qu'il essayait d'attraper lui fuyait entre les doigts. C'est classique. À la fin, il en a eu marre et il a enlevé l'un de ses gants. Probablement le droit. Les projections hémorragiques ont été très importantes en raison du sectionnement de l'artère, et il est à peu près sûr que le sang de votre sœur a coulé le long de son poignet, à l'intérieur du gant, quand il a baissé le bras, après avoir porté le coup. Je sais que ces détails n'ont rien de réjouissant, mais j'essaie de vous expliquer.

55

– Mais la marque, sur le mur ? objecta Peggy.

– Il a pu perdre l'équilibre ou avoir un malaise, dit Sheridan. À moins qu'il ait voulu signer son crime de cette manière un peu mélodramatique. Mais je n'y crois pas beaucoup. À mon avis, il ne s'est même pas rendu compte qu'il laissait une trace. Le parquet a peut-être craqué à ce moment-là, à cause des termites, et il a sursauté, tourné la tête en croyant que quelqu'un entrait dans la pièce. Sa paume a effleuré le mur sans qu'il s'en aperçoive, et le tableau est retombé par-dessus, masquant l'empreinte.

À l'aide d'un scanner, Sheridan releva le tracé de la tache. Les détails de l'empreinte allèrent se graver dans la mémoire de l'ordinateur qu'il portait en bandoulière. Son visage n'exprimait pas la moindre excitation. Peggy eut envie de le gifler.

– Ne nourrissez pas de faux espoirs, dit l'adjoint comme s'il devinait les pensées de la jeune femme. Ça ne nous mènera nulle part. Ça pourrait à peine servir d'élément de comparaison si nous avions un suspect. Il n'y a pas assez de lignes lisibles pour établir une relation convaincante. Un bon avocat aurait beau jeu de réfuter ce genre de « preuve ». Si nous avions des empreintes digitales ce serait autre chose, bien sûr.

– Je croyais que certains hôpitaux prenaient les empreintes des mains et des pieds des bébés pour éviter les échanges accidentels ? lança la jeune femme.

– Oui, mais on ne peut pas entreprendre une recherche à l'échelle des États-Unis ! siffla l'adjoint qui commençait à s'impatienter. D'autant plus que notre assassin n'est sûrement plus un nourrisson, ce qui implique qu'il faudrait dépouiller des archives vieilles de trente ans ou davantage ; c'est-à-dire datant d'une époque où l'informatique en était encore à la préhistoire et où les banques de données n'existaient pas ! Tout ce que je peux faire, c'est expédier cette empreinte au FBI, leurs ordinateurs se chargeront du reste. Ils la compareront avec tous les tracés enregistrés par le Bureau. Mais si elle n'appartient pas à un criminel déjà répertorié, cela ne débouchera sur rien.

Il rangea son matériel et prit la direction de l'escalier. Peggy devinait qu'il était furieux d'avoir été pris en flagrant délit de négligence. Il avait bâclé son enquête en mettant le meurtre sur le compte d'un rôdeur. Peggy sentait qu'il ne ferait aucun effort pour se rattraper.

– Vous ne devriez pas vous promener à cet étage, ajouta Sheridan pour reprendre l'avantage. Le plancher est pourri. Vous seriez bien avancée s'il cédait sous votre poids.

Il prit congé sans formuler aucune promesse. Peggy resta un instant sur le seuil, à regarder s'éloigner les feux de la voiture de patrouille. Obéissant à une impulsion, elle regagna la bibliothèque, s'assit au bureau dont elle ouvrit tous les tiroirs. Il y avait là une belle épaisseur de listings crachés par l'ordinateur. Des rapports d'interprétation formulés par le logiciel de chiromancie. La technique de Lisa était simple, elle consistait à entrer dans la mémoire de la machine l'empreinte palmaire de ses clientes, en scannant l'image de leur paume. Image qu'elle obtenait de la manière la plus classique qui soit, à l'aide d'un tampon encreur et d'une feuille de papier. Le logiciel faisait le reste. Une chemise de carton rouge contenait les empreintes baveuses laissées par les consultants. Les paumes enduites d'encre avaient imprimé de grosses taches striées sur le papier. Toutes les lignes de vie, de cœur ou de tête y figuraient sous la forme de sinuosités blanchâtres. Lisa avait promené la tête de lecture de son scanner sur chacune de ses images pour en inscrire le tracé sur le disque dur de l'ordinateur, obtenant par ce moyen une « photographie » informatique de l'empreinte. Le logiciel d'interprétation avait pris le relais, étudiant chaque ligne.

Peggy feuilleta le paquet de listings. Sous le nom du consultant figurait un diagnostic détaillé relevant probablement de la pure fantaisie. Lisa avait eu beaucoup de clients. Sans doute parce qu'elle ne faisait pas payer ses services.

Peggy scrutait les empreintes dont chacune était surmontée par un nom de famille et une date de naissance. Elle fut tentée de rappeler Sheridan pour lui dire qu'elle tenait un outil de comparaison non négligeable, mais elle renonça. Elle savait d'ores et déjà que le flic ne la prendrait pas au sérieux. Elle se demanda si elle ne pourrait pas effectuer la comparaison elle-même. Entrer dans l'ordinateur l'image sanglante imprimée sur le plâtre du mur et ordonner au logiciel de la comparer avec toutes celles figurant dans sa mémoire... Pourquoi pas ?

Elle repoussa son siège et se redressa, à la fois très excitée et très inquiète. La voix de la raison lui soufflait de ne pas mettre le doigt dans l'engrenage, de laisser faire les professionnels... Elle ne pouvait toutefois s'y résoudre. Elle devait bien ça à Lisa, après tout !

Les mains moites, elle déplaça le bureau pour le rapprocher du mur, de manière à pouvoir promener la tête du scanner sur la cloison de plâtre. Le parquet grinça affreusement, et, l'espace d'une seconde, elle crut que les lattes allaient céder, ouvrant un abîme sous ses pieds. Couverte de sueur, elle alluma l'ordinateur et lança le logiciel d'interprétation. Une grosse main jaune tatouée d'un point d'interrogation bleu apparut sur l'écran. Peggy s'installa devant le clavier. Il lui fallut moins de trente minutes pour se familiariser avec la marche à suivre. Quand elle fut certaine d'avoir à peu près tout compris, elle cliqua sur l'icône *Entrez le tracé de la main du consultant,* et donna au dossier le nom de *Mr X.* Ensuite, elle saisit la tête de lecture optique du scanner et la promena sur la tache rouge imprimée sur le mur. Le relevé s'effectua avec une grande fidélité. La paume du tueur s'afficha sur l'écran, toutes les lignes en creux figurant en surbrillance.

Quand elle reposa le scanner sur la table, Peggy réalisa qu'elle tremblait de la tête aux pieds. Elle dut s'asseoir pour retrouver ses esprits. Pour un peu, elle se serait mise à claquer des dents. Elle dut s'essuyer les mains sur le devant de son maillot de foot tant elles étaient moites. Le clavier et l'écran de l'ordinateur étaient encore saupoudrés de la farine à empreintes vaporisée par les hommes du shérif. Sans doute n'avait-on relevé que les traces laissées par Lisa ?

Peggy cliqua l'option *Recherche à partir du fichier clients,* et attendit. Un symbole représentant une montre gousset dont les aiguilles tournaient en accéléré se mit à clignoter sur l'écran. Enfin l'ordinateur émit un signal sonore et afficha la mention *Recherche négative. L'empreinte ne figure pas au fichier.*

Peggy hésita, décontenancée. Durant un moment, elle s'était presque persuadée qu'elle allait découvrir le propriétaire de la marque laissée sur le mur.

Ne sachant quelle stratégie adopter, et dans un réflexe de dérision, elle cliqua sur l'option *Interprétation de l'empreinte.*

Quelques secondes s'écoulèrent, puis l'ordinateur afficha *Estimation de la durée d'interprétation : Soixante-quatre minutes. Veuillez patienter s'il vous plaît.*

Peggy ne put retenir un rire nerveux et repoussa sa chaise. Tout cela était grotesque ! Il était bien trop tard à présent pour essayer de venir en aide à Lisa. C'est avant qu'elle aurait dû s'en soucier, quand Lisa était encore en vie...

Elle quitta la pièce en retenant ses larmes et sans plus s'occuper de l'ordinateur qui bourdonnait toujours.

Une fois en bas, elle vérifia que les verrous étaient bien poussés et s'allongea sur son lit après avoir coincé une chaise sous la poignée de la porte. Pour ne plus penser à rien elle s'obligea à compter les rotations trop lentes des pales du ventilateur. Elle s'endormit à soixante-cinq.

8

Le lendemain matin elle fit une longue séance d'assouplissements. La mer lui manquait, elle aurait aimé nager jusqu'à s'écrouler sur le sable, les muscles tremblant de fatigue. Elle multiplia les exercices pour tenter de faire tomber la nervosité qui l'habitait. Lorsqu'elle s'appliquait ainsi, sur l'une des plages de Key West, on la prenait souvent pour une contorsionniste professionnelle. Il arrivait même que certains touristes, croyant à une exhibition, jettent de la menue monnaie sur sa serviette éponge. Son extrême souplesse allumait des fantasmes malsains dans l'esprit des hommes. Elle les poussait à exiger des prouesses qui n'étaient pas toujours du goût de la jeune femme.

Quand elle fut à bout de souffle, elle alla se doucher. C'était aujourd'hui qu'on incinérait Lisa. Peggy avait rendez-vous à 10 heures au funérarium. Le maître de cérémonie l'avait déjà prévenue qu'en raison du poids et de la taille de la défunte, la crémation prendrait entre quatre-vingt-dix minutes et deux heures. Peg se demanda si Bounce, l'ancien flirt de Lisa, serait présent.

Il faisait très chaud, 40 degrés à l'ombre, et la sensation d'humidité était presque insoutenable. À peine était-elle sortie de la salle de bains que Peggy recommença à transpirer. Elle s'habilla simplement, d'une robe de coton gris. Porter de la lingerie par cette chaleur devenait vite une torture. Elle se coiffa d'une capeline retrouvée dans l'une des armoires rongées et prit le chemin de l'entreprise de pompes funèbres. Il faisait agréablement frais dans les locaux. Peggy ne reconnut aucun des employés. La plupart d'entre eux étaient des Hispaniques arborant de longues moustaches tombantes à la mode zapatiste.

La jeune femme avait renoncé à convoquer un pasteur. Lisa n'avait jamais pratiqué, elle n'avait connu qu'un seul dieu : Sam, son mari. Pour lui, elle aurait marché pieds nus sur de la braise ou se serait laissé crucifier sans cesser de sourire. Cette passion avait toujours plongé Peggy dans l'incompréhension car, à ses yeux, Sam n'avait rien d'exceptionnel.

Le maître de cérémonie l'invita enfin à se recueillir devant le cercueil de balsa aux ornements amovibles qui trônait déjà sur la rampe menant à la chambre d'incinération. Peggy n'éprouvait rien qu'une espèce de grand vide. Bounce arriva au moment où elle donnait l'ordre d'entamer la crémation. Il sentait la bière et brandissait une cassette de rock à l'étiquette à demi décollée.

– C'était pour elle, balbutia-t-il. Elle adorait cette musique. On écoutait toujours ça quand on garait la voiture face aux marécages. On ne peut pas la passer ?

Le maître de cérémonie s'empressa de glisser la bande dans un lecteur dissimulé. La musique jaillit des haut-parleurs au moment où le cercueil plongeait dans les flammes, absurdement enthousiaste.

Feed the machine and dial the number you want ! chantait un groupe de teen-agers dont deux seulement survivaient encore aujourd'hui après une vie consacrée aux excès de toutes sortes. Peggy regarda la trappe de l'incinérateur redescendre. Le grondement des brûleurs était assourdissant.

Feed the machine ! criaient les rockers morts. *Feed the machine !*

– Sortons, dit-elle.

Bounce la suivit d'un pas mal assuré. Sur le devant de sa chemise, la sueur dessinait une tache oblongue que la cravate ne dissimulait qu'en partie.

Peggy se demanda si elle devait lui parler de l'empreinte sanglante sur le mur. Sans trop savoir pourquoi, elle décida que non.

Ils firent quelques pas dans le jardin du crématorium.

– La boîte va fermer, marmonna Bounce.

– Quoi ? fit Peg.

– Cette boîte, expliqua l'agent immobilier. Je veux dire le crématorium... Presque plus personne ne l'utilise aujourd'hui. Les Cubains sont tous catholiques, ils n'aiment pas être incinérés, ça leur donne l'impression de brûler en enfer. Il leur faut des cérémonies à l'ancienne. De vrais cimetières, des pierres tombales. Ce sont de foutus obscurantistes. Les Haïtiens sont encore pires. Ils dressent des autels au coin des rues, pour nourrir les esprits. Si tu vois une chandelle et une écuelle posées au bord d'un trottoir n'y touche surtout pas, c'est le casse-croûte d'un démon.

– Crois-tu que l'un d'eux ait pu prendre ombrage des pratiques de Lisa ? interrogea Peggy.

Bounce haussa les épaules.

– J'sais pas, marmonna-t-il. J'en ai marre de ces gens-là, faut que je me tire. Je vais aller m'installer au Texas ou au Nouveau-Mexique.

Il avait le visage congestionné par la bière et le chagrin. Peg crut qu'il allait fondre en larmes.

– Tu sais, chuchota-t-il, un an après la mort de Sam, j'ai demandé à Lisa de m'épouser. Elle a pouffé de rire comme si je lui proposais quelque chose de complètement loufoque. Qu'est-ce qu'il avait de mieux que moi son fameux Sammy ? Hein ? Tu le sais, toi ?

– Avait-elle quelqu'un d'autre ? interrogea Peggy. Un... amant ?

– Non, je ne sais pas, avoua Bounce. En tout cas personne d'officiel. Cela dit, beaucoup de gens venaient chez elle pour se faire lire les lignes de la main. Des

62

femmes, mais aussi quelques hommes. Une fois la porte fermée, il pouvait se passer n'importe quoi.

– J'ai trouvé son fichier, observa Peg. La clientèle masculine était assez âgée.

Bounce haussa une nouvelle fois les épaules.

– Ça ne sert à rien de se creuser la cervelle, maugréa-t-il. On ne retrouvera jamais le type qui a fait ça. Si c'est un Cubain ou un Haïtien, ses compatriotes le protégeront.

Il consulta sa montre et s'excusa de devoir prendre congé. Peggy demeura seule dans le jardin. Deux heures plus tard, le maître de cérémonie vint lui remettre une urne dans une boîte en carton munie de poignées. Il eut pour la mettre en garde les mêmes mots qu'un serveur de restaurant apportant un plat :

– Attention à ne pas vous brûler, c'est chaud.

Peggy rentra à la maison. Entre-temps Bounce avait planté un panneau À VENDRE sur la pelouse, juste à côté de la boîte à lettres.

La jeune femme posa l'urne sur la tablette en marbre de la cheminée, près de celle de Sam. Que faudrait-il en faire ? Les disperser dans la mer, une fois de retour à Key West ? Non, elle n'était pas certaine que cela aurait plu à Lisa. Alors ? Les enterrer dans le jardin, derrière le bungalow ?

Le ventilateur crachota au-dessus de sa tête, comme s'il allait tomber en panne, et Peggy jugea plus prudent de le mettre hors service. C'est au moment où ses doigts se posaient sur l'interrupteur qu'elle réalisa qu'elle n'avait pas éteint l'ordinateur dans la bibliothèque en partant se coucher, la veille au soir.

Elle se débarrassa de sa capeline et grimpa au premier. Maintenant que plus personne ne la regardait, elle pouvait se mettre à l'aise ; aussi déboutonna-t-elle sa robe pour se donner de l'air.

Quand elle s'approcha du bureau, un message clignotait sur l'écran. *Analyse terminée. Désirez-vous un compte rendu imprimé ?*

La jeune femme hésita. N'était-il pas préférable d'éteindre l'appareil ? Que pouvait-elle espérer d'un logiciel fantaisiste conçu pour l'amusement des pythonisses amateurs ? Mais son index avait déjà enfoncé la touche *Run*. L'imprimante se mit à crachoter tandis que l'accordéon de papier du listing se déployait.

Peggy demeura figée. Quand la tête d'impression eut terminé ses allées et venues, la main de la jeune femme saisit la feuille à bordures perforées.

« L'analyse du contexte palmaire est incomplète en raison de l'aspect fragmentaire de l'image, lut-elle. On peut néanmoins émettre un diagnostic très défavorable. Le sujet a connu dans son enfance et sa jeunesse de grands bouleversements qui l'ont marqué à jamais. Peut-être a-t-il été le témoin involontaire d'un crime ou d'une catastrophe au cours de laquelle ont péri certains de ses proches. Quoi qu'il en soit, son adolescence est placée sous le signe du sang et de la mort violente (Agression ? Assassinat ?). Sa ligne de cœur montre qu'il est l'esclave d'une passion violente et unique, sans doute contre nature, et qu'il se place facilement au-dessus des lois humaines. Il y a du Caligula en lui. Il vit dans le monde qu'il s'est créé, seigneur d'un territoire chimérique où il estime avoir droit de vie et de mort sur les individus. C'est un être secret, aux multiples visages, comédien, enjôleur, doué d'une grande sensualité. Doué pour détruire, saccager, il est également fait pour créer. C'est peut-être un artiste, un amateur d'art, un collectionneur, un critique ou un universitaire. Même s'il donne l'impression d'avoir parfaitement réussi et d'être épanoui, il est au fond de lui travaillé par un tourment enfoui, terrible. Impliqué dans un crime ou esclave d'un vice honteux, il se sent souillé et est prêt à tout pour protéger son secret. Malheur à celui qui commettra l'erreur de vouloir l'aider ou l'invitera à se confier ! Celui-là deviendra aussitôt son ennemi. Le sujet est tout entier gouverné par sa pulsion de mort. Il constitue un danger pour tous ceux qui l'approchent. Il n'a pas peur de tuer car il se sent supérieur à ses victimes qui lui font l'effet de créatures sans importance. En temps de guerre, il s'affirmera comme un chef incontesté et craint. En temps de paix, il cherchera à épanouir ses instincts en occupant la première place dans une profession qui le placera sous les feux de la rampe ou de l'actualité : acteur ou capitaine d'industrie. Il est tour à tour enfantin, désarmé, et tyrannique. Il ne faut pas le pousser à se confier, car s'il commettait l'erreur de céder à la tentation, il se sentirait aussitôt forcé de supprimer celui qui lui a prêté une oreille attentive. On remarquera que la ligne de vie du sujet est exceptionnellement courte, faute de pouvoir la comparer avec celle qui figure dans son autre paume, on se contentera d'émettre une simple hypothèse quant à sa durée de vie, mais celle-ci semble assez brève, et il y a fort à parier qu'il mourra vers la trentaine, dans des conditions difficiles où, encore une fois, prédominent le sang et la violence.

En conclusion, le sujet présente un profil psychopathologique difficile à déceler. Il est capable de faire illusion dans la vie quotidienne, et se surveille de manière permanente. Sa place est entre les mains d'un spécialiste des maladies mentales. Soit il a déjà tué, soit il se prépare à le faire. Nous conseillons à l'interprétant de cesser tout contact avec lui. »

Le rapport s'interrompait sur ces derniers mots.

Peggy relut trois fois le commentaire, soulignant certaines phrases à l'aide d'un marqueur. C'était un profil rappelant ceux établis par les spécialistes en pathologie mentale du FBI. Le seul problème c'est qu'il avait été fabriqué par un logiciel qu'on pouvait se procurer dans n'importe quelle boutique d'occultisme, et qu'elle aurait le plus grand mal à être prise au sérieux par les services de police s'il lui prenait l'idée de l'exhiber.

Elle essaya de faire le point, de réduire le morceau de prose prétentieuse à quelques éléments. Le tueur était jeune, moins de 30 ans. Il occupait une position en vue, peut-être même était-il célèbre. Il avait eu une enfance trouble, placée sous le signe de secrets de famille scandaleux. Il avait été le témoin ou la victime de perversions qui avaient éveillé en lui des pulsions de meurtre. Pour l'instant, il était encore capable de dissimuler sa folie, mais il n'en restait pas moins extrêmement dangereux.

« Bon sang ! songea Peg. La moitié des fils et des filles des anciennes vedettes d'Hollywood doivent correspondre à cette description ! »

Inutile d'aller poser ce listing sur le bureau de Rogue Sheridan, il lui rirait au nez. Elle-même n'était pas certaine de devoir le prendre au sérieux, c'était toutefois le seul embryon de piste dont elle disposait à l'heure présente. Un portrait-robot psychologique établi par un ordinateur à partir des lignes de la main du tueur ! L'obscurantisme et la technologie de pointe s'épaulant pour que triomphent justice et vérité !

Par mesure de sécurité, elle tira plusieurs copies laser de la paume sanglante, et effaça le dossier X de la mémoire de l'ordinateur. Elle songea qu'en cela elle ne faisait peut-être qu'imiter l'assassin... Après avoir tué Lisa, il était sans doute monté ici pour récupérer son dossier informatique et détruire toute trace de son passage. Comment Lisa l'avait-elle connu ? Lors des mystérieux voyages auxquels Bounce avait fait allusion ? Allait-elle consulter à domicile ? Se rendait-elle chez des clients privilégiés dont la confiance l'honorait ?

Peggy se demanda si, en passant au crible l'énorme masse de paperasse gisant sur le sol, elle ne pourrait pas mettre la main sur un quelconque indice... un billet de train ou de car ? Une réservation d'hôtel ? Plus elle y réfléchissait, plus elle était persuadée que l'assassin n'habitait pas Saltree. Il n'y était venu qu'une fois, une seule, pour tuer Lisa, et était reparti après avoir emporté toute la documentation réunie sous son nom par sa victime.

Seulement il s'était affolé, la marque sanglante laissée sur le mur le prouvait. Il avait agi en état second, perdant peu à peu le contrôle de ses nerfs.

Peggy rangea les copies de la paume mystérieuse dans une chemise de carton. Une idée lui traversa l'esprit. Et si elle demandait une contre-expertise à Mama Léon ? La gouvernante ne s'était-elle pas présentée comme une spécialiste ès sciences occultes ? Il serait intéressant de confronter les deux « analyses ».

Elle regagna le rez-de-chaussée et alla se rafraîchir le visage dans la salle de bains. Elle avait l'impression d'avoir la fièvre. Le dossier sous le bras, elle sortit sur la véranda. Son apparition mit en fuite un raton laveur qui furetait dans les bambous à la recherche de détritus. Mama Léon travaillait dans le jardin de miss Clayton, de l'autre côté de la haie. Elle avait installé la vieille dame dans un fauteuil d'osier, sous un parasol, et corrigeait la ligne des buissons à coups de sécateur. Ici, en bordure des Glades, la végétation poussait si vite qu'il fallait faire des retouches presque tous les deux jours. Peggy attendit qu'elle regarde dans sa direction pour lui faire signe. Dès le contact établi, la grosse femme se mit en marche d'un pas pesant.

– Qu'est-ce qui y'a pour votre service, ma p'tite demoiselle ? s'enquit-elle en essuyant les lames poissées de sève du sécateur avec un chiffon tiré de la poche de son tablier.

Peggy exhiba l'un des tirages sorti de l'imprimante. Sous la lumière du jour, la paume prenait une teinte rouge vif étrangement menaçante. Mama Léon fronça les sourcils. Pendant que Peggy expliquait ce qu'elle attendait d'elle, le dégoût de l'Haïtienne ne fit que croître.

– J'veux pas de votre argent, coassa-t-elle soudain. C'est pas bon c't'affaire. Suffit d'un coup d'œil pour voir que c'est la main d'un démon. Il a le mauvais œil, cet homme, c'est sûr. Sa vie, c'est rien que sang et crime. Il a Shango, le diable, dans la peau, et depuis qu'il est tout petit. Un visage d'ange avec plein de sales choses à l'intérieur. Faut brûler ça. Il est très fort... Il nous voit peut-être en ce moment. Brûlez vite c't'image ma petite, et allez dire une prière à l'église. Ça m'étonne plus qu'il

67

soit arrivé malheur à m'dame Lisa si elle a fricoté avec une engeance pareille !

Elle se recula précipitamment.

– Moi, j'ai rien vu, dit-elle avec véhémence. Et je vais me dépêcher de tout oublier. Comme vous m'avez pas payée, y'a pas de pacte. Ça existe pas.

Elle prit la fuite en répétant « Ça existe pas ! » comme si elle voulait à toute force se persuader de son immunité.

Peggy rangea l'image dans le dossier, troublée. Somme toute, l'Haïtienne avait réagi comme l'ordinateur de Lisa, sauf qu'elle avait mis moins de temps pour communiquer son diagnostic.

Peg rentra dans la maison. Maintenant elle se trouvait à la croisée des chemins. Soit elle choisissait de rentrer à Key West et de ne plus penser à cette affaire, soit elle essayait de creuser plus avant, de mener sa propre enquête.

Après tout, ne devait-elle pas cela à sa sœur ?

Elle se confectionna un sandwich sommaire, but un verre de lait, et s'agenouilla sur le parquet pour passer au crible les papiers qu'elle s'était contentée de mettre en tas lors de son arrivée. Cela représentait un travail de Titan mais il n'était pas impossible que le tueur ait oublié quelque chose de révélateur car il avait agi en pleine nuit, dans l'affolement et sous la mauvaise lumière tombant des plafonniers. De plus, il n'avait pas disposé du temps nécessaire pour examiner chaque facture, chaque lettre dans le détail.

Peggy prit une profonde inspiration et se saisit d'une première brassée de papiers...

9

Le bruit lui fit dresser l'oreille alors qu'elle repoussait une nouvelle pile de factures jaunies datant des années 60. Il avait déjà retenti à plusieurs reprises, mais, absorbée dans ses recherches, elle n'y avait tout d'abord pas prêté attention. C'était une sorte de grattement frénétique ponctué de courtes pauses, et qui semblait provenir de derrière la maison. Peggy se redressa en grimaçant, ses genoux ankylosés lui faisaient mal. Elle tituba dans le couloir menant à la porte du jardin, s'arrêtant pour guetter la reprise du grattement. Elle avançait lentement, en essayant de ne pas faire craquer les lattes du plancher. Si l'on se déplaçait en frôlant le mur, c'était possible. Elle déverrouilla la serrure du bout des doigts et ouvrit le battant à la volée, provoquant une fois de plus la fuite du raton laveur occupé à forer un trou dans la terre du jardin.

Elle poussa un soupir de soulagement. Mon Dieu ! Ce n'était que ça ! Elle allait refermer la porte quand elle aperçut quelque chose qui retint son attention. Une tache blanche au centre de la cavité ouverte par l'animal. Un angle vif, celui d'une boîte ou d'une cassette enterrée ? Alertée, elle revint sur ses pas et descendit le petit escalier. Il lui répugnait de s'avancer dans le jardin car elle conservait le souvenir de tous les serpents tués par Dad à cause de la proximité du marécage.

Elle s'agenouilla au bord du trou. Le raton laveur avait bel et bien dégagé l'angle d'une boîte en carton, sûrement une boîte à chaussures. L'humidité du sol avait déjà détrempé les côtés de l'emballage. Un bracelet de caoutchouc maintenait le couvercle en place. Peggy acheva de dégager l'objet. L'animal, attiré par l'odeur insolite du contenu, s'était mis à creuser par pure curiosité. Les ratons laveurs étaient connus pour leur côté fouineur. Peg fit glisser l'élastique, repoussa le couvercle. Elle frissonna en découvrant la poupée au fond de la boîte. Elle eut la conviction qu'il s'agissait du jouet mentionné par Bounce et Mama Léon. Qui l'avait enterré ici ? Lisa ?

Elle se releva, la boîte à chaussures entre les mains et se dépêcha de rentrer dans la maison. Une fois de retour dans le salon, elle déposa la poupée sur la table, s'assit pour l'examiner. C'était un jouet étrange, d'une précision anatomique surprenante. Les traits du visage avaient été à ce point fignolés qu'on avait l'impression de contempler une sculpture, une statuette habillée de tissu. Peggy effleura la figure rose pâle du bout de l'index. Un visage de petite fille souriante, très beau, d'une grâce infinie. Une fillette auprès de laquelle Shirley Temple aurait eu l'allure d'un laideron. L'artiste – car celui qui avait fabriqué un tel jouet était davantage un artiste qu'un simple artisan – n'avait rien oublié des grains de beauté, des fossettes. Il s'était même appliqué à reproduire une petite cicatrice près de l'oreille droite. Les mains, les jambes étaient d'une grâce exquise. Seule la robe noire, funèbre, apportait une note sinistre à l'ensemble. Quelle idée d'avoir habillé de cette façon une si jolie poupée !

Instinctivement, Peggy avait défait les boutons de nacre qui fermaient le vêtement. Elle eut la surprise, une fois la robe ôtée, de découvrir une minuscule étiquette cousue à l'intérieur du col, comme s'il s'agissait d'une vraie robe ! Le souci de miniaturisation avait été poussé à l'extrême. La petite culotte, les socquettes, les chaussures de vrai cuir relevaient toutes d'une obsession

70

maniaque du détail. La jeune femme porta les souliers à son nez. Ils sentaient le cirage.

Cette perfection finissait par la mettre mal à l'aise. Sur le torse nu de la poupée, on avait reproduit une tache de naissance violette, juste au-dessus du nombril. Le pied droit présentait une légère difformité au niveau de la cheville.

Peggy frissonna, elle eut soudain l'impression d'être en train d'effectuer l'autopsie d'un farfadet mort, d'un lutin enterré par le petit peuple des hautes herbes. Un tel objet devait valoir une fortune. C'était à coup sûr une pièce de collection modelée à l'effigie d'une vraie petite fille. Un caprice de parents riches exécuté sur commande par un orfèvre de la miniaturisation. Même le tracé des lignes de la main avait été scrupuleusement reproduit à l'intérieur de chaque paume. On aurait pu les déchiffrer au moyen d'une forte loupe.

La matière qui avait servi à modeler la figurine avait quelque chose de déconcertant. Elle évoquait la cire, ou un matériau approchant. La chaleur l'amollissait légèrement. Cette constatation confirma Peggy dans l'idée qu'il ne pouvait s'agir d'un jouet. Quel enfant aurait pu s'amuser avec un objet aussi fragile ? Il s'agissait bel et bien d'une statuette... d'une statuette habillée de pied en cap avec des étoffes coûteuses.

Avec une certaine réticence, elle se demanda brusquement si les cheveux de la poupée n'avaient pas été prélevés sur la petite fille dont on avait reproduit les traits. Il suffisait de les caresser pour s'apercevoir qu'ils n'avaient rien de synthétique.

Peg allait remettre la poupée dans la boîte quand son attention se porta sur la cicatrice sinuant sous l'oreille droite... Prise d'un doute, elle se pencha et réalisa qu'elle était en présence d'une mince fêlure faisant tout le tour du visage. La poupée avait été cassée et on avait tenté de la recoller, mais l'humidité du jardin avait eu raison de l'adhésif utilisé, si bien que le visage de la figurine avait maintenant tendance à se détacher. Peggy glissa l'ongle de son index dans la cassure. Cette simple intrusion suffit à faire sauter la figure de la poupée comme un couvercle.

– Merde ! haleta la jeune femme.

Mais la stupeur lui coupa le souffle. Le trou béant qui s'ouvrait maintenant dans la face de la poupée révélait un *second* visage, enterré sous le premier... Un visage grimaçant sur lequel la figure souriante avait été posée tel un masque de carnaval.

Peggy se pencha, retenant son souffle. Elle ne rêvait pas, la face souriante constituait une sorte de couvercle parfaitement emboîté qui, une fois ôté, révélait la nature profonde de la figurine.

L'expression grimaçante, les yeux furibonds, avaient été reproduits avec tant de vie qu'on ne pouvait se défendre d'être saisi par le malaise à la vue d'une telle méchanceté. Il y avait de la folie, du vice, dans cette physionomie de cire « souterraine », quelque chose de bestial qui glaçait le sang. Peg éprouva le besoin de prendre du recul et repoussa sa chaise pour faire quelques pas dans la salle de séjour.

Elle ne comprenait pas le sens de ce qu'elle venait de découvrir mais elle devinait qu'il s'agissait d'un dangereux secret.

« C'était peut-être ça que le meurtrier cherchait à récupérer ? songea-t-elle soudain. La poupée. La poupée qui grimaçait... »

10

Il lui parut capital de dissimuler sa trouvaille au plus
vite. Avec dégoût, elle replaça le visage souriant dans
son logement. Le « couvercle » de cire s'emboîtait à
merveille. Il suffirait d'un peu de colle pour le maintenir
en place. Quand le jouet était ainsi « masqué », il était
impossible de deviner son secret. Peg se fit la réflexion
qu'en montrant la figurine à un antiquaire elle aurait une
chance de connaître sa provenance. Mais c'était prendre
le risque de révéler que la poupée était en sa possession,
et cette idée l'angoissait. Elle rangea la boîte à chaussures
dans l'une des penderies, au milieu d'un monceau de
vieilleries, et reprit son examen des factures éparses.

Le soir tombait et elle allait renoncer quand ses doigts
déplièrent un procès-verbal délivré par l'État de Floride,
et établi au nom d'Elisabeth Meetchum. Il s'agissait d'un
compte rendu de jugement pour vandalisme, assorti d'une
amende de 1 000 dollars et d'une astreinte aux consultations psychiatriques de l'hôpital du comté. De toute
évidence, Lisa avait été surprise dans un musée de Miami
en train de commettre des dégradations sur une œuvre
d'art exposée. Le document n'apportait aucune précision
supplémentaire. Il faisait office de reçu. Peggy examina
le timbre à date. Le jugement remontait à trois mois.

Elle se mit à faire les cent pas sur le vieux parquet.
Elle imaginait mal Lisa lacérant des tableaux avec un

canif ou brisant une statue à coups de marteau ! Sa sœur ne s'était jamais passionnée pour la moindre forme d'expression artistique, il était difficile d'admettre qu'elle ait pu se laisser emporter par cette passion au seuil de la quarantaine.

Peggy plia le papier, le glissa dans sa poche, et prit les clefs de la Dodge. Une fois de plus, elle allait mettre Rogue Sheridan à contribution, tant pis s'il assimilait ça à du harcèlement sexuel détourné !

Le *sherif's office* était presque vide, et la standardiste s'apprêtait à rentrer chez elle. Aussi Sheridan ne dissimula-t-il pas sa mauvaise humeur quand Peg fit irruption dans son bureau. Après avoir ostensiblement consulté sa montre, il accepta d'étudier le papier que la jeune femme brandissait sous son nez, et de passer un coup de fil pour obtenir quelques détails supplémentaires. Quand il raccrocha, il ne paraissait pas plus motivé qu'à l'ordinaire.

– Histoire classique, marmonna-t-il. Lisa avait bu, elle a fait un petit scandale au nouveau musée d'Art moderne de Miami. Le gardien a dû la ceinturer. Elle était dans un état d'excitation extrême et les gars de la sécurité ont été contraints de lui passer les menottes.

– Mais qu'avait-elle fait pour ça ? interrogea Peggy, incrédule.

– D'après les termes du rapport, elle aurait escaladé le socle d'une statue dans un but mal défini. Le gardien pense qu'elle tentait de tracer des graffitis à la surface de l'œuvre, ou de placarder un tract. Il ne sait pas très bien, et Lisa n'a rien voulu dire. On l'a enfermée quarante-huit heures en cellule. Quand elle a repris conscience, elle a prétendu ne conserver aucun souvenir de l'incident. Elle a dit au juge qu'elle était dans un grave état de dépression depuis la mort de son mari et qu'elle avait bu plus que de raison.

– C'est absurde, grogna Peggy. Ça n'a aucun sens.

– Libre à vous de le penser, maugréa Sheridan, mais moi ça ne m'étonne pas. Certains jours Lisa était si

74

saoule qu'elle serait bien sortie toute nue faire ses courses au drugstore. Parfois, elle se plantait près de sa barrière et invectivait les passants. Un jour, elle a pris le fusil de son mari et s'est mise à tirer dans le jardin pour tuer les ratons laveurs. Elle était si maladroite qu'elle a descendu les fenêtres de sa voisine, la vieille miss Clayton. J'ai dû aller lui confisquer l'arme et lui faire boire du café salé. Elle a tellement dégueulé que j'ai cru qu'elle allait remplir la baignoire. Elle n'allait pas bien du tout. Elle aurait fini à l'asile.

— Vous a-t-on dit quelle œuvre elle avait essayé de dégrader ? demanda Peggy.

— Oui... un truc moderne, grogna Sheridan. *Les Oiseaux de quelque chose...* Je ne me souviens plus.

La jeune femme comprit qu'il était inutile d'insister. Elle le remercia de ses efforts et prit congé. Il ne lui restait plus qu'une chose à faire : se rendre au musée pour en apprendre davantage.

11

Il était trop tard pour prendre la route, aussi boucla-t-elle son sac de voyage en prévision du lendemain. Elle ne pouvait partir sans la pièce maîtresse du mystère : la poupée ; pourtant, il lui répugnait de ranger cette étrange figurine parmi ses vêtements. Elle aurait eu l'impression de transporter un petit cadavre.

« La dépouille d'un lutin, songea-t-elle. Le corps d'un lutin malfaisant. »

Mon Dieu ! Voilà qu'elle sombrait dans le mélo-drame ! Pourquoi faire tant d'histoires ? Il ne s'agissait que d'un jouet après tout !

Elle finit par se décider à récupérer la boîte au fond de la penderie et à la glisser dans son sac de sport.

Elle se coucha en proie à une grande nervosité et passa près d'une heure à se retourner d'un flanc sur l'autre. Elle crevait de chaud, et chaque fois qu'elle avalait un verre d'eau, il lui semblait que son corps produisait deux litres de sueur. Elle ne s'endormit que pour sombrer dans un dédale de cauchemars effrayants. Elle se réveilla à plusieurs reprises, le cœur battant, persuadée que quel-qu'un rôdait autour de la maison. Les verrous avaient beau être tirés, les volets bouclés, elle savait qu'il suffirait à l'assassin d'une simple poussée pour arracher la porte d'entrée de ses gonds. Les termites avaient rendu le bois des cloisons aussi friable qu'une biscotte. En deux ou trois coups de poing, le tueur pourrait aisément s'ouvrir un passage à n'importe quel endroit de la façade, les planches pourries, évidées, exploseraient dans un nuage de sciure, sans produire autre chose qu'un bruit étouffé.

Peggy se glissa hors du lit pour faire le tour de la maison. Elle s'était retranchée dans une forteresse de papier mâché. Elle n'aurait pas été moins protégée si elle avait dormi dans un hamac, sur la véranda...

Le lendemain matin, ayant survécu à sa mauvaise nuit, elle prit la route de Miami. Elle dut attendre l'ouverture du musée d'Art moderne dans un *diner* car elle était arrivée avec un peu d'avance. Pour tromper son impatience elle appela Mullaby. Il n'était pas content. L'entrepreneur attendait les plans du faux vaisseau spatial qu'on devait immerger dans trois semaines au large de Key Largo. Beaucoup d'agences touristiques avaient déjà inscrit cette attraction sous-marine au programme de leur circuit.

– Quand vas-tu rappliquer ? gronda Mullaby dans l'écouteur. Je respecte les drames familiaux, mais pas quand ils menacent de me foutre dans la merde ! Amènetoi ! On a besoin de toi ! Et puis tu sais ce que disent les psys : le travail est le meilleur remède contre la déprime.

Peggy abrégea la conversation car elle venait de voir le service de sécurité déverrouiller les grilles du musée de l'autre côté de l'avenue. Elle régla son addition et courut presque vers l'entrée du bâtiment.

Le musée était encore vide. Peggy se dirigea vers le poste d'observation de la sécurité, une photo de Lisa à la main, en espérant qu'elle saurait être convaincante. Elle n'ignorait pas que les gardiens étaient la plupart du temps d'anciens flics à la retraite, parfois même des policiers en activité qui exerçaient ce second métier pour payer leurs dettes. Elle s'était préparée au pire mais on la reçut sans trop de suspicion.

– C'est la photo de ma sœur Lisa, expliqua-t-elle à trois reprises, elle a disparu. On pense qu'elle souffre de dérangement mental. J'essaie de rassembler le maximum d'informations sur elle pour la retrouver. J'ai appris qu'elle avait été à l'origine d'un scandale ici, il y a trois mois. Une tentative de vandalisme. J'aimerais en savoir un peu plus.

Un grand Noir à la stature de basketteur finit par l'orienter vers un homme trapu d'une soixantaine d'années qui mangeait un sandwich au pastrami dans un coin du local. Il avait les cheveux gris et la respiration sifflante. Peggy eut l'intuition qu'il faisait ostensiblement bande à part, comme s'il tenait à se différencier des autres membres du personnel de sécurité. Son uniforme était d'ailleurs différent. Quand elle s'assit en face de lui, elle comprit enfin qu'il s'agissait d'un guide et non d'un simple gardien. Un rectangle de plastique épinglé à son revers portait la mention : *Brewster C. Mallory. Guide.*

Peggy s'excusa de troubler sa collation et répéta son histoire.

Le sexagénaire tira des lunettes de lecture de la poche poitrine de sa veste et jeta un coup d'œil à la photo.

– C'est bien elle, dit-il d'un ton neutre. Je m'en souviens très bien, ce genre d'incident est assez rare ici. Je ne me suis pas méfié d'elle parce qu'elle était très correctement habillée. Avec goût, pourrait-on dire. Elle avait l'air de savoir très exactement ce qu'elle désirait voir, et a traversé toutes les salles sans accorder une seconde d'attention aux œuvres exposées. J'ai pensé qu'elle venait vérifier un détail... qu'elle rédigeait un article ou une étude sur une œuvre précise et qu'elle avait besoin de confronter ses souvenirs avec la réalité. Ça se produit souvent. Les photographies des livres d'art ne peuvent pas restituer toute la complexité d'une œuvre, n'est-ce pas ? J'aime assez discuter avec ces spécialistes, à leur contact j'apprends des choses que je peux ensuite utiliser lors de mes visites guidées. C'est pour cette raison que je l'ai suivie à distance... sans me presser, avec l'espoir de lier connaissance. Je ne suis pas flic, moi. Je ne m'ennuie jamais. J'aime mon métier.

– Que venait-elle voir ? interrogea Peggy en essayant de ne pas trop brusquer le guide.

– Elle est entrée dans la salle réservée à Jod McGregor, murmura Mallory. Comme j'étais resté en retrait, elle ne pouvait pas me voir. C'est là qu'elle a sorti une feuille de papier et un crayon de son sac et qu'elle a escaladé le piédestal des *Oiseaux des pierres sourdes*. Je ne sais pas exactement ce qu'elle avait dans la tête, mais les sculptures de McGregor sont très spéciales. Ce sont de simples modelages de terre glaise séchés au soleil. Le plus petit choc peut les réduire en miettes. McGregor pratique une esthétique minimaliste qui tourne le dos à la technique. Il essaie de retrouver le geste créateur des premiers âges, quand l'artiste des cavernes peignait encore avec du sang, des excréments et du charbon de bois. L'exposition s'intitule *Premières Images du monde*... C'est tout dire.

Il s'interrompit pour boire une gorgée de son café qui refroidissait.

– J'ai eu peur que votre sœur ne fasse basculer la sculpture, reprit-il. J'ai essayé de la faire descendre mais elle était très agitée, comme en état second. Elle m'a insulté, m'a expédié un coup de pied dans la poitrine. C'est là que j'ai prévenu la sécurité. Elle se cramponnait à son crayon et à sa feuille de papier. Je pense qu'elle voulait noter quelque chose... Ça n'avait pas l'air très clair. Quand les gardes l'ont empoignée elle s'est mise à hurler des ordures. J'ai rédigé un rapport très fidèle de l'incident, je n'ai pas cherché à grossir les faits.

– Pourrais-je voir la statue en question ? demanda Peggy.

Mallory hésita un court instant, mais se décida à quitter son tabouret. Il entraîna la jeune femme à travers un dédale de couloirs immaculés jusqu'à une rotonde où se dressaient de curieux modelages primitifs. Cela ressemblait à des poteries indiennes qu'une mystérieuse germination interne aurait boursouflées. C'était naturel, fruste, sans rien de frelaté. Il y avait là quelque chose qui paraissait effectivement tiré de la boue de la préhistoire. Des silhouettes à peine ébauchées, comme pétries par les mains d'un dieu hésitant encore sur la forme définitive de ses créatures. Cela sentait le tâtonnement gigantesque, l'à peu près tellurique. C'était comme le brouillon d'une vie en gestation. De la terre torturée, expulsée par un volcan ou sortie de la crevasse d'un tremblement de terre. C'était beau, curieusement sauvage.

Peggy chercha une photographie de l'artiste, mais n'en trouva pas.

– Il est très jeune, expliqua le guide, la trentaine à peine. Il est promis à une belle carrière.

Il fit quelques pas de côté et désigna un bloc de terre ocre étrangement malaxé qui mesurait à peu près 2 mètres.

– C'est celui-là, dit-il. *Les Oiseaux des pierres sourdes*... Il possède une particularité anecdotique que je signale toujours aux visiteurs, et que je suis peut-être le seul à avoir remarquée. C'est ici, voyez-vous ?

Il s'était à demi penché pour désigner une partie convexe du modelage. Peggy ne remarqua rien de particulier.

– Il faut regarder de très près, précisa Mallory avec une certaine fatuité, mais, lors du travail de modelage, la paume de McGregor s'est imprimée dans la glaise. L'artiste ne s'en est pas rendu compte et il n'a pas lissé cette marque, si bien qu'elle a séché au soleil. Comme il s'agit d'une glaise au grain très fin, la paume est reproduite avec une si grande fidélité qu'on pourrait en faire interpréter les lignes par une diseuse de bonne aventure. Cela confère à l'œuvre une valeur toute spécifique, n'est-ce pas ? C'est presque une empreinte fossile, une trace physique du travail de l'artiste. Peut-on imaginer une plus belle signature ?

Peggy avait cessé de respirer. Elle fit un effort prodigieux pour ne pas laisser paraître son trouble. Elle savait maintenant ce que Lisa était venue faire ici. Elle avait réalisé un frottis de la paume au moyen d'une feuille de

80

papier et d'un crayon gras. Elle avait relevé l'empreinte de Jod McGregor pour l'étudier à loisir, ou pour vérifier une quelconque théorie.

Peg frissonna. Bien qu'elle ne fût guère experte en matière de lignes de la main, elle fut brusquement persuadée que la paume imprimée dans la glaise durcie était la même que celle dont elle avait relevé l'image sanglante sur la cloison en plâtre de la bibliothèque.

– Je vous remercie, balbutia-t-elle à l'adresse du guide. Vous avez été très aimable.

– J'espère que vous retrouverez votre sœur, fit Mallory en la raccompagnant.

Peggy sortit du musée dans un état second. Il lui fallait un double de l'empreinte ! Si la paume imprimée dans la glaise correspondait avec celle laissée dans la bibliothèque, *Jod McGregor était l'assassin de Lisa...*

Elle se rendit dans un magasin spécialisé dans les fournitures pour travaux manuels et se procura une boule de pâte plastifiée que les enfants utilisaient généralement pour modeler des animaux. Le produit, très mou lorsqu'il était conservé dans son emballage, durcissait rapidement à l'air libre, délivrant les sculpteurs en herbe du souci de la cuisson. Si elle parvenait à rester en tête à tête soixante secondes avec le bloc qui l'intéressait, il lui suffirait de presser la pâte plastifiée sur l'empreinte de Jod McGregor pour obtenir une image fidèle en creux. Elle n'aurait ensuite qu'à laisser sécher le morceau de plastiline, et à s'en servir comme d'un tampon encreur pour vérifier si le dessin des lignes palmaires correspondait à la trace sanglante oubliée par l'assassin dans la bibliothèque.

Elle était dans un tel état de surexcitation qu'elle eut peur d'avoir une syncope et dut rentrer dans un bar pour reprendre ses esprits. Ses mains tremblaient de manière si évidente que la serveuse lui demanda si elle se sentait bien.

– Un peu d'hypoglycémie, bégaya Peggy.

– Ça fait toujours ça quand on suit un régime trop sévère, observa la jeune femme. Mangez un morceau de tarte aux airelles, ma chérie, ça passera. Vous êtes bien assez mince pour vous offrir un petit écart.

Peggy accepta. Le plus dur, à présent, consistait à retourner au musée sans se faire prendre... et sans éveiller les soupçons du guide. Si l'hypothèse se vérifiait, il lui faudrait ensuite se documenter sur ce Jod McGregor, le sculpteur de l'âge des cavernes.

Dès qu'elle se sentit mieux, elle se glissa dans le musée et entreprit de déambuler à travers les salles. De temps à autre elle s'asseyait sur une banquette, feignait de s'absorber dans la contemplation d'un tableau. Pour donner d'elle une apparence plus sérieuse, elle avait sorti son agenda de son sac et faisait semblant de prendre des notes. Elle se rapprocha insensiblement de la rotonde où l'on avait rassemblé les œuvres de McGregor. Il lui faudrait agir très vite, et prier pour qu'aucune caméra ne surprenne son geste. Elle tira la plastiline de son emballage, en fit une boule et marcha vers le bloc de terre glaise juché sur son piédestal. Comme elle était un peu plus grande que Lisa, elle n'eut pas à escalader le socle. Plaquer la boule de pâte sur l'empreinte ne lui prit que quatre secondes. Si quelqu'un l'avait observée sur un écran de contrôle, il avait pu avoir l'impression que la visiteuse se contentait de caresser l'une des courbes de la sculpture. Tandis qu'elle marchait vers la sortie, elle s'attendait à ce que les gardes l'interpellent. Par bonheur, rien de tel ne se passa. L'empreinte dissimulée dans son sac, elle se rendit à la librairie du musée et chercha un ouvrage sur Jod McGregor. La vendeuse, une grande fille austère, la félicita pour son bon goût.

– C'est un grand artiste, déclara-t-elle. Quelqu'un qui ira loin. Il a su retourner à l'essentiel, aux origines, il n'y a rien de frelaté dans son art. Il a inauguré une nouvelle voie : le néo-primitivisme. C'était une nécessité à une époque où la technologie se fait chaque jour plus envahissante.

Elle rajusta ses lunettes, avant d'ajouter en rougissant : « En plus il est très beau. »

Peggy examina la photographie au dos de l'album. Elle représentait un jeune homme aux longs cheveux blonds hirsutes. Il avait de magnifiques yeux bleus et un visage de lord anglais qui aurait traversé le Sahara à pied. Un curieux mélange de distinction et de fatigue. Une lassitude hautaine qui lui faisait les pommettes émaciées et le front protubérant. « Il ferait un malheur au cinéma dans le rôle de lord Byron », songea Peggy.

Pendant que la libraire se lançait dans une glose inspirée de l'œuvre de Jod, Peg feuilleta l'ouvrage. Soudain, elle se figea. L'un des clichés consacrés à l'habitat de l'artiste montrait une curieuse maison aux tourelles biscornues, un manoir aux allures victoriennes, qu'entouraient des poupées aux poses figées. Un commentaire laconique accompagnait l'image : *La fameuse maison de poupées d'Iram McGregor, l'ancien fabricant de jouets de la Couronne d'Angleterre et du président des États-Unis.*

— Vous savez ce que c'est ? demanda Peggy en poussant l'ouvrage vers la vendeuse.

La jeune femme haussa les épaules, son visage se ferma.

— Oh ! dit-elle avec agacement. Il faut toujours que les commentateurs amènent ça sur le tapis. C'est juste une curiosité touristique que les agences font visiter aux vacanciers. Une monstrueuse maison de poupées construite par le père de Jod, Iram McGregor, qui était fabricant de jouets dans sa jeunesse. Ça n'a *aucune* valeur artistique, vous savez... C'est le genre de choses qui devrait figurer dans le livre des records, je suppose ?

— Une maison de poupées ? répéta Peg.

— Oui, fit la libraire. Une folie de vieux maniaque. Un peu comme le palais du facteur Cheval, en France, dont vous avez peut-être entendu parler. Ou la maison de la veuve Winchester qui ne cessait de faire construire de nouvelles chambres pour échapper aux fantômes des gens morts par la faute de son mari, l'inventeur de la fameuse carabine à répétition.

Peggy écoutait à peine. D'après ce qu'en laissait deviner la photo, les poupées d'Iram semblaient d'une facture analogue à celle que Lisa avait enterrée dans le jardin.

— C'est presque une attraction foraine, renchérit la vendeuse. Avec tout ce que ça comporte d'un peu vulgaire, mais je suppose que ça permet à Jod de survivre. Il est apprécié de la critique, cependant ses œuvres se vendent encore très mal. Cela s'arrangera sans doute avec le temps ?

— Sans doute, conclut Peggy en posant sa carte American Express sur le comptoir.

Avant de rentrer à l'hôtel, elle prit encore le soin d'acheter une bouteille d'encre à tampon. Quand elle fut dans sa chambre, elle en barbouilla le moulage de plastiline, qui était à présent durci, et l'appliqua sur une feuille de papier. Une minute plus tard, elle superposait l'empreinte ainsi obtenue avec celle relevée dans la bibliothèque. Leurs tracés se décalquaient à la perfection. La conclusion s'imposait d'elle-même. Jod McGregor avait assassiné Lisa.

12

Elle resta plusieurs heures dans un état de grande agitation, sans toutefois pouvoir déterminer quelle attitude il convenait d'adopter. Il était hors de question qu'elle aille trouver la police en brandissant ses pauvres preuves, elle se ferait éconduire avec impatience, pire : on risquait de la prendre pour une folle, et elle perdrait aussitôt toute crédibilité. Elle était de plus en plus convaincue qu'elle devait régler cette affaire seule, comme une vendetta familiale à laquelle il lui incombait de mettre un point final. Elle avait toujours eu l'habitude de ne compter que sur elle-même et, en règle générale, elle faisait assez peu confiance aux institutions.

Elle s'obligea à lire l'album acheté à la librairie du musée de la première à la dernière page. Comme c'est souvent le cas pour les livres d'art, le commentaire se révéla obscur. Une sommité de l'université de Miami y parlait de *fœtus telluriques*, d'*amibes de glaise livrées à la main prodigieuse du thaumaturge*, du *bouillonnement de la matière primale au seuil d'un devenir potentiel*.

Cette prose prétentieuse ne parvenait pas à porter préjudice à l'étrange beauté des modelages où toujours se côtoyaient la matière brute et la ligne fuyante, devinée, d'une vie en train d'éclore. Les photographies représentaient les « statues » dans des décors naturels, échouées au bord de lagunes ou de marécages, émergeant de touffes d'herbes, comme oubliées ou en voie de fossilisation. On parlait très peu de la maison de poupées, sinon pour signaler qu'on pouvait l'admirer tous les jours, et que la sœur de l'artiste – Lorraine McGregor – en assurait la conservation. Suivaient une adresse, à la lisière du parc des Everglades, et les horaires de visites.

Peggy examina une nouvelle fois les rares photographies consacrées à cette « attraction amusante ». Elle en retira la conviction que la poupée cachée dans son sac avait été volée là-bas. La solution du problème se trouvait sûrement dans ce jouet disproportionné qui, au dire de l'album, occupait une surface au sol de près de 60 mètres carrés.

Elle décida de rentrer à Saltree ; s'attarder à Miami ne servirait pas à grand-chose. Le mieux était d'entrer en contact avec la famille McGregor et de s'immiscer dans leur entourage, sinon dans leur intimité. Après tout, n'était-elle pas en possession d'un formidable appât ?

« Tu n'auras qu'à prétendre tenir une boutique de brocante à Key West, songea-t-elle. Un client louche se sera présenté pour te vendre la poupée. Tu l'auras achetée avec l'intention de la restituer à ses véritables propriétaires. »

Ce n'était pas une mauvaise approche. Elle refuserait d'être remboursée. En échange, elle exigerait de pouvoir étudier la maison-jouet et de rédiger une étude sur son bâtisseur, Iram McGregor. Pourrait-on décemment lui refuser cette faveur ? Elle ne le pensait pas. Une fois dans la place elle improviserait, tout dépendrait de la personnalité de Jod, le fameux artiste visionnaire.

Elle n'entrevoyait pas clairement ce qu'elle escomptait faire une fois en face de l'assassin : prouver sa culpabilité... ou le supprimer d'une manière ou d'une autre pour venger Lisa ? Tout cela était encore très flou dans son esprit. Par ailleurs, fortement attachée au principe affirmant que trop d'analyse paralyse l'action, elle n'avait aucune envie d'y réfléchir pour l'instant. Elle avait toujours procédé ainsi, par impulsions. Jusqu'à présent cette méthode ne lui avait pas trop mal réussi.

Elle régla sa note et prit la Tamiani Trail pour rentrer à Saltree. Comme à l'ordinaire le trajet fut long et pénible, les routiers s'acharnant à klaxonner la vieille Dodge pour se faire céder le passage. Lorsqu'elle se gara enfin devant la maison, elle était épuisée et n'aspirait plus qu'à se laisser couler dans la baignoire du rez-de-chaussée. Le sac sur l'épaule, elle remonta l'allée. C'est en posant le pied sur la première marche menant à la véranda qu'elle remarqua la porte entrebâillée. Elle se figea, et l'adrénaline de la peur chassa en une fraction de seconde toute fatigue de son corps. La prudence lui commandait de battre en retraite et d'aller prévenir Rogue Sheridan, mais elle craignait de se couvrir de ridicule si, par hasard, la serrure de la porte d'entrée était tout simplement tombée de son logement à cause des termites. Elle fit encore deux pas, plissant les paupières pour sonder la mince fente de pénombre s'ouvrant derrière le panneau-moustiquaire. L'odeur la fit tressaillir.

« Ce n'est qu'une bête, se dit-elle. Une bestiole qui s'est faufilée dans la maison pour crever... ou bien un putois qui cherchait de la nourriture. »

Sa main droite poussa le battant.

Mama Léon était couchée sur le dos au milieu de la salle, non loin du fauteuil dissimulé sous son drap. Une flaque noire, coagulée, s'était formée sous ses reins. Elle avait les yeux grands ouverts comme si elle fixait le ventilateur du plafond. Ses doigts se serraient sur une étrange poupée artisanale faite de paille et de chiffon, une sorte de gri-gri naïf et chatoyant auquel elle s'était cramponnée jusque dans la mort.

13

Rogue Sheridan se pencha sur le corps de la grosse femme noire en chassant d'un revers de main les mouches qui bourdonnaient au-dessus du cadavre.

– On l'a tuée d'un coup de couteau, constata-t-il. Une entaille semblable à celle qu'on a relevée sur votre sœur. Sans doute la même arme. Le type l'a plantée de toutes ses forces, jusqu'à la garde. Cette fois il n'a pas laissé d'empreinte. On a regardé partout.

– Qu'est-ce qui s'est passé ? murmura Peggy. Pourquoi est-elle entrée ici ?

– Je crois que ça n'a rien de mystérieux, grogna l'adjoint du shérif. Elle venait vous offrir cette poupée porte-bonheur qu'elle avait dû confectionner à votre intention. Vous voyez ? C'est un gri-gri haïtien, un fétiche censé écarter le mauvais œil. Elle a dû voir une ombre derrière les rideaux, elle a pensé que vous étiez rentrée et elle s'est empressée de vous apporter son cadeau. L'ennui c'est qu'il ne s'agissait pas de vous mais du tueur. Elle est tombée sur lui par surprise... et il l'a poignardée. Peut-être qu'elle l'a reconnu et qu'il ne pouvait pas la laisser filer.

– Le tueur... répéta Peggy d'une voix mal assurée. Vous croyez qu'il était revenu pour effacer l'empreinte sur le mur ?

– Non, plutôt pour reprendre ses fouilles, fit Sheridan. Il cherche quelque chose, c'est certain. Il a profité de votre absence pour inventorier une fois de plus le contenu des tiroirs. Tout est de nouveau sens dessus dessous. Il a même arraché les lattes du parquet à plusieurs endroits. Ça signifie qu'il surveillait la maison et qu'il vous a vue partir.

– Mais comment ? fit la jeune femme que cette perspective terrifiait.

– Pas difficile, grogna l'adjoint. Il lui suffisait de se planquer dans une barque, au milieu du marécage et de vous suivre à la jumelle. À cause des bambous, un guetteur embusqué peut parfaitement passer inaperçu. Je vous avais bien dit de ne pas rester ici. Je pressentais un truc de ce genre. Vous voyez ! Heureusement que vous êtes rentrée assez vite, sinon la vieille demoiselle Clayton serait morte de faim et de soif dans son lit. Elle n'a plus toute sa tête, et se serait sûrement contentée d'attendre le retour de sa gouvernante sans même songer à nous passer un coup de fil.

Il se redressa et s'écarta pour laisser la place aux hommes du coroner qui venaient chercher le corps.

– Vous n'avez vraiment aucune idée de ce que l'assassin s'est mis dans la tête de découvrir ? interrogea-t-il en fixant Peggy avec une insistance gênante. Ce n'est pas normal un tel acharnement. Il y a ici un objet compromettant qu'il essaie de récupérer. Ou alors votre sœur planquait un magot !

– Moi, je pense qu'il venait effacer l'empreinte, s'entêta la jeune femme. Il a dû repasser le film des événements dans sa tête pour arriver à la conclusion qu'il avait peut-être laissé une trace.

Sheridan fit la moue.

– C'est tiré par les cheveux, grogna-t-il. Je n'y crois pas. Vous n'avez vraiment rien déniché en remettant de l'ordre dans les papiers de votre sœur ? À force de farfouiller dans l'intimité des gens, elle a pu recueillir des confidences... des secrets. Beaucoup de femmes la prenaient très au sérieux. L'une d'elles a pu lui confier quelque chose à propos de son mari ou de son petit ami... Tous ces Cubains, ces Haïtiens, sont plus ou moins mouillés dans des affaires de drogue.

– Non, mentit Peggy.

– Où étiez-vous passée ces dernières vingt-quatre heures ?

– À Miami, j'avais besoin de rassembler de la documentation pour mon travail. La vie continue, vous savez, j'ai des échéances et mon patron s'impatiente. Si je ne rentre pas bientôt nous risquons de perdre un gros contrat d'aménagement sous-marin.

L'adjoint hocha la tête.

– OK, soupira-t-il. Vous faites comme vous voulez, mais personnellement j'aimerais bien vous voir quitter Saltree. Je vais placer la baraque sous surveillance, votre absence me faciliterait les choses.

– Je vais m'installer au motel pour ce soir, murmura la jeune femme. De toute façon je serais incapable de passer la nuit ici, après ce qui vient d'arriver.

– Rentrez à Key West, lança Sheridan. Vous perdez votre temps. Personne n'achètera cette bicoque. Même les Cubains n'en voudront pas. Ils sont superstitieux, comme tous les catholiques. Deux meurtres, c'est une sacrée moins-value, vous ne trouvez pas ?

Dès que l'ambulance et les voitures des hommes du shérif se furent éloignées, Peggy jeta son sac dans la Dodge et prit la fuite. Tout le temps du trajet elle se cramponna au volant pour essayer de réprimer le tremblement de ses mains. Ainsi Jod McGregor était revenu... Peggy se le représentait, embusqué dans les bambous du marécage, tapi dans une barque à fond plat. Il avait dû épier chacun de ses gestes, peut-être même s'était-il aventuré dans le jardin tandis qu'elle dormait ? L'avait-il vue déterrer la poupée ?

Car c'était cela qu'il cherchait : la poupée à double visage. Le jouet avait probablement pour lui une signification fantasmatique. Il craignait qu'on ne finisse par découvrir la face grimaçante cachée sous l'adorable frimousse. Tout tournait autour de cette tête de cire truquée.

Peggy s'arrêta sur le parking du motel et loua un bungalow. Elle devait être d'une pâleur épouvantable car le préposé la dévisagea d'un air soupçonneux et lui demanda par deux fois si elle se sentait bien. À peine avait-elle déverrouillé la porte de la cabine qu'elle fut prise de nausées et courut vomir dans les toilettes. Elle était malade de peur, de culpabilité. Elle ne pouvait chasser de son esprit l'image de Mama Léon étendue sur le parquet, au pied du fauteuil macabre. C'était à cause d'elle que la gouvernante était morte. Si elle ne lui avait pas montré l'image de la paume sanglante, l'Haïtienne n'aurait jamais éprouvé le besoin de lui apporter un gri-gri pour la protéger du démon... Par là même, elle n'aurait pas surpris Jod McGregor en train d'explorer les placards de la maison.

Peg se rinça le visage et la bouche, puis se laissa tomber sur le lit. Jod... Il faudrait lui faire payer l'addition, d'une manière ou d'une autre.

Quand elle eut quelque peu recouvré ses esprits, elle s'assit près du téléphone et consulta l'album acheté à la librairie du musée pour trouver le numéro de la maison familiale des McGregor. Elle s'attendait à devoir franchir un solide barrage administratif, mais elle eut immédiatement en ligne une jeune femme qui se présenta sous le nom de Lorrie McGregor. Peggy entreprit de réciter la fable mise au point à Miami.

– Vous ne me connaissez pas, commença-t-elle. Je suis antiquaire à Key West. Il y a quelques jours on m'a vendu une poupée d'une très grande beauté qui, je crois, vous a été volée. Elle représente une petite fille blonde, très souriante, en robe noire. Sur le moment je n'ai pas fait la relation avec la maison de poupées de votre père, c'est un ami qui m'a mis la puce à l'oreille.

Il y eut un moment de silence à l'autre bout du fil. Puis la voix de Lorrie McGregor résonna, empreinte de préoccupation.

– C'est exact, dit-elle prudemment. On nous a volé une poupée, il y a de cela quelques semaines. Une poupée que notre père avait modelée à l'image d'Angela, notre sœur cadette. Cela nous a causé un grand choc car Angela est morte accidentellement quand elle avait 10 ans... Nous sommes bien évidemment très attachés à cette figurine, mais la police ne nous a pas pris au sérieux, comme vous pouvez l'imaginer. Ils ont autre chose à faire que de courir derrière un jouet.

– Je pense que votre voleur a eu besoin d'argent, dit Peggy. C'était d'ailleurs une voleuse... Une femme d'une quarantaine d'années. Je vous appelle ce soir car je suis de passage dans la région et je souhaiterais vous restituer votre bien.

Lorrie eut une nouvelle hésitation.

– C'est très aimable à vous, finit-elle par dire d'une voix gênée, mais c'est que nous ne pourrons pas vous rembourser... du moins pas dans l'immédiat. Mon frère est un artiste apprécié de la critique mais ses œuvres se vendent mal. Pour tout vous dire, nous survivons grâce aux visites guidées de la maison de poupées qui attire encore pas mal de monde. Nous avons la chance de figurer sur le circuit de plusieurs agences touristiques de Miami, mais les tickets vendus nous donnent tout juste de quoi manger. Nous ne sommes pas riches en dépit des apparences. Notre père a englouti toutes ses économies dans la construction de la maison de poupées, voyez-vous... et depuis sa mort nous nous débrouillons comme nous pouvons, mon frère Jod et moi.

– Je n'avais pas l'intention de vous demander le remboursement de ma mise de fonds, plaida Peggy, l'estomac serré. Je connais mal l'œuvre de votre père, et ce qu'on m'a dit de cette maison de poupées a piqué ma curiosité. Je trouve cette idée fascinante. Si vous me permettiez de l'étudier de plus près... et peut-être d'écrire un article ou une petite étude sur le sujet, je m'estimerais satisfaite. Qu'en pensez-vous ?

– Oh ! balbutia Lorrie. Ce serait formidable. Je serais bien sûr très heureuse de vous inviter. Nous avons un salon de thé et nous louons quelques chambres. Il y a une réserve d'oiseaux à proximité – principalement des hérons, des flamants – et nous avons la chance d'accueillir régulièrement un certain nombre d'ornithologues amateurs ou professionnels. Si cet hébergement vous convient, vous pourrez rester autant de temps que vous le souhaitez. C'est très simple mais propre. Je m'occupe de tout.

– Formidable ! lança Peggy. Puis-je passer demain matin ? Je m'appelle Peggy Williams. J'ai été décoratrice de théâtre, tout ce qui touche aux maquettes, aux modèles réduits me passionne.

– Je vous attends ! dit Lorrie McGregor avec une chaleur qui ne semblait pas feinte. Vous n'aurez pas de mal à trouver, la route est fléchée.

Elle eut un petit rire d'excuse et ajouta :

– C'est moi qui ai cloué les pancartes. Il y en a une tous les 50 mètres.

Elles se séparèrent après avoir échangé force remerciements réciproques. Quand elle raccrocha le combiné, Peggy s'aperçut qu'elle était trempée de sueur.

« Ça y est, songea-t-elle, te voilà dans la place. »

Le plus dur restait à faire : affronter Jod et tenter de le prendre au piège.

« *Car il te connaît, lui,* pensa-t-elle. Surtout s'il a passé son temps dans le marécage à t'observer à la jumelle. Il va faire une drôle de tête en te voyant débarquer chez lui, la poupée sous le bras ! »

Ce serait une partie difficile et dangereuse, elle ne l'ignorait pas, mais elle voulait comprendre le fin mot de l'histoire.

Elle ouvrit le sac de voyage et en sortit la boîte de carton contenant le jouet. Elle vérifia que le visage faisant office de couvercle tenait toujours en place. Lorsqu'elle restituerait la poupée elle ferait semblant de n'avoir pas découvert le secret de la figurine, et de tout ignorer du visage grimaçant caché sous le premier. Elle jouerait les niaises, cela lui accorderait un délai supplémentaire. Le danger, c'était bien sûr Jod. Comment réagirait-il ? Il saurait tout de suite que Peggy ne s'appelait pas Williams, et qu'elle n'était nullement antiquaire... Il ne serait pas dupe une seule seconde de cette histoire de restitution.

« C'est là qu'il faudra avancer tes pions avec maîtrise, songea la jeune femme. S'il se sent menacé, il tentera de se débarrasser de toi. »

Elle se sentait oppressée. Serait-elle capable de jouer la comédie ? Il le faudrait bien...

Avant de se mettre au lit elle glissa une chaise sous la poignée de la porte. Demain serait un jour difficile. Ce serait la première fois qu'elle serrerait la main d'un fou criminel en liberté. Un fou qui avait tué sa sœur et sa voisine.

« Seras-tu assez habile pour ne pas devenir sa prochaine victime ? » se demanda-t-elle en fermant les yeux.

14

Le lendemain matin, Peggy s'arrêta au drugstore de Saltree pour faire provision de stylos et de calepins, elle acheta également un petit magnétophone, une pile de cassettes vierges, et un appareil photo japonais bas de gamme mais dont l'apparence faisait illusion. Elle espérait que cette panoplie lui donnerait l'allure d'une universitaire en mal de publication, et lui permettrait de s'incruster chez les McGregor. Elle devait prendre en considération le fait que Lorrie McGregor ignorait peut-être tout des agissements criminels de son frère, il importerait donc de lui donner le change le plus longtemps possible, et de ne pas la considérer d'emblée comme une adversaire.

Elle quitta la ville, prit la route bordée de bambous qui longeait les abords du marais. Le bruit du moteur faisait parfois s'envoler des nuées de balbuzards pêcheurs qui tournaient en cercle au-dessus des mangroves. Quelques crocodiles prenaient le frais, les mâchoires bloquées en position ouverte, à la manière des sauriens s'évertuant à faire tomber leur température interne lorsqu'ils sont restés trop longtemps au soleil. Çà et là, des panneaux de signalisation mettaient en garde les conducteurs contre d'éventuels « passages d'alligators ». Il arrivait, en effet, que les prédateurs se lancent dans l'exploration des environs. On les voyait alors traverser la chaussée, les pattes tendues en « marche haute », balayant l'asphalte de leur queue caparaçonnée. Peggy ne rencontra aucune autre voiture. Il était encore trop tôt pour les touristes, et la route déserte sinuant à la lisière d'un *no man's land* en pleine dissolution des Glades aviva son angoisse.

Les seules traces de présence humaine se résumaient à des *trailers parks* déserts où achevaient de rouiller quelques vieux winnebagos, et à des casemates de planches pourries à toit de tôle ondulée spécialisées dans la vente des appâts pour la pêche, et sur les flancs desquelles on avait maladroitement tracé le mot *BAITS,* à la peinture blanche. Elles étaient tenues par des Indiens miccosukees, peu accueillants, auxquels il était inutile d'espérer arracher un sourire. Là commençait un territoire hors du temps, aux antipodes de la folie des grandes villes, un monde où la technologie n'avait pas encore fait son entrée. Braconniers et gardes forestiers y menaient une inlassable guerre d'escarmouches. Les premiers s'obstinant à tuer les espèces protégées en dépit des nouvelles lois préservant l'environnement, les seconds composant avec une population décalée, dont les coutumes n'avaient pas varié d'un pouce depuis la Guerre de Sécession.

Au bout d'une demi-heure, ne trouvant toujours aucune pancarte, Peggy eut peur de s'être égarée et s'arrêta à proximité d'une bâtisse élégante de style colonial devant laquelle s'étendait une magnifique pelouse rehaussée d'hibiscus. Elle avait à peine entrouvert la portière qu'un jardinier furibond se rua sur elle, la menaçant de son râteau. C'était un vieil homme dont le visage semblait avoir été taillé dans un cuir de mauvaise qualité.

— Faut pas rester là ! aboya-t-il, c'est une propriété privée réservée aux gens de plus de 60 ans ! Les jeunes n'ont rien à faire ici ! Si vous voulez entrer, il faut demander un permis temporaire à la directrice, miss Cavington... Fichez le camp !

— Je cherche la maison de poupées des McGregor, bégaya Peggy.

– C'est plus loin, par là ! cria le vieillard. Maintenant partez, nous ne voulons pas avoir de contact avec les jeunes !

Peg obéit. En jetant un coup d'œil dans le rétroviseur elle aperçut les panneaux accrochés au grillage entourant la propriété :

Distinguished Grey Club.

Accès interdit aux moins de 60 ans.

Certes, elle connaissait l'existence de telles confréries puisque la Floride détenait le plus fort pourcentage de retraités de tous les États-Unis, mais c'était la première fois qu'elle approchait l'un de ces sanctuaires hors du temps, où les vieillards aisés vivaient dans un décor d'une autre époque, en écoutant les musiques de leur jeunesse, en relisant des fac-similés des journaux d'avant-guerre et en visionnant les films en noir et blanc de vedettes aujourd'hui oubliées. C'était la seule réplique qu'avaient su imaginer les retraités aux agressions d'un monde qu'ils ne comprenaient plus et qui leur faisait peur. Les « jeunes » y étaient farouchement interdits de séjour, quant aux enfants, on n'en tolérait même pas le voisinage.

Peggy accéléra. La première pancarte apparut, clouée sur le tronc d'un palétuvier, rectangle de bois découpé en forme de pantin naïf.

Après le bouquet d'arbres s'étendait un immense grillage s'élevant à plus de 3 mètres au-dessus du sol. Cette barrière métallique enserrait une zone d'herbe caoutchouteuse ponctuée de marigots. Un nombre incalculable de gallinules et d'aigrettes neigeuses se tenaient recroquevillées au bord des trous d'eau. Peggy supposa qu'il s'agissait d'une réserve ornithologique. Elle s'arrêta sur le bas-côté, car elle voulait se donner le temps de reprendre ses esprits avant de rencontrer Lorrie. Une brume moite flottait à ras de terre, l'air était plein de pépiements étranges. Des panonceaux « propriété privée » cliquetaient contre les grillages dès que se levait un souffle d'air.

Une grosse Land Rover à quatre roues motrices jaillit soudain d'entre les troncs d'un boqueteau de casuarinas et de sumacs où elle devait se tenir embusquée, et vint se garer devant la Dodge de manière à lui couper la route. Un homme en descendit, vêtu d'une chemise hawaïenne et d'un bermuda. Il tenait un walkie-talkie à la main. La grosse bosse soulevant le tissu de sa chemisette à la hauteur de sa hanche suggérait qu'il était armé. Un chien le suivait. Un berger allemand, qui se mit à renifler la voiture de Peggy sur toutes les coutures comme si les pare-chocs étaient bourrés de cocaïne. La jeune femme fut si surprise qu'elle ne songea même pas à protester. L'homme mesurait un bon mètre quatre-vingt-quinze. Il devait avoir à peu près 35 ans. Il avait les cheveux coupés au ras du crâne, comme un militaire, et son regard avait cette morgue propre aux jeunes officiers de marine d'Annapolis.

— Que faites-vous là ? interrogea-t-il, vous êtes aux abords d'une propriété privée.

— Je vous ferai remarquer que je suis encore du *bon* côté du grillage ! siffla Peggy. Qu'est-ce que fiche votre chien ? Vous êtes de la DEA ? Vous imaginez sans doute que je vends de la coke aux alligators ?

— Ne vous énervez pas, dit placidement l'homme au crâne rasé. Cooky a été dressé pour détecter la présence d'explosifs dans les aéroports. Il fait son boulot, c'est tout.

— Je ne comprends rien à votre histoire, s'emporta Peggy. Je cherche la maison des McGregor, j'ai rendez-vous avec Lorraine.

— OK, il suffisait de le dire, soupira l'inconnu. Vous êtes Peggy Williams, l'antiquaire ? Lorrie m'a prévenu de votre visite. C'est bon, je vous annonce. Reprenez le volant et roulez encore sur 200 mètres, vous verrez le portail derrière le boqueteau d'arbres à fièvre. Je suis Pyke Bozeman, le garde du corps de Jod. On se reverra sûrement. Bienvenue au domaine.

Et il s'éloigna, murmurant quelque chose dans son Motorola.

Peggy demeura interdite. Un garde du corps ? Cela compliquait singulièrement les choses. Elle reprit sa place au volant, ruminant cette information de dernière minute. Ainsi Jod McGregor, le prédateur, s'estimait lui aussi en danger ? C'était pour le moins inattendu.

Légèrement décontenancée, elle roula jusqu'au portique signalé par le dénommé Bozeman. Un grand parking avait été prévu pour accueillir les cars de touristes. Un peu partout, des panneaux couverts de dessins naïfs vantaient les merveilles de la maison de poupées géante. Au bout d'une allée saupoudrée de gravillons jaune citron se dressait une demeure de style colonial vaguement teinté d'apports espagnols du XVe siècle, assez semblable à celle que Peggy avait habitée dans son enfance. Elle remarqua toutefois que la véranda avait ici beaucoup plus de classe, en raison de ses colonnades « Vieux Sud ». Le décor était exquis, il avait cet aspect appétissant du glaçage recouvrant certains gâteaux. On s'y sentait dans la peau d'Alice au seuil du Pays des Merveilles. Une haie de citronniers sauvages dissimulait la morne étendue du marécage.

Une jeune femme sortit de la bâtisse et vint à sa rencontre. Elle devait avoir 25 ans, mais elle avait la mine austère d'une personne écrasée par les soucis. Ses cheveux blonds, ramenés sur la nuque, dégageaient un beau visage pâle, typiquement anglais. La bouche était petite mais délicatement ourlée, comme celle d'une poupée. Elle portait une simple robe de coton rose boutonnée devant, qui flottait sur son corps filiforme. Elle avait la peau presque livide des jeunes filles bien nées à qui on a appris à fuir le soleil pour ne pas ressembler à des Mexicaines.

– Bonjour, dit-elle avec un sourire triste. Je suis Lorraine McGregor. Je suppose que vous êtes Peggy ?

Elle avait les gestes fluides et gracieux d'une danseuse classique. Peggy nota qu'elle se rongeait les ongles jusqu'au sang.

– Rentrons, proposa Lorraine. Il fait trop chaud. J'ai préparé de la citronnade.

Ses yeux scrutaient le sac de voyage de Peggy, comme s'ils essayaient de distinguer la poupée à travers l'étoffe. Dès qu'elles furent dans le hall, Peg réalisa que la grande demeure avait été transformée en vue de l'accueil des touristes. Des présentoirs à souvenirs occupaient la place des meubles, et tout le rez-de-chaussée servait désormais de salon de thé. Seules quelques vieilles commodes espagnoles Haute Époque avaient survécu à la ruine de la famille.

– La maison de poupées est dans la cave, expliqua Lorrie qui avait surpris le regard de Peg. Nous avons aménagé le reste de la bicoque pour rentabiliser l'installation au maximum. Nous vivons comme des forains qui tiendraient un stand. Si notre mère était encore là pour voir ça, elle s'arracherait les cheveux. Elle était très *gentry*. Les années passées en Angleterre l'avaient beaucoup marquée.

Lorrie désigna l'une des tables du salon de thé et pria Peggy de s'asseoir. Elle semblait nerveuse ; son regard glissait de droite et de gauche, fuyant celui de son interlocutrice. Peg ouvrit le sac et posa la boîte à chaussures contenant la poupée sur le guéridon de marbre. Comme Lorrie ne se décidait pas à en ôter le couvercle, elle dut sortir elle-même le jouet. Elle eut l'impression que Lorraine McGregor marquait un petit mouvement de recul à la vue de la figurine habillée de noir.

– C'est bien elle, murmura-t-elle. Quelqu'un l'avait volée. Je m'en suis aperçue en nettoyant la salle d'exposition. Nous sommes mal protégés contre ce genre de choses. Il n'y a pas de signal d'alarme, cela coûterait trop cher. Généralement j'essaie d'avoir les visiteurs à l'œil, mais ils sont parfois très nombreux et je suis débordée. Certains sont odieux, à partir du moment où ils ont payé un droit d'entrée ils s'estiment tout permis. Beaucoup croient qu'on peut acheter les poupées pour quelques dizaines de dollars, ils ne se rendent pas compte que ce sont de véritables œuvres d'art. Hier, une femme en voulait douze, pour ses petites-filles, elle pensait qu'on les faisait fabriquer à la chaîne par des travailleuses cubaines.

Elle parlait sans cesse de fixer la figurine qui gisait sur le marbre de la table, dans son étrange robe noire.

– C'est Angela, murmura-t-elle. Notre petite sœur. La préférée de notre père. Papa nous a tous représentés en effigie à l'intérieur de la maison de poupées. Chaque figurine est un portrait fidèle de l'un de nous à un âge quelconque. Il appelait cela « son album de photos en trois dimensions ». Toute la famille est là, on y voit ma mère à 20, 30, 40 ans. Papa travaillait comme un véritable sculpteur, il nous faisait poser, il relevait presque les coordonnées géographiques du moindre de nos grains de beauté... C'était un perfectionniste. Parfois cela nous cassait un peu les pieds. (Elle eut une grimace comique et lança :) Mais je suis idiote, je ferais mieux de vous montrer ! Venez, c'est en bas.

Elle se décida enfin à ramasser la poupée et invita Peggy à la suivre en direction d'un grand escalier qui plongeait dans les fondations de la bâtisse.

– Papa travaillait dans la cave, expliqua Lorrie. À cause de la chaleur. Les poupées sont en cire et elles supportent mal le soleil. Au fil du temps, leur maison s'est agrandie. Aujourd'hui on ne peut plus espérer la sortir de la crypte.

Elle poussa une porte battante et pressa un interrupteur. Des batteries de projecteurs s'illuminèrent, éclairant une construction étrange qui occupait presque toute la surface de la cave. Peggy écarquilla les yeux. La maison de poupées avait poussé en tous sens, étirant ses corps de bâtiments à la façon d'un labyrinthe. Le moindre détail avait été fignolé avec un soin obsessionnel, depuis la poignée des fenêtres jusqu'aux minuscules serrures des portes. La maquette devait couvrir une soixantaine de mètres carrés. Quant aux flèches de ses tourelles, elles culminaient à 1,50 mètre.

– Tous les matériaux sont réels, précisa Lorrie. Les tuiles sont de vraies tuiles, les vitres en verre véritable. Même les serrures fonctionnent. On peut les fermer et les ouvrir avec des clefs miniatures.

Peggy hocha la tête, hébétée. Elle ne s'était pas préparée à une telle débauche de réalisme. Il y avait dans ce souci de reproduire la vérité quelque chose d'effrayant. La maquette cessait d'être un simple tour de force pour prendre l'aspect d'une œuvre de maniaque. Pour masquer son trouble, elle se pencha. Son regard plongea à travers les vitres de la façade. Elle distinguait une bibliothèque, un homme penché sur un livre, la pipe à la main. À ses pieds, un petit garçon jouait avec une voiture de pompier. Encore une fois, les personnages avaient été ciselés avec un don extrême pour la miniature.

– C'est papa, commenta Lorrie, avec mon frère Jod à 6 ans. Tenez... je suis ici. Là, j'ai 8 ans, là 10, là 14.

Du bout de l'index, elle désignait des figurines dispersées dans le jardin entourant la maquette. La ressemblance avec son visage actuel était indéniable. Peggy prit conscience que la foule de personnages qui grouillaient autour de la maison était en fait constituée par les membres de la même famille, mais saisis par l'artiste à des âges différents de leur existence. On aurait presque pu croire que la Lorrie âgée de 8 ans jouait avec la Lorraine de 12 ans comme avec une sœur aînée. Ce côtoiement impossible engendrait le malaise.

– C'est un album de souvenirs en trois dimensions, répéta Lorrie. C'était vraiment ce que voulait mon père. À chaque anniversaire nous avions droit à une nouvelle effigie de nous-mêmes. C'était parfois un peu agaçant. Quand on est adolescente on n'apprécie guère de voir tous ses défauts physiques immortalisés sous forme de figurine ! Je me rappelle qu'à 12 ans j'étais si mortifiée de constater que je n'avais pas de poitrine que j'avais

102

essayé de glisser deux boulettes de chewing-gum sous la robe de ma poupée pour faire croire qu'elle avait des seins !

Elle eut un petit rire d'excuse, et déposa le jouet ramené par Peggy à un endroit précis du jardin.

– Voilà, dit-elle, c'était sa place. Je suppose qu'on l'a volée parce qu'elle est beaucoup plus jolie que toutes les autres.

– Je ne m'attendais pas à quelque chose d'aussi impressionnant, fit Peg. C'est un travail d'une qualité exceptionnelle, et qui devrait figurer dans un musée.

– C'est aussi mon avis, soupira Lorrie. Mais papa, dans son testament, nous a interdit de le vendre à quiconque. C'était son œuvre maîtresse, sa « folie » comme on disait autrefois. Il y a consacré toutes ses dernières années.

– Il était fabricant de jouets ? interrogea Peg.

– Oui, dit Lorraine. Mais un fabricant de jouets un peu particulier. Il avait travaillé à la cour d'Angleterre pour les pairs du royaume. Il fabriquait des jeux très élaborés... Et puis la mode a changé, les enfants se sont mis à réclamer d'autres sortes de jouets. Des machins électroniques, des panoplies de cosmonautes. Ce n'était pas du tout dans le style de papa. Il a un temps essayé de se recycler. Le président Kennedy l'avait pris en amitié, puis ça a été le tour de Lindon Johnson et de Gerald Ford, mais c'était déjà trop tard. Le monde allait trop vite. Papa a dû prendre sa retraite de manière anticipée. Personnellement, nous l'avons toujours connu ainsi, sans emploi. Quand nous étions petits, nous ne savions même pas ce que travailler signifiait. Nous pensions que tous les papas restaient à la maison, à fabriquer des jouets pour leurs enfants.

– Mais de quoi viviez-vous ? s'enquit Peggy.

– De revenus de placements, fit évasivement Lorraine. C'était une époque dorée, en marge de la réalité. Nous ne manquions de rien, nous avions tous les jouets que nous désirions. Des jouets fabuleux. Lorsque approchait Noël, nous passions commande à notre père. Nous pouvions réclamer n'importe quoi, les choses les plus abracadabrantes, il acceptait tous les défis. Il avait des mains de magicien et une totale maîtrise des matériaux. Nous l'admirions, mais je crois que ma mère le méprisait un peu. Elle le voyait sous les traits d'un grand enfant attardé... D'un benêt incapable d'avoir un vrai métier.

Elle se tut, comme si elle regrettait d'en avoir trop dit.

— Remontons, dit-elle, j'ai soif. Parler me dessèche toujours la gorge.

De retour dans le salon de thé, elles s'installèrent près d'une fenêtre, autour d'un pichet de cristal rempli de glaçons. Lorrie désigna des photos pendues aux murs. La plupart représentaient un grand homme décharné à la barbe frisée, proliférante et aux yeux de gamin ahuri. Sa mise avait quelque chose de curieusement démodé, comme s'il avait puisé ses vêtements dans une garde-robe datant de la Guerre de Sécession.

— C'est papa, dit Lorraine, il a eu une jeunesse extra-ordinaire. Il était toujours en voyage, là où l'appelaient ses commandes. Il fabriquait des jouets pour les enfants de maharadjah ; il travaillait alors avec des matières comme l'or, les pierres précieuses. Les années 50-60 ont été pour lui un rêve. Il nous racontait souvent que pour un prince italien, il avait dû modeler une armée de deux mille soldats en or massif ! C'étaient des contrats prodigieux qui l'obligeaient à monter un atelier sur place et à travailler jour et nuit. C'est ainsi qu'il a rencontré Hillary, notre mère, elle était gouvernante chez un duc, à Venise. Quand ils se sont mariés, ils étaient déjà d'un âge avancé. Jod et moi sommes ce qu'il est convenu d'appeler des « enfants de vieux ». Quand nous étions petits, nous ne nous en rendions pas compte. Il nous a fallu du temps pour comprendre que notre père était un vieillard qui perdait la tête.

— Quand cela s'est-il produit ? demanda doucement Peggy.

— A la mort d'Angela, fit Lorrie dans un souffle. C'est là que tout a basculé. Papa a sombré dans une dépression

104

terrible. Pour se changer les idées il a tenté de reprendre du service, mais il était démodé, hors circuit. Ses jouets dataient d'une autre époque, personne n'en voulait plus, à part les collectionneurs. Or, il voulait travailler pour les enfants, uniquement pour eux. C'est là qu'il s'est absorbé dans la construction de la maison de poupées de manière réellement... obsessionnelle. Il vivait dans la cave, dormait sur un lit de camp, travaillait avec une lampe de mineur sur le front. La maison a commencé à proliférer en tous sens, et il nous interdisait de le regarder faire. Je crois qu'il bricolait des trucs insensés qu'on ne peut heureusement plus voir aujourd'hui parce que la maquette s'est peu à peu refermée sur ses secrets.

– Attendez, intervint Peggy. Vous voulez dire qu'on n'y a pas librement accès ? Je croyais que les murs étaient montés sur charnières, comme cela se fait d'habitude, et qu'on pouvait les faire pivoter pour regarder à l'intérieur. Toutes les maisons de poupées sont bâties comme ça.

Lorrie eut un geste d'impuissance.

– Le premier corps de bâtiment est effectivement monté de cette manière, dit-elle. Mais pas les autres. Toutes les ailes annexes, celles qu'il a construites pendant sa dépression, sont bâties comme s'il s'agissait de vraies maisons. C'est un détail que j'omets généralement d'exposer aux touristes. On peut dire aujourd'hui que seul mon père savait ce que contiennent ces parties de la maquette, personne d'autre que lui n'a jamais pu y jeter un coup d'œil autrement que par les fenêtres, et encore, certaines d'entre elles ont-elles été masquées par des rideaux.

– Mais, objecta Peggy, vous n'avez pas été tentés de démonter les toitures pour regarder à l'intérieur ?

Une expression effrayée passa sur le visage de Lorraine.

– Non, balbutia-t-elle. Pour rien au monde. À la fin de sa vie, papa disait des choses bizarres, vous savez... Il prétendait avoir piégé la maquette. Il répétait que si l'on tentait d'entrer par effraction, tout nous sauterait à la figure. Je pense qu'il avait perdu la tête, mais nous n'avons jamais osé passer outre. Il était tellement doué qu'on peut tout craindre. Et s'il avait réellement installé une charge d'explosifs ? Je ne veux pas courir le risque de déclencher une catastrophe. Après la mort d'Angela, il n'était plus lui-même. Il s'était mis à détester tout le monde, à se méfier de son entourage. Il disait souvent que seule la maison de poupées l'obligeait encore à se lever le matin... C'était ce défi qui l'empêchait de se tirer une balle dans la tête.

– Quel âge avait-il ?

– 70 ans. J'en avais 16, mon frère 20. Notre mère atteignait la soixantaine, elle avait accouché d'Angela juste avant la ménopause. Elle disait qu'elle avait voulu cette enfant pour occuper sa vieillesse. La petite s'est noyée dans le bassin, un après-midi où on la croyait en train de faire la sieste. Maman s'est suicidée deux mois après, en avalant des barbituriques. Nous sommes restés avec papa qui sombrait doucement dans la démence sénile. Quand il est mort, nous avons découvert qu'il avait englouti tout l'argent de la famille dans la construction de la maison de poupées. Nous étions ruinés, il fallait trouver une solution pour survivre, conserver le domaine. C'est Jod qui a imaginé d'organiser des visites guidées. Il a contacté les agences touristiques, les a convaincues de nous inscrire sur le programme des circuits. Sans lui, nous aurions dû tout liquider. Depuis nous survivons tant bien que mal, toujours à la lisière du précipice. J'espère qu'un jour ou l'autre Jod aura du succès, qu'il vendra ses œuvres ou qu'il obtiendra une commande d'État. Cela nous sortirait enfin de l'ornière. C'est pour cette raison que je ne peux pas vous rembourser ; le moindre dollar nous est compté.

15

L'arrivée des premiers touristes abrégea la conversation. Trois Cubaines se présentèrent pour aider Lorrie. Deux d'entre elles servaient au salon de thé, la troisième vendait les billets d'entrée et les souvenirs exposés dans le hall.

– Carmela va vous montrer votre chambre, fit précipitamment Lorraine. Installez-vous et promenez-vous à votre guise. Maintenant la maison ne va plus désemplir jusqu'au soir et je n'aurai pas une minute à vous consacrer. J'espère que vous ne m'en voudrez pas. J'ai beaucoup aimé discuter avec vous, ce n'est pas si fréquent pour moi. En dépit de la foule qui se presse ici nous sommes très isolés. Nous vivons comme des sauvages. J'ai parfois du mal à le supporter. Jod, lui, a son art, c'est différent. Il vit dans son monde intérieur.

Elle s'éloigna avec un charmant sourire, virevoltant sur ses pieds menus. Peggy dut se secouer pour suivre Carmela qui s'impatientait.

Elles empruntèrent le grand escalier pour gagner le premier étage. L'architecture était celle de toutes les maisons coloniales. Toutefois, si les boiseries se révélaient bien entretenues, l'ensemble manquait de meubles. Lorrie et Jod les avaient sûrement vendus à des antiquaires pour se renflouer. La chambre était presque monacale, d'une propreté méticuleuse. Carmela fit pivoter un panneau lambrissé, démasquant une cache creusée dans le mur.

– C'est là que les gens se cachaient, dans l'ancien temps, expliqua-t-elle. Quand ils avaient peur des Indiens séminoles. Aujourd'hui vous pouvez y mettre les bagages.

Il faisait très chaud dans la maison, aussi Peggy éprouva-t-elle le besoin de retourner dans le parc. Les premiers cars rutilants s'arrêtaient sur le parking, libérant une foule de touristes en bermuda et casquette de base-ball, la peau luisante de crème solaire et de produit anti-moustiques. Ils parlaient d'une voix assourdissante, s'extasiant sur les « jolies couleurs de la maison ». Peg leur tourna le dos et se mit à déambuler entre les pelouses. Au bout d'un moment, elle arriva à la lisière de ce qu'elle avait pris pour une réserve ornithologique et qui se révéla une espèce de vasière où stagnait la brume. Elle crut distinguer, dans le lointain, deux pyramides dont la présence lui parut incongrue.

– N'allez pas plus loin, dit quelqu'un derrière elle. Il y a les sables mouvants, les crocodiles.

C'était Pyke Bozeman, le garde du corps. Cooky, le chien démineur, gambadait sur la pelouse.

– Excusez-moi pour tout à l'heure, renchérit l'homme. Je suis méfiant, c'est mon boulot de l'être, et il se passe des trucs bizarres ici. Si vous devez rester un moment, il faudra que je vous mette au courant.

– De quoi parlez-vous ? interrogea Peggy. Vous essayez de me faire peur ?

Bozeman l'agaçait, elle ne savait pas exactement pour-quoi. Ou plutôt si : il lui plaisait, et chaque fois qu'un homme lui plaisait elle se sentait en état d'infériorité devant lui. C'était absurde mais c'était comme ça.

« Il est trop grand ! se dit-elle, tu aurais l'air d'une naine à côté d'un pareil échalas. Et puis cette coupe de cheveux au papier de verre ! »

– Quelqu'un en veut à Jod, dit doucement Bozeman. Un dingue qui n'aime pas ses œuvres. Il a déjà expédié plusieurs colis piégés. Des lettres aussi. Jod a été légèrement blessé. Depuis on se méfie. C'est cela que je voulais vous dire. Si vous repérez un paquet abandonné n'y touchez pas. Même une simple carte postale peut contenir assez d'explosif pour vous arracher deux doigts si elle a été préparée par un spécialiste.

– Et qu'est-ce que ce dingue reproche à Jod McGregor ? s'enquit la jeune femme.

– Sûrement des conneries, soupira Pyke Bozeman. La critique d'art, ce n'est pas mon rayon. Jod vous expliquera ça mieux que moi.

Il fit signe à son chien et s'éloigna.

– Excusez-moi, fit-il sans se retourner, mais je suis tout seul et je dois avoir l'œil partout. Il n'est pas impossible que ce cinglé vive dans le voisinage. Il pourrait s'introduire ici à l'occasion d'une visite guidée.

Peggy passa la journée dans un état de désœuvrement complet. Elle commença par faire le tour de la maison. Face au marigot s'ouvrait un grand bassin de pierre rempli de poissons rouges. Elle supposa que c'était là qu'Angela s'était noyée. La vasque était assez profonde pour qu'un adulte s'y immerge jusqu'à la taille. Dans un hangar étaient exposés une dizaine de modelages signés Jod McGregor, et Peggy fut une fois de plus troublée par leur puissance brutale. Elle alla de l'un à l'autre, avec chaque fois l'impression qu'un être humain englué dans la tourbe tentait de s'en dégager au prix d'un effort titanesque. Selon l'angle qu'on adoptait pour les contempler, les blocs laissaient deviner des portions d'harmonie qui coupaient le souffle. Les rares touristes se hasardant sur le seuil faisaient très vite demi-tour, décontenancés par la rudesse d'un travail qui tournait résolument le dos au joli. « C'est peut-être un assassin, songea Peg, mais il a du talent. »

À midi, elle déjeuna au salon de thé, d'une part de tarte aux pommes et d'un verre de lait glacé. Les serveuses n'avaient pas le temps de flâner car les commandes fusaient de tous les coins de la salle. Lorrie venait leur prêter main-forte entre deux visites guidées. Peggy avait espéré surprendre Jod, mais le sculpteur demeura introuvable. Elle supposa qu'il se cachait à l'étage supérieur.

Fatiguée par la chaleur, elle prit une serviette de bain, une lotion solaire, et alla s'étendre sur la pelouse, au milieu des vacanciers. Elle finit par s'endormir.

Quand le dernier car de touristes eut quitté le parking, une atmosphère d'hébétude tomba sur la maison. Les Cubaines se laissèrent choir sur des tabourets et allumèrent des cigarettes en contemplant d'un œil éteint les bacs à vaisselle inoxydables qui débordaient d'assiettes et de tasses. Bien que le silence fût retombé, Peggy avait du mal à s'ôter des oreilles le jacassement irritant des vacanciers, au point qu'elle en venait à douter de leur départ. Lorraine McGregor était la seule à ne présenter aucun symptôme de fatigue, au contraire, on aurait pu croire qu'avec l'arrivée imminente de la nuit sa nervosité décuplait. Elle ne quittait plus la fenêtre, scrutant le paysage de la vasière au-delà de la grande pelouse. Elle consultait de plus en plus fréquemment la petite montre fixée à son poignet. Quand elle commença à se ronger les ongles, Peggy jugea qu'il était temps d'intervenir.

– Vous avez l'air inquiète, dit-elle. Quelque chose ne va pas ?

– C'est Jod, murmura Lorrie. Il y a trois jours qu'il a disparu.

– Disparu ? feignit de s'étonner Peg.

– Enfin, pas vraiment, daigna expliquer Lorraine. C'est sa méthode de travail. Il s'enfonce dans la vasière pour essayer de se mettre dans l'état d'esprit d'un homme des premiers âges. C'est comme ça qu'il produit ses modelages. Il essaie de redevenir un homme des cavernes, si vous préférez, de retrouver l'impulsion primale, de se débarrasser de tout le fatras culturel qui nous encombre la cervelle. Il se met nu, chasse avec un épieu pour se

110

nourrir. Il lui arrive parfois de ne rien attraper et de crever de faim, mais il ne renonce jamais. La nuit, il se terre au fond d'un trou de roche qu'il surnomme sa grotte. Il essaie de faire du feu avec des brindilles... Il reste là jusqu'à ce que l'inspiration le visite.

– C'est singulier, fit Peggy. Vous n'avez pas peur qu'il ait un accident ? Les Glades sont infestées de serpents... et puis il y a les crocodiles.

– Si, justement, balbutia Lorrie. Je me dis qu'un jour ça finira mal. Ça me terrifie de le savoir là-bas, tout nu au fond de son trou, sans rien à boire ou à manger. Mais il se moque de moi. Il me répond que les Indiens pratiquent des jeûnes encore plus longs lorsqu'ils veulent faire monter en eux des visions prémonitoires.

Peggy s'était mise elle aussi à scruter la vasière. Trois jours d'absence ? Voilà qui était commode ! Jod avait eu tout le temps de gagner Saltree pour fouiller la maison et tuer Mama Léon. Ses retraites mystico-créatives avaient bon dos ! Elles lui permettaient de ficher le camp en cachette sans avoir à justifier de son emploi du temps. « Le petit salaud ! songea-t-elle. Il a dû planquer des vêtements et un quelconque moyen de transport aux abords du marécage. Peut-être une moto, quelque chose de léger, de facile à camoufler. Quand tout le monde le croit en train de jouer les hommes des cavernes, il enfourche son engin et sillonne le pays. »

C'est ainsi qu'il était allé rendre visite à Lisa. S'il avait utilisé un canot à moteur, il avait même pu aborder la maison par l'arrière, si bien que personne ne l'avait vu approcher. Le salopard devait connaître le labyrinthe des marais comme sa poche.

– Pyke ! appela soudain Lorrie en se tournant vers le garde du corps qui sirotait une bière accoudé au comptoir. Je suis trop inquiète... Je pense qu'il faut aller à sa recherche avant que la nuit tombe.

– C'est comme vous voulez, fit Bozeman sans manifester le moindre sentiment. Il suffit que je fasse renifler l'un de ses vieux tee-shirts par Cooky. Prenez des lampes, on se retrouve dehors dans cinq minutes.

– Je vous accompagne, lança Peggy.

Quand ils se rassemblèrent sur la pelouse le ciel virait au rouge foncé ; les déchirures violettes balafrant l'horizon laissaient sourdre une fumée noire qui semblait de la nuit en poudre.

Bozeman tenait le berger allemand en laisse. Il avait passé en bandoulière un gros fusil à pompe à crosse de métal allégée.

– Pour les crocodiles, expliqua-t-il en surprenant le regard de Peggy. Dans le marais il faut s'attendre à tout. Restez derrière moi et ne marchez que dans mes traces. OK ?

Ils traversèrent la grande pelouse pour s'engager dans la vasière que délimitait une haie de sumacs, un arbre qu'on saignait jadis comme l'hévéa pour en obtenir des vernis et des tanins. Un brouillard noir de moustiques affamés s'abattit sur eux. Bozeman tira de sa poche un aérosol de lotion protectrice *Stop or Get Shot !* et le fit passer à la ronde. Peggy s'inquiétait de voir la luminosité baisser un peu plus chaque minute. Sous ses pieds, le sol produisait des chuintements, comme si elle essayait de se déplacer sur une biscotte géante et détrempée. Bozeman avait confié aux deux femmes la mission d'éclairer la route. Brusquement, le halo de la torche que brandissait Peg tomba sur une pile de vêtements abandonnés sur une pierre. On les avait pliés avant de les mettre en tas. Les chaussures attendaient à côté, parallèles. Dans celle de gauche on avait enfoui une montre et une paire de lunettes noires, dans celle de droite des chaussettes de coton blanc d'une rigoureuse propreté.

– C'est le vestiaire de Jod, murmura Lorrie, c'est toujours ici qu'il se déshabille. Il n'admet d'entrer dans le marécage qu'entièrement nu, sans même s'asperger de produit anti-moustiques.

– Pardonnez-moi, fit Bozeman, mais c'est une belle connerie. Un jour il attrapera la malaria. Ou se fera piquer à la cheville par un mocassin. C'est à se demander comment il n'a pas déjà chopé la dysenterie ou la douve du foie à force de boire l'eau des marigots !

Peggy, elle, pensa au contraire que cela n'avait rien d'étonnant car Jod avait sûrement pris ses précautions. De ses escapades à « l'extérieur » il ramenait probablement assez de nourriture et de bouteilles d'eau minérale pour s'alimenter sans problème tout au long de son évasion créatrice. Jod McGregor était, dans son genre, un sacré roublard doublé d'un fou dangereux.

– Jod ! appela Lorrie au comble de l'inquiétude. Jod ! Où es-tu ?

Mais personne ne lui répondit. Un peu plus loin, le faisceau de la torche électrique isola un nouveau caillou. On y avait appuyé une sagaie rudimentaire, simple bâton fendu dans lequel se trouvait enchâssée une pierre pointue. L'arme d'élection de Jod l'apprenti néandertalien ! Peggy nota aussi la présence d'un boomerang grossièrement taillé, et de silex. Faute d'avoir réussi à allumer un feu, Jod avait consommé le produit de sa chasse cru. Un oiseau plumé et à demi dévoré gisait sur la pierre, déjà grouillant de mouches et d'insectes rampants. « Quel cirque ! » songea la jeune femme. Cette comédie la conforta dans l'idée que Lorraine McGregor ignorait tout des agissements criminels de son frère. Le salopard prenait grand soin d'entretenir sa crédulité, sachant que la pauvre fille serait, en cas d'anicroche, son seul alibi. Sans doute lui jouait-il la comédie depuis des années, la manipulant pour mieux se l'attacher ?

– Là ! fit tout à coup Bozeman. Il est là, à droite ! Éclairez, bon sang !

Peggy découvrit le corps d'un homme nu, gisant dans la vase. Il reposait sur le ventre, couvert de boue, ses cheveux longs tout poissés. Assez curieusement, au moment où elle s'agenouillait près de lui, elle remarqua qu'il portait un gant de cuir noir à la main droite. Curieuse coquetterie pour un Néandertalien, non ?

– Il faut le retourner ! gémit Lorraine. Vite !

Ils lui obéirent. Jod émit une plainte sourde quand on le fit rouler sur le flanc. Peggy devina qu'il s'était badigeonné de boue pour échapper aux moustiques. Il avait un très beau corps, à la musculature longiligne, nerveuse. Les grumeaux de boue accrochés à sa barbe, à ses cheveux, dissimulaient en grande partie son visage. Il avait pris la précaution de se barbouiller la bouche de sang pour faire croire qu'il avait essayé de se nourrir de viande crue.

– Il a dû prendre une insolation, constata Bozeman. Le cœur bat normalement, la respiration est correcte. S'il avait été mordu par un serpent il serait tout gonflé, il y aurait un énorme œdème autour de la morsure. Écartez-vous, je vais le prendre sur mon dos.

Il hissa le corps de l'artiste sur ses épaules sans effort apparent et se remit en marche, le chien gambadant à ses côtés. Au passage, Lorraine ramassa les vêtements oubliés sur la pierre faisant office de « vestiaire ». Peggy fermait la marche, luttant contre l'impression d'irréalité qui montait en elle. Son passé de décoratrice de théâtre l'avait familiarisée avec les lubies des artistes. N'avait-elle pas connu un premier rôle qui s'enfermait dans le placard de sa loge chaque fois qu'il devait paraître en scène ? C'était cependant la première fois qu'elle rencontrait un sculpteur se prenant pour un homme des cavernes !

Ils regagnèrent la maison au moment où les Cubaines s'en allaient. Elles poussèrent des cris effarouchés et se cachèrent le visage dans les mains en apercevant le corps nu de Jod. Lorrie ne leur prêta aucune attention, elle conduisit Bozeman jusqu'à la grande salle de bains des maîtres de maison, et lui ordonna de déposer son frère dans la baignoire.

– Je vais le nettoyer, dit-elle. J'ai l'habitude.

– Il va revenir à lui, diagnostiqua Bozeman. Il n'a pas assez mangé, c'est pour ça qu'il a fait une petite syncope. S'il a de la fièvre au cours de la nuit, faites-lui boire de l'eau salée, beaucoup. Ça combattra la déshydratation.

– Oui, oui, je sais, fit Lorrie avec une pointe d'impatience.

Elle s'était agenouillée près de la baignoire et nettoyait son frère à l'aide de la douchette flexible. La boue ruisselait en rigoles vertes sur la peau du garçon.

– Vous pouvez aller vous coucher, lança Lorraine. Je vous appellerai si j'ai besoin d'aide.

Bozeman et Peggy quittèrent la pièce. Ils redescendirent au rez-de-chaussée sans un mot. Les Cubaines avaient rangé le salon de thé. Le garde du corps passa derrière le bar pour sortir une bière du frigo.

– Vous en voulez une ? demanda-t-il.

– Oui, fit Peg. Une Miller, s'il y en a.

– OK, ça roule.

Leur bouteille à la main, ils sortirent sur la véranda. Tout autour d'eux montait le grésillement des insectes venant s'électrocuter sur les lampes spéciales disposées derrière les colonnades.

– Drôle de famille, hein ? lança Pyke. Vous verrez, on finit par s'y habituer. C'est ça les artistes !

– Pourquoi porte-t-il un gant, *un seul* ? interrogea Peggy. J'ai remarqué que sa sœur ne le lui a pas ôté, même dans la baignoire.

– Vous mettez le doigt en plein sur la raison de ma présence ici, grogna Pyke. Jod est blessé. Il y a quelques jours il a reçu une lettre piégée qui lui a explosé dans la main, lui brûlant la paume. Ça lui a arraché toute la peau et ça mettra pas mal de temps à cicatriser. Je suis là pour empêcher qu'un tel attentat se reproduise. Il y a quelque part un dingue qui lui veut du mal, un malade qui essaie de le mutiler pour l'empêcher de continuer à sculpter. J'ai lu les lettres de menace qui sont arrivées par la suite. Le mec se désolait de n'avoir pas pu mutiler Jod et se promettait de recommencer le plus tôt possible. J'ai pu désamorcer une seconde enveloppe, mais ça risque de continuer.

Peggy crispa les doigts sur la bouteille de bière. Comme c'était curieux ! La main droite brûlée... Justement celle qui avait laissé son empreinte sur le mur de la bibliothèque et sa trace sur la glaise du modelage exposé au musée d'art moderne de Miami ! Maintenant, grâce à cet « attentat », on ne pouvait plus rien prouver ! Jod aurait beau jeu de prétendre que l'empreinte laissée sur la terre fraîche de la sculpture n'était pas la sienne ! Désormais il était impossible d'établir un lien formel... Le doute subsisterait toujours !

« Le petit salaud ! songea la jeune femme en serrant les mâchoires sous l'effet de la rage. Il a vu venir le danger, il a aussitôt imaginé une parade radicale. »

Était-il allé jusqu'à se brûler réellement la paume de la main, ou bien le gant ne cachait-il qu'une blessure imaginaire ? Voilà ce qu'il faudrait établir avec précision. Tout n'était peut-être pas perdu.

— La police a été prévenue ? interrogea-t-elle en essayant de ne pas trahir la tension nerveuse qui faisait vibrer ses nerfs.

— Oui, fit Bozeman, mais elle n'a pas pris la chose très au sérieux. Pour eux, Jod essaie de se faire de la publicité en créant un scandale. C'est un artiste dans la débine, une couverture médiatique arrangerait bien les choses, c'est vrai. D'un seul coup il deviendrait la victime d'un psychopathe. Le snobisme aidant, il y a fort à parier qu'on s'arracherait ses œuvres.

— Et vous ? s'enquit Peggy. Quelle est votre opinion ? Menace réelle ou attentat bidon ?

Pyke haussa les épaules.

— On me paie, éluda-t-il. Donc je fais comme si le danger existait vraiment. J'aurais tort si je procédais d'une autre façon. J'ai déjà servi de garde du corps à beaucoup de vedettes, je sais par expérience que c'est un milieu de dingues où tout est possible. Donc je reste sur le qui-vive.

— Vous avez vu la brûlure ? ne put s'empêcher de demander Peg.

— Non, avoua Bozeman. Je ne suis pas là en tant que médecin, je n'ai pas à mettre en doute la parole de mon client. Il me dit qu'une lettre piégée lui a pété dans la main, j'admets ce postulat sans me prendre la tête et j'agis en conséquence. C'est comme ça qu'on gagne sa croûte dans ce boulot. J'ai « couvert » pas mal de stars qui se croyaient menacées par des tueurs imaginaires. L'important ce n'était pas que les tueurs existent, mais qu'on me paie régulièrement.

– OK, soupira Peggy. Excusez-moi, je dois vous paraître curieuse, mais tout cela est tellement nouveau pour moi.

– Et vous ? s'enquit Bozeman. Pourquoi êtes-vous ici ?

– Je veux écrire une étude sur cette incroyable maison de poupées, récita Peg. Aussi invraisemblable que ça puisse paraître on n'a jamais publié une ligne à son sujet. Partout on fait comme s'il s'agissait d'une attraction sans la moindre valeur artistique.

– Je pense savoir pourquoi, murmura Pyke. C'est une histoire trop glauque pour intéresser les intellos.

– Qu'entendez-vous par là ? s'étonna Peggy.

Bozeman prit le temps de finir sa bière. La nuit était bien installée à présent, et Peggy distinguait à peine le visage de son interlocuteur.

– Écoutez, fit l'homme avec réticence. Ce ne sont pas mes oignons, mais peut-être serait-il préférable pour vous de ne pas plonger les mains dans la merde. Ce Jod McGregor... il est bizarre, vous vous en rendrez compte au premier contact.

– Vous dites ça à cause de son cirque d'homme des cavernes ? Les sagaies, la viande crue ?

– Pas seulement. Ça, à mon avis, c'est de l'esbroufe pour les journalistes. Mais il y a autre chose. Vous n'avez pas senti combien ils ont peur de la maison de poupées ? Ce truc les terrorise et je ne sais pas pourquoi... Ou plutôt si, mais ça me paraît tellement fou !

– Lâchez le morceau, je ne vais pas vous supplier à genoux !

– OK, vous l'aurez voulu. Ils ne le disent pas ouvertement, mais ils sont persuadés que le fantôme de leur petite sœur vit à l'intérieur de la maquette.

Peggy frissonna.

– Quoi ? balbutia-t-elle. Vous déconnez ?

– Non, dit Bozeman d'une voix sourde. La gamine s'est noyée dans le bassin à poissons rouges, alors que Jod et Lorraine étaient censés la surveiller. La maison de poupées était pour elle... C'était son cadeau d'anniversaire. Iram McGregor y travaillait en secret depuis plus d'un an. La gosse est morte la veille de la cérémonie, et toute la famille a pété les plombs. Ils n'ont cessé de se renvoyer la faute à la gueule, jusqu'à ce que la mère se suicide et que le paternel se mette à pédaler dans la semoule. C'est souvent comme ça dans les familles où un gosse meurt accidentellement. Chacun se débrouille pour essayer de rejeter sa propre culpabilité sur les autres. Quand Iram a viré barjot, il s'est imaginé que sa petite fille avait trouvé refuge dans la maison de poupées. C'est pour ça qu'il n'a pas cessé de l'agrandir : pour qu'elle ne s'y sente pas à l'étroit. C'est pour cette raison également qu'il s'est débrouillé pour la rendre inviolable.

– Inviolable ?

– Vous n'êtes pas au courant ? Les murs et le toit sont blindés. Chaque surface est doublée d'une pellicule de plomb de manière à ce qu'on ne puisse pas radiographier la construction. Cette saloperie est totalement opaque et plus difficile à forcer qu'un coffre-fort. Sa réalisation a coûté une fortune. Jod ne vous laissera pas écrire ça dans votre bouquin, soyez-en sûre !

Ils se séparèrent sur ces derniers mots.

16

Le lendemain matin Peggy descendit prendre son petit déjeuner au salon de thé. Lorraine avait les traits tirés, il était facile de deviner qu'elle avait passé la nuit au chevet de son frère.

Elle parla très peu et s'absorba dans le service, distribuant les crêpes, le sirop d'érable à chacun avec une remarquable dextérité.

Jod fit son apparition alors que Bozeman se versait une troisième tasse de café. Le sculpteur paraissait en pleine forme. Ses cheveux longs flottaient sur ses épaules, il s'était rasé de près. Il portait une tunique de lin, un pantalon en tissu léger et des sandales de cuir dans lesquelles il était pieds nus. Il salua aimablement l'assemblée, s'assit. Lorrie fit rapidement les présentations. Il émanait de Jod McGregor un incontestable charisme. Son visage émacié lui donnait l'aspect d'un apôtre dévoré par le feu intérieur d'une révélation incommunicable.

– J'ai eu un petit malaise, hier, dit-il plaisamment. J'avais travaillé toute la journée sans presque rien manger, et tout à coup la tête m'a tourné. Je suis tombé comme une pierre. Je ne m'en plains pas car à ce moment j'ai eu une vision très précise. Une sorte d'illumination.

Le gant de cuir couvrant la main droite du jeune homme attirait irrésistiblement le regard de Peggy. Pour ne pas donner l'éveil, elle s'obligea à scruter le fond de sa tasse.

— Je pense que j'avais également un peu de fièvre, ajouta Jod. Cette fichue brûlure me met les nerfs à rude épreuve.

— C'est ta faute, aussi, intervint Lorrie, tu es toujours à patauger dans la boue. La plaie finira par s'infecter.

— C'est très bon la boue, répliqua Jod. Les primitifs s'en font des pansements.

— Surtout quand elle grouille de larves ! explosa sa sœur.

— C'est très bon les larves, objecta encore Jod. Quand elles se mettent dans une blessure elles se nourrissent de l'infection, ça vous évite la gangrène.

— Oh ! toi ! grogna Lorrie en tournant les talons, tu as toujours le dernier mot !

Jod leva sa main gantée de cuir noir et se tourna vers Peggy.

— On vous a sûrement mise au courant de mon petit accident, dit-il. Je ne veux pas jouer les martyrs mais il se trouve que je suis immobilisé. Paralysé. Je ne pourrai pas me remettre au travail tant que la brûlure ne sera pas cicatrisée, et même alors il n'est pas certain que je retrouve mon ancienne souplesse de touche. Une main de sculpteur c'est comme une main de pianiste, dès qu'elle subit des atteintes physiques, elle perd un certain pourcentage de son pouvoir créateur. Qui sait ? Le tissu cicatriciel gênera peut-être mes mouvements. Un modeleur ne travaille pas avec un marteau et un burin, il caresse, il enveloppe, il pétrit. J'entretiens beaucoup plus d'intimité avec la matière qu'un tailleur de pierre qui cogne comme un sourd sur un bloc de granit ! Le modelage n'est pas un travail de terrassier, c'est plutôt un art d'accoucheur.

— Vous n'êtes pas assuré ? demanda Peggy.

Jod haussa les épaules.

— Bien sûr que non ! ricana-t-il. Je débute, je n'ai pas encore de valeur marchande. J'ai gagné quelques bourses à la création, rien de très important. Le bénéfice de mes rares ventes sert aujourd'hui à payer Pyke, ici présent. C'est une histoire de fou. Quelqu'un veut me détruire alors que j'arrive à peine dans la profession.

– Que vous reproche-t-on ?

– Des choses absurdes. De fabriquer de fausses idoles, d'être un hérétique, de vouloir jouer au créateur d'univers, de singer le geste initial de Dieu modelant ses premières créatures. Un fatras d'idioties. Mais vous savez bien que notre pays est fertile en illuminés de toutes sortes. L'un d'eux m'a pris dans son collimateur, et voilà... Depuis nous vivons dans la peur. Cela a commencé par une banale enveloppe en papier Kraft qui s'est enflammée dès que je l'ai ouverte. Pyke m'a dit qu'il s'agissait d'une solution photo-inflammable s'embrasant à la lumière du jour.

– Et depuis ?

– Depuis nous recevons des appels téléphoniques étranges, des lettres bourrées de malédictions bibliques. Le danger c'est qu'à cause du salon de thé, nous sommes débordés de livraisons : paquets, cartons, boîtes de conserve, sacs de farine, bidons de lait, sans parler du courrier amené par les gars de l'*United Parcel Service* : des centaines de demandes de renseignements, de dépliants. Au milieu de tout ça, il est facile de glisser une bombe. Lorrie et moi n'avons aucune expérience en la matière, c'est pour cette raison que nous avons besoin d'un garde du corps. Il y a eu une seconde tentative que Pyke a heureusement contrariée, mais il y en aura d'autres, c'est fatal. Et comme on entre ici en toute liberté, le dingue peut aisément se glisser parmi les touristes pour déposer une bombe à retardement n'importe où. Bozeman dit qu'avec les progrès de la science, il est possible de fabriquer des machines infernales miniatures dont le souffle jetterait à bas toute la maison.

Peggy fixait Jod tandis qu'il monologuait. Il paraissait inquiet. De temps à autre, quand sa main blessée effleurait un objet, il grimaçait de douleur. La jeune femme commençait à penser qu'il s'était réellement brûlé la paume pour empêcher toute possibilité d'identification. Mais pourquoi avoir inventé cette histoire de lettre piégée ? Un simple accident de bricolage aurait tout aussi bien fait l'affaire.

– Je m'étonne que la police ne vous ait pas donné de protection, dit-elle.

Jod eut un nouveau ricanement.

– Je ne suis pas assez connu pour ça, lâcha-t-il avec amertume. Et puis ils se méfient des artistes, ils ont tout de suite pensé que j'avais inventé cet attentat pour me faire de la publicité. C'est absurde, je n'ai même pas cherché à contacter le moindre journaliste ! La presse n'a pas consacré une ligne à mon affaire et j'ai ordonné à Lorrie d'éconduire tous les reporters qui chercheraient à obtenir des détails croustillants.

Il se leva. Il tenait sa main gantée repliée sur sa poitrine, ce qui lui donnait une allure étrangement cérémonieuse.

– Venez, dit-il, je vais vous montrer mon travail. Les modelages de l'atelier sont dépassés. Aujourd'hui je suis entré dans une autre phase. Je vois plus grand. C'est sans doute cette amplification qui gêne mes ennemis. Je bâtis des églises pour une religion inconnue.

Il sortit de la maison d'un pas rapide, sans se soucier de s'assurer que Peggy le suivait. On devinait à mille détails qu'il avait l'habitude d'être obéi. « Un petit tyran égocentrique, diagnostiqua la jeune femme. Mégalomane et paranoïaque. »

Cela correspondait au profil établi par l'ordinateur de Lisa à la lecture de l'empreinte sanglante laissée sur le mur de la bibliothèque.

Ils traversèrent la pelouse en direction de la vasière.

– Vous savez, dit Peggy, je ne suis pas critique d'art. Ne vous attendez pas à ce que je formule des commentaires pénétrants sur votre travail. Je m'intéresse surtout à la maison de poupées.

122

– Je sais, fit Jod. C'est gentil d'avoir ramené la figurine volée. Évidemment, un esprit chagrin pourrait penser que c'est vous qui l'avez justement piquée pour vous ménager une entrée dans la famille, mais je ne retiendrai pas cette hypothèse. Si vous étiez venue ici je vous aurais remarquée. Votre stature, votre façon de bouger. Vous devez être très souple, vous avez fait de la danse ?

– Non, de la natation.

– Ça se voit, il y a quelque chose de fluide dans vos gestes. J'aime les gens placés sous le signe de l'eau. C'est de l'eau qu'est sortie la première forme de vie.

« Bla-bla-bla, songea Peggy. Tu peux toujours me faire du charme, mon bonhomme, je sais parfaitement ce que tu es, en réalité. »

Ils avaient atteint la limite de la vasière. Jod s'arrêta et entreprit de se défaire de ses vêtements. En quelques secondes, et sans manifester la moindre gêne, il fut nu, exposant son pénis circoncis avec une insouciance d'aborigène parfaitement à l'aise dans son corps.

– Je vous demanderai de m'imiter, fit-il d'un ton sans réplique. Ici commence mon sanctuaire, on ne peut y pénétrer qu'en état de nature. C'est une question de recueillement. Quand on est nu, dans la boue, on perçoit les choses différemment. Je comprendrais que vous refusiez, mais ce serait le signe que nous ne sommes pas sur la même longueur d'onde, et, dans ce cas, je ne vous montrerai pas mon travail.

Tout en parlant, il avait commencé à s'enduire de boue pour se préserver des piqûres de moustiques. D'abord interdite, Peggy déboutonna son chemisier. Il fallait jouer le jeu jusqu'au bout. Elle entassa ses vêtements sur une pierre plate, à côté de ceux de Jod. À peine avait-elle ôté son slip, que les mains du sculpteur se posèrent sur son ventre. Elles étaient pleines de vase gluante. Avant qu'elle ait pu ouvrir la bouche pour protester, Jod l'avait recouverte de glaise. Elle dut lutter contre une sensation de trouble diffus. Ces mains d'homme qui allaient et venaient sur sa peau en décrivant des cercles concentriques n'avaient rien de désagréable. Bien au contraire. Elle fut irritée de sa réaction et se raidit contre la caresse, avec l'impression d'être en train de trahir Lisa. Déjà, Jod lui tournait le dos et s'engageait dans le marécage. Peg fut surprise de constater à quel point il avait raison. Nue et barbouillée de glaise, elle percevait l'environnement d'une manière toute différente. La vasière prenait une dimension étrange, elle se métamorphosait en terre du bout du monde. Une fois dans la brume, on ne voyait plus rien de la route ou de la maison. Les marques de la civilisation disparaissaient. Il n'y avait plus que la végétation, l'eau, les bêtes embusquées, les oiseaux.

– Il faut essayer de redevenir primitif, murmura Jod. Retrouver des schémas de pensée essentiels. Laissez toute l'intelligence vous couler par les oreilles pour vous vider la tête.

Il se déplaçait avec une grande sûreté dans le dédale des îlots spongieux. Soudain, les deux pyramides tronquées qu'avait déjà entrevues Peggy sortirent de la buée de chaleur. Elles mesuraient chacune 15 mètres de haut.

– J'y travaille depuis trois ans, annonça Jod. Elles sont constituées de briques crues que je laisse sécher au soleil. Ce sera mon œuvre majeure. C'est le tombeau de notre civilisation. Une sorte de dépotoir funéraire à l'intention des extraterrestres.

Peggy réalisa que les deux constructions étaient creuses. Pour y pénétrer, il fallait se hisser jusqu'à l'ouverture d'accès en se cramponnant aux arêtes des briques. À l'intérieur, s'étirait une sorte de labyrinthe constitué de cloisons de terre séchée mêlée d'un hachis de débris végétaux. Ces étroits couloirs plongés dans la pénombre renfermaient un grand nombre de momies en vrac. Des corps entassés comme au fond d'une fosse commune, tous recouverts de bandelettes boueuses. La jeune femme eut un mouvement de recul. La vision de ce charnier où les cadavres semblaient avoir été tassés au bulldozer n'avait rien de réjouissant.

124

– Ce ne sont que des mannequins de glaise, expliqua Jod, content de l'effet qu'avait produit son œuvre. On ne le voit pas, mais sous les bandelettes se cachent les visages des personnalités majeures de notre histoire. Ils sont tous là, les grands hommes, les criminels de guerre, les tyrans, les artistes, les génies, tous amalgamés par la même tourbe. Ce sont des golems inertes. Tout est sorti de mes mains. Il m'a semblé capital, à l'époque des enterrements sur fond de lasers et de feux d'artifice, de renouer avec la notion primitive de sépulture. Aujourd'hui on veut tout ignorer de la mort et des cérémonies funéraires, on censure, on fait comme si elle n'existait pas. C'est pour ça qu'on ne respecte plus la vie. Mes momies de terre séchée sont là pour nous rappeler ce rite de passage essentiel, pour dire aux gens qu'il est inutile de faire semblant de rester jeunes, et que la chirurgie esthétique n'a jamais fait reculer l'échéance fatale.

Peggy hocha la tête, ne sachant que dire. Ces corps entassés dans la pénombre, et qui semblaient lutter pour ramper vers la sortie, lui flanquaient la chair de poule. « Ce type est complètement dingue », pensa-t-elle en regrettant soudain de l'avoir suivi jusqu'ici.

Jod s'était assis au bord de l'ouverture, les jambes pendant dans le vide. Ainsi installé, couvert de boue, avec ses cheveux en désordre, il avait vraiment l'air d'un homme des premiers âges montant la garde au seuil de sa caverne. Peggy s'agenouilla à sa droite. Elle avait beau savoir les momies factices, leur amoncellement, dans son dos, lui était désagréable.

« Ce serait facile pour quelqu'un de se cacher au milieu d'elles, pensa-t-elle tout à coup. Il suffirait de s'emmailloter de bandelettes et de rester immobile. »

Cette idée l'angoissait, sans qu'elle sût très bien pourquoi. « Il faudrait les vérifier régulièrement, se dit-elle. Les piquer avec une aiguille pour voir si elles restent impassibles... »

Elle se traita d'idiote. Le vrai danger c'était Jod, pas ses stupides mannequins de boue séchée enveloppés de pansements crasseux !

Le vent jouait dans la brume stagnante dont les vagues successives déferlaient sur les pyramides. Avec un peu d'imagination on pouvait se croire à l'aube d'un nouvel âge, survivants d'un grandiose holocauste. Peggy se surprit à prier pour qu'un avion ou un hélicoptère passe au-dessus de sa tête, dissipant l'illusion. Elle regarda les poils de son pubis, tout encroûtés de boue sèche. Elle allait devoir rester une heure sous la douche pour se débarrasser de cette carapace verdâtre.

— Évidemment, dit tout à coup Jod, c'est autre chose que la maison de poupées de mon père. Vous trouvez sûrement ça moins joli. Les femmes aiment que l'art soit « joli ». Elles croient que les productions artistiques servent essentiellement à décorer les appartements.

Peg ne releva pas le sarcasme.

— Je ne trouve pas la maison de poupées particulièrement « jolie », fit-elle, décidant de mettre les pieds dans le plat. Elle a au contraire quelque chose d'inquiétant. Ceux qui bêtifient devant ne perçoivent pas ses aspects troubles.

Jod leva les sourcils, ce qui eut pour effet de craqueler la glaise qui séchait sur son front.

— Tiens, tiens, siffla-t-il, vous êtes moins superficielle que je ne le pensais. Je partage votre opinion. Si j'étais assez riche, je ficherais le camp d'ici après avoir muré l'entrée de la cave. Cette maquette m'a toujours flanqué la chair de poule. Elle est comme le témoignage en trois dimensions de la maladie mentale de mon père. À la fin de sa vie, quand tout le monde refusait ses offres de services, il avait fini par se convaincre qu'il travaillait directement pour les ateliers du Père Noël. Il répétait : « J'ai enfin trouvé un employeur à ma taille, pas l'un de ces petits nababs qui ne comprennent rien aux jouets. Avec lui je vais enfin pouvoir faire de la belle ouvrage. »

— Le Père Noël ? fit Peggy, la gorge nouée.

– Oui, dit Jod. Il passait des heures au téléphone à « discuter » boutique avec lui. C'était terrible pour nous. C'est à ce moment-là qu'il a commencé à ne plus quitter la cave que pour prendre livraison des matériaux qu'il se faisait expédier de tous les coins des États-Unis. Quand Lorrie ou moi lui apportions un plateau-repas, nous l'entendions parler avec Angela. Elle était déjà morte, bien sûr, mais il ne voulait pas l'admettre. Il continuait à lui fabriquer « le plus beau cadeau qu'une petite fille puisse souhaiter ». C'est comme ça qu'il disait. Je l'entendais chuchoter avec cette voix bien particulière qu'il prenait pour s'adresser à Angela : « Ça te plaît vraiment, Angie ? Tu veux des rideaux aux fenêtres ? Pourquoi ? Ah ! Tu ne veux pas que ton frère et ta sœur te regardent à travers les carreaux. Tu souhaites qu'ils te fichent la paix. Je suis à tes ordres, mon cœur. Tu n'as qu'à demander, j'obéirai. » C'était très dur d'assister à ça. Lui qui avait été la bonté même s'aigrissait, devenait méchant. Il voulait à toute force trouver un coupable. Se dire qu'il n'était pas responsable de l'accident.

– L'était-il ? s'enquit Peg.

– Nous l'étions tous plus ou moins, admit Jod. Papa travaillait dans son atelier, maman faisait la sieste pour tenter de cuver le trop-plein d'alcool ingurgité au cours du repas. Lorrie faisait des pointes... et moi, moi je modelais un buste dans le grenier. Angie était trop petite pour nous... je veux dire pour Lorrie et moi. Elle était capricieuse, il fallait que le monde tourne autour d'elle. Papa l'avait trop gâtée. Parfois elle était méchante. Elle s'introduisait dans mon atelier pour écraser mes modelages à coups de poing. Papa lui pardonnait tout. Je crois qu'elle a laissé tomber sa poupée dans le bassin à poissons rouges et qu'elle a perdu l'équilibre en voulant la repêcher. Ce bassin était une idiotie. Trop profond, toujours sale. Il me dégoûtait, mais encore une fois on l'avait creusé pour Angie. Elle adorait s'installer sur la margelle pour pêcher les poissons avec une petite canne à moulinet que lui avait fabriquée papa. Elle les faisait ensuite cuire pour le chat.

Il se passa la main sur le visage, détachant des écailles de glaise de ses sourcils.

— C'est vrai que nous aurions dû la surveiller, dit-il. Mais quand elle était absorbée dans un jeu, elle oubliait de nous casser les pieds, et nous en profitions pour nous éclipser. (Il déglutit avant d'ajouter, dans un souffle :) Le pire, c'est quand on l'a tirée de l'eau. Elle avait une expression affreuse sur le visage. Une expression que l'embaumeur n'a pas réussi à faire disparaître. Ça a été terrible pour mon père, elle si belle... finir de cette manière. Je pense que c'était dû aux spasmes de la noyade, je ne sais pas. Il a fallu empêcher ma mère de la voir. Après, tout est parti à la dérive. Plus rien ne comptait, que cette foutue maison de poupées. Parfois, quand un ouragan ravage la côte de Floride, je prie pour qu'il fasse un détour par ici et déracine la baraque. Je voudrais que la trombe emporte la maquette, qu'il l'arrache de terre et la réduise en miettes.

Il resta un moment les yeux dans le vague, puis son visage prit une expression déplaisante.

— Vous savez ce qu'on raconte, n'est-ce pas ? chuinta-t-il. Les pièges installés par mon père... la bombe qui explosera si on tente de détruire la maquette...

— J'en ai entendu parler, admit Peg. Je pense qu'il s'agit de légendes...

— Pas si sûr ! caqueta Jod. Le vieux se méfiait de nous, et il était devenu bien assez dingue pour bricoler quelque chose de vraiment dangereux. C'était un magicien de la mécanique de précision. Il fallait voir ses automates ! Il a très bien pu enterrer quelques dizaines de kilos de plastic dans le socle de la maquette... ou dans l'une des chambres secrètes, celles qui sont au cœur de la maison.

— Vous n'exagérez pas un peu ? soupira Peggy.

— Je ne sais pas, fit Jod avec lassitude. Mais vous devriez vous méfier, surtout si vous voulez jeter un coup d'œil à l'intérieur.

128

— On ne risque rien à regarder par les fenêtres, objecta la jeune femme.

— Tout le monde peut regarder par les fenêtres ! lança Jod. Le plus con des touristes peut le faire. J'espère que vous comptez aller un peu plus loin dans votre exploration !

— Comment cela ? s'étonna Peggy.

— En vous glissant dans la maison, pardi ! ricana Jod. Par la grande porte... C'est faisable vous savez ? Quelqu'un de très souple et de très mince pourrait se faufiler à l'intérieur de la maquette et ramper de pièce en pièce. Ce serait une sacrée grande première ! Songez que personne ne sait ce que mon père a caché au centre de la maison de poupées ! Ce serait un vrai scoop !

— Vous vous fichez de moi ! grogna Peg.

— Pas du tout. Vous êtes petite, mince comme un fil et sacrément souple, ça se voit au premier coup d'œil. Même Lorrie a l'air d'une déménageuse en comparaison.

Sur le chemin du retour, Peggy essaya de faire le point en fonction des dernières informations fournies par Jod. Elle était presque arrivée à la conclusion que le visage grimaçant dissimulé sous le « couvercle » du sourire d'Angela faisait allusion à l'expression terrible qui avait défiguré la petite fille dans la mort. Iram McGregor n'avait pu s'empêcher de le reproduire, comme jadis l'on prenait le masque mortuaire d'un défunt à peine le dernier soupir rendu. Toutefois le vieil homme n'avait pu supporter la vision de ce rictus et l'avait « enterré » sous un masque plus séduisant...

Quant au délire rocambolesque de Jod au sujet des propriétés secrètes de la maison de poupées, elle ne savait qu'en penser. Le garçon essayait-il de l'attirer dans un piège ? S'amusait-il à lui faire peur ?

« S'il sait que je suis la sœur de Lisa, songea-t-elle, il n'a pas intérêt à ce que je m'incruste. »

Quelle stratégie choisirait-il pour se débarrasser d'elle ? La dissuasion... ou l'annihilation pure et simple ?

17

Dans les jours qui suivirent elle eut la surprise de constater qu'on semblait désormais considérer sa présence comme normale. Elle bavardait longuement avec Lorrie, le soir, quand le dernier car quittait le parking. Parfois même, au moment du « coup de feu », elle passait derrière le comptoir pour aider la jeune femme à la cuisine. Elle finit par prendre conscience d'une chose étrange : Jod et Lorraine n'avaient rien d'antipathique, et elle se surprenait de plus en plus à oublier pourquoi elle était là... Tout se passait comme si le climat de la maison engourdissait progressivement sa haine, sa méfiance. Jod et Lorrie lui apparaissaient de plus en plus sous l'aspect d'animaux fragiles en voie de disparition. Elle les imaginait mal essayant de survivre hors de leur habitat naturel. Vieux petits enfants, ils étaient condamnés à ne jamais s'éloigner de la maison de poupées sous peine de périr intoxiqués par les miasmes de la réalité moderne.

Peggy allait et venait dans la grande demeure comme si elle était chez elle. Lorrie n'avait fait aucune difficulté pour lui donner accès aux archives d'Iram McGregor. Ces dernières se composaient d'un amoncellement de cartons poussiéreux entassés dans une pièce ayant jadis fait office de bureau. Peggy se moquait de l'aspect financier de l'œuvre d'Iram, toutefois sa « couverture » l'obligeait à jouer les mémorialistes consciencieuses et elle se doutait bien qu'un manque d'intérêt trop flagrant risquait d'éveiller le doute dans l'esprit de Lorraine.

Dès qu'elle se plongea dans les factures de la maison de poupées, Peg se sentit gagnée par une impression bizarre. Elle n'était certes pas expert-comptable, mais lorsqu'elle additionnait les paquets de factures retenues par des bracelets de caoutchouc, elle parvenait au chiffre astronomique de 2 millions de dollars ! La famille McGregor avait donc été si riche ? Un fabricant de jouets travaillant pour de rares nababs pouvait-il réellement engranger une telle fortune ? Pour s'en assurer, elle refit plusieurs fois ses comptes, le chiffre ne varia pas. Iram, sans doute parce qu'il se faisait vieux et qu'il avait en partie perdu sa légendaire dextérité manuelle, avait passé des commandes aux quatre coins de la planète auprès d'artisans spécialisés dans les miniatures d'art. Des dizaines de serrures de précision, de charnières, de douilles électriques, d'ampoules minuscules avaient été ainsi exécutées pour satisfaire sa passion maniaque du détail, et cela pour des sommes considérables. Gagnée par un vertige de plus en plus grand, Peggy comprit enfin que tous les objets entassés à l'intérieur de la maison de poupées fonctionnaient comme des vrais ! Le fourneau électrique, les fers à repasser, les postes de radio, les minuscules téléviseurs, les ventilateurs, les sanitaires, jusqu'au moindre interrupteur de lampe de chevet... *tout était « vrai »* ! La maison de poupées n'était pas un jouet, c'était une véritable maison construite pour des lutins. L'eau y coulait dans les lavabos et les éviers, on pouvait tirer la chasse des WC miniatures, faire chauffer une casserole sur les minuscules plaques électriques de la cuisine. On pouvait même y regarder un film sur un téléviseur « couleur » à peine plus grand qu'un paquet de cigarettes ! Rien n'y était factice, il suffisait de consulter les plans dessinés par le vieil homme pour s'en rendre compte. Sa folie perfectionniste l'avait amené à concevoir des aspirateurs, des sèche-cheveux, des rasoirs qu'on pouvait raccorder au circuit électrique de la maquette et mettre en marche à volonté. Peg comprenait mieux à présent pourquoi ce délire l'avait ruiné. Chaque artisan sollicité avait travaillé à prix d'or pour satisfaire les caprices de son commanditaire.

La jeune femme quitta la pièce aux archives en proie à un grand trouble. Elle comprenait néanmoins les motivations du vieillard. Considéré par ses contemporains comme un *has been,* il s'était attaché à prouver qu'il restait le meilleur dans sa partie.

Un après-midi, Lorraine présenta à Peggy une mince vieille dame vêtue de lin.

– C'est Dorothy Cavington, chuchota-t-elle. La propriétaire de la maison d'à côté, celle où est installé le club du troisième âge. Elle nous envoie beaucoup de clients. C'était une bonne amie de mes parents, elle pourra sûrement vous raconter pas mal d'anecdotes intéressantes pour votre livre.

Dorothy – Dotty pour les amis – avait dû être très belle dans sa jeunesse. En dépit des années, elle conservait une séduction certaine. Quand Peggy la rencontra, elle se promenait sur la pelouse, pieds nus, tenant de la main gauche ses escarpins par la bride. Ses cheveux gris tirés sur la nuque scintillaient au soleil tel du vieil argent. Elle était vêtue d'une surprenante saharienne immaculée. Peggy lui trouva beaucoup de charme en dépit de ses 75 ans. Lorrie fit les présentations et s'éclipsa. Dotty Cavington examina Peg d'un œil perçant. Ce qu'elle vit dut lui convenir car elle consentit à sourire.

– Vous écrivez un livre sur Iram, murmura-t-elle en fixant les marais dont l'étendue monotone courait jusqu'à la ligne d'horizon. C'est bien... C'est vrai que personne ne lui a jamais rendu justice et qu'il est bien oublié aujourd'hui. Et pourtant quel talent ! Cela me fait mal au cœur de voir son œuvre jetée en pâture aux touristes, mais le moyen de faire autrement ? Je suis dans la même situation que ces deux pauvres petits Jod et Lorrie. Pour

132

conserver ma maison de famille j'ai dû la louer au *Distinguished Grey Club,* une bande de vieux croûtons qui détestent la jeunesse et qui ne jurent que par le « bon vieux temps ». J'ai parfois l'impression de vivre au milieu de survivants de la Guerre de Sécession. Mais ce sont eux qui paient mes factures, n'est-ce pas ? Alors à quoi bon se plaindre !

Elles échangèrent des banalités au sujet de la maison, et Peggy finit par sentir que l'intérêt de la vieille dame s'émoussait, aussi décida-t-elle de jouer le tout pour le tout en lui confiant que les poupées éveillaient chez elle un inexplicable malaise. Dotty sursauta imperceptiblement mais, quand elle tourna la tête vers son interlocutrice, l'intérêt brillait de nouveau dans ses yeux.

— Ah, dit-elle simplement. Vous aussi. Peu de gens osent l'avouer. Vous avez de l'intuition ; cette maquette est encore plus monstrueuse que vous ne l'imaginez. Je préférerais me faire couper les deux jambes plutôt que d'aller la contempler. Si nous nous connaissions mieux je vous dirais des choses...

Elle hésita, les traits tendus. Elle avait un très beau profil, et une sorte d'ardeur contenue qui la différenciait des personnes de son âge.

— Quand je regarde Lorraine et Jod j'ai un peu mal, expliqua-t-elle. Ils sont pour moi comme des animaux incapables de vivre ailleurs que dans leur habitat naturel. S'ils devaient vendre la maison et s'en aller habiter un deux-pièces à Miami, ils s'étioleraient en deux mois. Iram était un type merveilleux, mais il a fait d'eux des infirmes. Il installait autour de lui un climat de conte de fée permanent. Je me rappelle qu'une fois, il avait réussi à faire croire aux deux gosses qu'il fabriquait les étoiles du ciel avec des lingots d'or fondu. Il était parvenu à leur mettre dans la tête que la Grande Ourse avait été coulée dans son atelier, et qu'il avait pris l'avion pour aller l'accrocher là-haut. « Je vous montrerai le moule ! disait-il, il doit traîner quelque part dans la cave. Il y a encore des particules d'or accrochées au fond. » Jod et Lorrie gobaient toutes ses fables. Pour eux, Iram était un dieu. Quand je lui faisais remarquer qu'il avait tort de leur bourrer la tête avec des fadaises, il répliquait : « Ma pauvre Dotty, la Troisième Guerre mondiale peut éclater d'un moment à l'autre, le président me l'a encore confirmé hier. Alors autant que mes gosses profitent du présent le mieux possible avant que les Popofs nous expédient leurs foutues bombes atomiques sur le coin de la figure. »

— C'était un point de vue, observa prudemment Peggy.

— Oui, fit la vieille dame avec tristesse. Aujourd'hui c'est facile de hausser les épaules, c'est vrai, mais à l'époque beaucoup pensaient que le conflit du Viêt-Nam allait entraîner l'intervention de l'URSS. Iram vivait dans l'instant. Jod et Lorrie croyaient réellement qu'il travaillait pour le Père Noël. Iram leur disait que ses entrées à la Maison Blanche lui permettaient d'emprunter les fusées de Cap Canaveral pour rendre visite à Santa Claus, dans ses ateliers de la lune, mais que tout cela devait, bien sûr, rester secret.

— Et Angela ? s'enquit Peg.

Le visage de Dotty se contracta l'espace d'une fraction de seconde.

— Oh ! souffla-t-elle, Angie c'était autre chose. Iram la surnommait « son enfant du crépuscule ». Il était persuadé qu'elle enchanterait sa vieillesse. Il l'adorait comme une déesse. C'est vrai qu'elle était très belle... À ses côtés, même Shirley Temple aurait eu l'air d'un laideron. Elle était d'une beauté et d'une maturité irréelles. N'importe quel producteur d'Hollywood aurait vendu son âme pour l'avoir sous contrat.

— Mais elle ne vous a jamais conquise, n'est-ce pas ? observa la jeune femme. Je sens une réticence en vous.

— Non, c'est vrai, avoua Dotty. Elle était trop coquette, trop minaudière. Iram l'avait pourrie de cadeaux, de compliments, et elle avait fini par croire qu'elle était réellement la plus belle petite fille du monde. Une sorte de princesse haute comme trois pommes à qui l'univers

134

entier devait obéissance et dévotion. Elle m'agaçait, j'avais souvent envie de lui retourner une bonne paire de claques. Iram n'acceptait aucune critique. Vous savez, quand des parents donnent naissance à un enfant très beau, ils finissent par se prendre pour des auteurs de génie. C'est ce qui s'est passé chez les McGregor. Angie était vaniteuse, elle faisait tourner son frère et sa sœur en bourrique. Jod surtout...

— Jod ? s'étonna Peggy.

— Oui, confirma Dorothy Cavington. Il modelait déjà à l'époque, mais jusque-là, il s'était servi de Lorrie comme modèle. Il n'était encore qu'un gamin qui cherchait son style, et il façonnait des statuettes très réalistes. Des danseuses un peu académiques. Quand Angie a commencé à grandir, il a cessé de faire poser Lorraine pour s'occuper uniquement d'Angela. Lui aussi était sous le charme de la petite garce. Il était tout le temps en train de faire des dessins préparatoires, des études, et la gamine adorait ça. Je la revois encore, prenant des poses, faisant des effets de cheveux. Mon Dieu ! Elle était si contente d'elle ! Je me demande parfois ce qu'elle serait devenue si elle avait pu grandir. Elle aurait rendu tous les mâles complètement cinglés. Elle avait tellement l'habitude qu'on rampe à ses pieds.

— Ainsi Jod la prenait pour modèle... murmura pensivement Peggy.

— Oui, reprit Dotty. Du moins il a essayé. Il faisait poser Angie dans le grenier, là où il avait installé son atelier, mais les choses ont mal tourné. Quand elle a vu le résultat final, la gamine a éclaté de rire, elle a déclaré : « Tu n'as pas assez de talent pour faire quelque chose de ressemblant, je suis trop belle pour toi ! » et elle a écrasé le buste de terre glaise d'un coup de poing. C'était une vraie punaise. Jod a mis du temps à s'en remettre... Je crois que ça l'a beaucoup marqué. C'est même à partir de cet incident qu'il a renoncé au réalisme pour devenir sculpteur abstrait.

— Je ne le savais pas, fit Peg.

– Oh ! Il n'en parle jamais, mais Angie lui a fait beaucoup de mal. Lorrie a été relativement épargnée parce qu'elle a su s'effacer. Elle n'a pas cherché à entrer en concurrence avec sa sœur. Ce n'est pas son genre. Lorrie a bon cœur, elle se préoccupe peu des choses physiques. Elle vit dans son monde de musique et de poèmes.

Peggy hocha la tête. Les révélations de Dotty venaient contredire les propos de Jod. N'avait-il pas en effet affirmé s'être toujours très peu soucié d'Angela et n'avoir vu en elle qu'un petit animal sans grand intérêt ?

– Tout cela est la faute d'Iram, insista la vieille dame. Angela le rendait gâteux. Elle lui faisait perdre le sens commun. Vous savez qu'après avoir écrasé les modelages de son frère, cette petite garce est allée demander à son père d'engager un « véritable artiste » pour faire son portrait ? On n'aurait pas pu faire un plus grand affront à Jod. Et cet abruti d'Iram a contacté l'un des anciens portraitistes de la Maison Blanche pour lui passer commande d'un tableau représentant Angela. Je crois que c'est à ce moment que Jod a cessé d'adresser la parole à sa petite sœur. Vous imaginez ça ? Un garçon de 20 ans martyrisé par une gamine de 10 ! Bien sûr, il ne faudra pas écrire tout ça tel quel dans votre livre... mais il serait bon que vous remettiez un peu les pendules à l'heure. Angie n'était pas l'ange de douceur tant vanté par Iram. Je vais dire quelque chose d'atroce, mais je suis une vieille dame, n'est-ce pas, et les vieilles dames ont le droit d'être un peu folles de temps en temps... Il est quelque part amusant qu'Angie se soit noyée dans le bassin. N'est-ce pas ainsi qu'est mort le Narcisse de la mythologie grecque ? En admirant sa propre image dans les reflets d'un étang. J'y vois un juste retour des choses. Une punition exemplaire.

– Vous êtes dure, observa Peggy.

– Vous n'avez pas connu Angie, répliqua Dorothy Cavington. Vous ne pouvez pas comprendre. Jamais je n'ai rencontré un tel concentré d'égoïsme. À plusieurs reprises j'ai essayé de ramener Iram à la raison, en pure perte. Il était envoûté. Il n'en revenait pas d'avoir donné naissance à une telle merveille. Il en était gaga. Il ne parlait plus que d'elle, de ses mille facéties, de ses mots d'esprit, de son intelligence précoce. Cela devenait fastidieux. C'est à cette époque que j'ai pris mes distances avec la famille McGregor. Il n'est jamais agréable de voir sombrer dans l'imbécillité des gens qu'on aimait bien.

– Et après l'accident ?

– Oh ! Après l'accident les choses ont empiré. J'ai longtemps cru qu'Iram finirait par se pendre à une poutre du grenier. Je pense qu'il s'est lancé dans l'entreprise insensée de la maison de poupées pour résister à ses pulsions suicidaires.

À force de marcher, elles avaient traversé la pelouse pour atteindre la lisière du marécage. Le piaillement des touristes leur parvenait de manière assourdie. Dotty semblait en proie à un grand trouble. Les sourcils froncés, elle paraissait hésiter à poursuivre ses confidences.

– Écoutez, murmura-t-elle. Je ne vous connais pas bien, mais il y a quelque chose dont je voudrais me débarrasser. Une chose que je n'ai jamais racontée à personne et qui me reste là en travers de la conscience. Je suis vieille, et je n'aurais peut-être plus l'occasion d'évoquer ce sujet avant ma mort... Il me semble que si je raconte ce que je sais à quelqu'un je serai libérée, définitivement. Vous comprenez ?

– Je crois, fit doucement Peg.

– Vous êtes la seule personne de ma connaissance à s'intéresser aux McGregor, souffla Dotty avec une grimace d'excuse, alors il serait peut-être bon que je profite de l'occasion. Je dois vous prévenir que c'est... *moche*. Vraiment affreux. J'ai peut-être tout imaginé, je ne sais pas. Mais il y a des années que je pense à ça... et parfois ça revient me hanter la nuit. C'est quelque chose qu'a fait Iram, peu de temps après la mort de la petite. À qui parler de ça ? Dans trois mois je serai peut-être morte, qui sait ? Êtes-vous prête à recueillir une confidence encombrante ? Vous allez dire oui, mais ensuite vous m'en voudrez sûrement d'avoir satisfait votre curiosité.

Elle ne se décidait pas à parler. Son visage ridé se ratatinait sous l'effet de la tension dont elle était la proie. Peggy préféra garder le silence. Elle réalisa avec surprise qu'elle n'était effectivement pas tout à fait sûre d'avoir envie de recueillir le témoignage de la vieille dame. Elles restèrent côte à côte un moment, dressées au bord du marais, le regard perdu dans la contemplation de la ligne d'horizon brumeuse.

– Peu de temps après l'enterrement, balbutia enfin Dorothy Cavington, l'ouragan Diana a ravagé la côte de Floride. Quand nous avons su qu'il s'approchait, la radio a diffusé les consignes d'alerte habituelles. Nous savions tous que s'il venait à couper au travers des Everglades il aspirerait nos maisons comme des châteaux de cartes. Tout le monde se calfeutrait au fond des caves, les routes étaient vides. Un vrai paysage de fin du monde...

Elle parlait maintenant d'une voix à peine audible qui donnait le frisson.

– À un moment, souffla la vieille dame, je devais être en train de fixer les volets de tempête dans le jardin... j'ai vu passer la voiture d'Iram sur la route. Le vent était déjà très violent, et il devenait difficile de rouler face aux rafales. Iram a perdu le contrôle du véhicule, j'ai cru qu'il allait plonger dans le marais. J'ai couru vers lui pour lui venir en aide. Il était pâle à faire peur, couvert de terre et de boue, cramponné à son volant comme s'il allait avoir une crise cardiaque. J'ai pensé qu'il avait dû s'étaler dans la vase ou quelque chose du même genre. Je l'ai appelé, secoué, il était dans un état second. Quand il est revenu à lui, il m'a écartée en me disant qu'il devait se dépêcher de rentrer avant la tempête. Il bégayait et ses mains tremblaient. J'avoue qu'il m'a fait peur et je n'ai pas insisté. C'est quand il a redémarré que j'ai vu la... chose. Le paquet tout boueux sur la banquette arrière, la pelle, la pioche... Et une idée vraiment affreuse m'a traversé l'esprit. J'aurais vraiment préféré ne jamais y penser, ne pas faire le rapprochement.

– Que voulez-vous dire ? interrogea Peg.

– Vous ne comprenez donc pas ? s'impatienta la vieille femme. Oh ! Il faut vous mettre les points sur les « i » ?

L'éclair de colère l'avait épuisée, ses épaules s'affaissèrent, sa mâchoire devint flasque.

– J'ai pensé... souffla-t-elle. J'ai pensé qu'Iram était allé déterrer la dépouille d'Angie au cimetière, parce qu'il avait peur que l'ouragan ne l'emporte au passage. Ça n'aurait rien eu d'impossible. Quand une trombe traverse une lagune elle est capable de déraciner des palétuviers centenaires. Je ne sais pas pourquoi ça m'a traversé l'esprit... peut-être à cause de la forme du paquet sur la banquette arrière, des outils. Et puis c'était une chose qu'Iram aurait pu faire, une folie digne de lui. Tout tenter pour empêcher que le corps de sa petite fille soit aspiré par le cyclone. Je pense qu'il a agi en secret. Il était déjà très malade à l'époque. Sans doute qu'il avait dans l'idée de remettre la dépouille en place après la tempête...

Peggy respirait avec peine. Elle ne sentait plus la morsure du soleil, et la sueur qui dégoulinait de ses sourcils lui semblait glacée.

Dotty tira un mouchoir de coton blanc de la poche de sa veste, se tamponna les yeux.

– C'est horrible à dire, reprit-elle, mais j'ai eu brusquement la certitude qu'il avait profité de ce que tout le monde se barricadait pour aller au cimetière et ouvrir la tombe d'Angela. C'était matériellement faisable. Il n'y avait plus un chat dans les rues. Même les animaux cherchaient un trou pour se cacher. Si je n'avais pas été toute seule pour m'occuper de la maison, j'aurais dû normalement être tapie au fond de ma cave... et Iram aurait pu passer sans être vu. Je me rappelle être restée plantée au bord de la route pendant qu'il s'éloignait. Le vent tirait sur mes vêtements comme s'il voulait me mettre toute nue, j'étais incapable de bouger. Je ne parvenais pas à m'ôter de la tête l'image du paquet sur la banquette arrière. Je le revois encore en rêve, certaines nuits, après tout ce temps. Angie avait été parfaitement embaumée. « Comme une princesse égyptienne » répétait sans cesse Iram. Son petit corps ne devait avoir subi aucune altération... en fait, elle devait avoir l'air d'une poupée de cire.

– Et ensuite ? demanda Peggy qui avait hâte de mettre fin à l'entretien.

– Ensuite la trombe est passée entre nos deux maisons, fit Dotty d'une voix lasse. Je la guettais par le soupirail de la cave. Elle ondulait, toute noire, comme une sorte de tuyau de caoutchouc en train de se tortiller. Elle nous a épargnés mais elle a traversé le cimetière qu'elle a entièrement détruit. Après la tempête, on a retrouvé toutes les tombes éventrées, le cyclone avait arraché les dalles, les stèles et même les couvercles des cercueils. De nombreux corps manquaient. Notamment celui d'Angie. Vous voyez où je veux en venir ?

– Je commence... balbutia Peg.

– Iram a profité du désastre, martela Dotty. J'en suis persuadée. Officiellement il a fait semblant d'admettre que la dépouille d'Angela avait été aspirée par le cyclone, et... il a gardé le corps chez lui. Il l'a caché dans la maison de poupées. Il a transformé la maquette en mausolée. C'est ma théorie, et je pense qu'elle tient debout. Il vouait un amour pathologique à cette enfant, comme cela arrive parfois chez les hommes vieillissants. Il a voulu la conserver chez lui, sans doute pour se donner l'illusion qu'elle était toujours en vie.

– En avez-vous parlé à Jod et à Lorrie ? demanda Peggy.

– Non, haleta la vieille femme. Mais c'est inutile. Je pense qu'ils s'en doutent. Même s'ils ne veulent pas l'admettre, ils le savent, au fond d'eux-mêmes, et depuis toujours. Angie est là-bas. C'est devant son tombeau que défilent à longueur de journée les touristes... Elle est bel et bien comme une princesse égyptienne dans son sarcophage, je crois que ça lui aurait plu.

– Ce serait donc pour cette raison qu'Iram aurait doublé les murs de feuilles de plomb, observa Peggy. Il ne voulait pas courir le risque qu'on découvre la dépouille à l'occasion d'une radiographie.

– Probablement, soupira Dorothy Cavington en haussant les épaules. Quand on prend la peine d'y réfléchir c'est beaucoup plus pathétique qu'effrayant, mais il fallait que j'en parle à quelqu'un. Vous garderez le secret, n'est-ce pas ?

– Bien sûr, éluda Peggy. Je crois que personne n'a vraiment envie d'entendre ce genre de choses.

– Et puis il s'agit peut-être de simples élucubrations, renchérit Dotty, soucieuse de dissiper le climat funèbre installé par ses propos. J'ai toujours eu tendance à me laisser emporter par mon imagination, surtout quand j'étais plus jeune. Quand on est seule dans une grande maison, on a la tête qui tourne à vide, on se raconte des histoires pour passer le temps. Celle-ci m'a meublé bien des heures creuses... Ne la prenez pas au pied de la lettre. Je suis probablement devenue aussi maboule qu'Iram McGregor, cela arrive quand on atteint un âge avancé.

Elle se décida à sourire. Elle avait un très beau sourire, d'une intense luminosité.

– J'aimerais vous revoir, dit-elle. Vous savez écouter. C'est rare, aujourd'hui. Ce serait agréable pour moi de contempler pour une fois un visage sans rides. J'en ai assez de vivre au milieu de tous ces vieux gâteux du club.

– On ne me laissera pas entrer, fit remarquer Peg. Le jardinier m'a prévenue que les moins de 60 ans étaient impitoyablement refoulés.

– Je vais vous signer un sauf-conduit, insista Dotty. Crotte ! Je suis encore chez moi tout de même, je reçois qui je veux !

Tirant un mince carnet de sa poche, elle griffonna quelques lignes en guise de passeport.

– Tenez, dit-elle en tendant le feuillet à Peggy. Vous n'aurez qu'à montrer ça à ces vieux barbons s'ils font mine de vous barrer le chemin. Venez me voir. Je vous parlerai encore d'Iram. J'étais amoureuse de lui dans ma jeunesse mais mes parents ne voulaient pas de lui. Pensez donc : un fabricant de jouets !

Elle tendit la main pour caresser la joue de Peggy.

— Ça m'a fait du bien, murmura-t-elle. Il fallait décidément que je le dise à quelqu'un. Pardonnez-moi de m'être montrée aussi macabre et mettez tout cela sur le compte de mon supposé gâtisme. Nous ferons comme si je n'en avais jamais parlé. Vous êtes d'accord ?

— D'accord, fit Peggy qui aurait pourtant bien aimé en savoir plus.

La gorge serrée par une tristesse indéfinissable, elle regarda la vieille dame s'éloigner pieds nus dans l'herbe, mince et droite dans sa saharienne blanche.

18

Au cours de l'après-midi, profitant d'un moment de répit entre deux invasions touristiques, Peggy alla partager un thé glacé avec Lorrie.

– Comment trouvez-vous Dotty ? lui demanda la jeune femme.

– Très belle, dit franchement Peg. Il me semble que, même à son âge, elle pourrait encore séduire bien des hommes.

– Vous avez mis dans le mille ! s'esclaffa Lorraine. Vous savez qu'elle est la coqueluche du club du troisième âge ? Tous ces vieux types bavent des ronds de chapeau sur son passage. Elle les rabroue comme si elle était la reine des Amazones. Je la trouve sublime ! (Elle s'épongea le visage avec une serviette humide avant d'ajouter :) Elle était terriblement amoureuse de mon père, mais ses parents se sont opposés au mariage. Elle ne s'en est jamais remise. Depuis, elle a toujours eu quelque chose d'un peu exalté... Il ne faut pas prendre tout ce qu'elle dit au pied de la lettre. Parfois elle est un peu *romantique,* si vous voyez ce que je veux dire.

– J'irai la voir au club, fit Peggy. Elle a promis de me parler des débuts d'Iram.

– Quand il faisait du porte à porte avec des canards mécaniques dans une valise en carton ? plaisanta Lorraine. (Elle but un peu de thé.) Je suis heureuse que vous écriviez sur papa, dit-elle dans une sorte d'élan. Ça semble si injuste que personne ne se souvienne de lui.

Peggy grimaça un sourire. Il lui arrivait d'avoir honte de sa supercherie. Par bonheur, un nouveau car en provenance de Miami fit irruption sur le parking.

– OK, soupira Lorraine. Le bagne m'appelle.

– Je vais retourner étudier les archives d'Iram, mentit Peg. Il y a là des choses absolument fascinantes.

Dès qu'elle fut dans la maison, elle grimpa le grand escalier jusqu'au premier, puis fureta pour dénicher le chemin du grenier. Une impulsion la poussait à vérifier l'un des points évoqués par Dotty Cavington. Plus elle montait, plus elle était submergée par l'odeur de poussière chaude des combles. Quand elle parvint sous la toiture, l'atmosphère se révéla insupportable et elle se découvrit au bord de la suffocation. Un air raréfié stagnait entre les poutres, charriant des odeurs de moisissure et de rongeurs. Elle poussa plusieurs portes, butant sur le capharnaüm habituel en ce genre d'endroits. Ce qu'elle cherchait se tenait dans la dernière pièce, celle qui bénéficiait d'une verrière à la façon des ateliers d'artiste. De grossières étagères de bois supportaient des théories de figurines en terre séchée. Il y en avait des dizaines. Certaines, très académiques, représentaient une adolescente gracile et nue, figée dans des poses pleines d'abandon languide, proches du sommeil ou de la somnolence, comme si l'artiste l'avait observée pendant qu'elle faisait la sieste. Peggy fut certaine qu'il s'agissait de Lorrie, Lorrie adolescente, à 12 ou 13 ans. Jod modelait alors dans un style proche de celui d'Iram et obéissant aux canons du réalisme le plus absolu. Mais le plus saisissant, c'était la profusion de bustes consacrés à Angie. Il y avait là des dizaines d'ébauches abandonnées en cours de réalisation. L'un des bustes, le seul que Jod était sans doute arrivé à finir, trônait sur une sellette. Il avait sûrement été très beau, mais il était difficile d'en juger aujourd'hui, car un formidable coup de poing en avait aplati les traits, enfonçant le nez à l'intérieur du

144

crâne et transformant la bouche en un mollusque éclaté d'une laideur presque insoutenable. Peggy songea à ce que lui avait confié Dotty quelques instants plus tôt. S'agissait-il du fameux modelage « refusé » par Angie elle-même ?

Les années avaient passé, et certaines figurines commençaient à se dessécher. Cela se voyait aux fins réseaux de craquelures qui les sillonnaient. Pourtant quelque chose éveilla la curiosité de Peggy. Un détail insolite. Alors que tout le reste du grenier disparaissait sous une couche de poussière duveteuse et grise, les modelages étaient propres, comme si quelqu'un montait régulièrement les essuyer pour les préserver de l'outrage du temps. Qui ? Jod ? Jod qui, malgré les années, ne parvenait pas encore à admettre le mépris d'Angie et revenait inlassablement sur ses traces pour contempler le buste saccagé ?

Peggy battit précipitamment en retraite. Le visage de glaise sèche, défiguré et grimaçant, l'emplissait soudain d'une crainte inexplicable.

19

Le lendemain, pour échapper à l'atmosphère oppressante de la maison, elle décida de répondre à l'invitation de Dorothy Cavington. Il lui semblait important de fuir, ne serait-ce que pour quelques heures, la famille McGregor. Elle était nerveuse, découragée, et voyait de plus en plus mal comment elle viendrait à bout de Jod. N'était-elle pas en train de s'enliser dans son propre piège ? Le temps passait et elle n'avait rien découvert de décisif. Elle se laissait peu à peu gagner par la conviction que le sculpteur jouait avec elle au chat et à la souris. De plus, elle avait parfaitement conscience de succomber à son charme vénéneux. Quand elle restait plusieurs heures sans le voir, elle éprouvait une bizarre sensation de creux à l'estomac. Quand il apparaissait, au contraire, son cœur se mettait à battre plus vite. *Elle avait horreur de ça !*

Elle envisageait des choses absurdes, des plans rocambolesques. Le droguer, par exemple, afin de pouvoir enfin lui ôter son fichu gant et prendre l'empreinte de sa paume prétendument calcinée ! Elle devenait grotesque, elle le savait, mais cela n'arrangeait rien.

Sa visite au *Distinguished Grey Club* provoqua une stupeur analogue à celle qu'aurait engendrée jadis l'entrée d'un esclave noir dans un saloon d'Alabama. Les vieillards en bermuda qui jouaient au shuffle-board sur la pelouse la fusillèrent du regard. Les femmes, surtout, serraient les dents. Peggy essaya de demeurer impassible. La maison résonnait de musiques vieillottes. *Smoke Gets In Your Eyes,* ou ce genre de choses. Des slows sur lesquels les octogénaires, présentement affaissés au creux des chaises longues, avaient dû danser à Londres, pendant le Blitz. Toute la décoration évoquait la Seconde Guerre mondiale ou le début des années 50. Les photographies accrochées aux murs offraient au regard le sourire ravageur d'un Frank Sinatra incroyablement maigre. Dans le salon de lecture, s'entassaient des piles de vieux numéros d'*Esquire* ou d'*Atlantic Monthly*. Des numéros où un tout jeune écrivain du nom d'Ernest Hemingway débutait. D'antiques quotidiens protégés par des feuilles de plastique faisaient leur « une » sur la scandaleuse attaque de Pearl Harbor ou le Débarquement d'Omaha Beach. Plus elle avançait, plus la jeune femme se sentait gagnée par l'illusion d'être revenue quarante ou cinquante ans en arrière. Dans le hall, un panneau soigneusement calligraphié précisait qu'aucun objet postérieur aux *Fifties* n'était admis à l'intérieur du club. Cette interdiction s'étendait jusqu'aux vêtements « modernes » dont il était conseillé de se défaire au plus vite.

Alors qu'elle faisait antichambre, Peggy eut la surprise d'entendre le haut-parleur d'un Philco de salon à caisse d'ébène diffuser le commentaire d'un match de base-ball ayant eu lieu en 1947. Il lui fallut une seconde pour comprendre que la radio était en réalité reliée à un magnétophone. Une demi-douzaine de vieillards entouraient la TSF, commentant chaque coup de batte avec fièvre.

L'un d'eux abandonna son siège et s'approcha de la jeune femme en boitillant. C'était un septuagénaire taillé en hercule, le crâne couvert d'un reste de duvet blanc amidonné auquel il essayait visiblement de donner l'allure d'une coupe en brosse. Sa chemisette hawaïenne bâillait sur des pectoraux tapissés de poils gris raides comme du crin. En dépit de son âge avancé, il dégageait une curieuse impression de force brutale.

– Je vous reconnais, aboya-t-il en considérant Peggy du haut de ses 2 mètres, vous êtes la copine de ce sculpteur cinglé ! Je vous ai vus l'autre jour dans les marécages, vous pataugiez dans la bouillasse, les fesses à l'air. J'ai trouvé ça dégueulasse. J'étais là à observer les pélicans bruns, et voilà que je tombe sur deux excités qui viennent secouer leurs parties génitales en plein dans mon champ de vision ! Je ne sais pas qui vous êtes, ma fille, mais à mon avis vous ne devriez pas fréquenter ce type... Il a un plomb de sauté.

– Moi non plus je ne vous connais pas, rétorqua Peg en essayant de reprendre le dessus.

– Sergent Douglas Matthew Peabody ! claironna le bonhomme. 6e Marines, j'étais à Guadalcanal, ma belle, à Iwo Jima, et je ne vais pas me laisser pourrir le paysage par un taré comme ce Jod McGregor ! Ce n'est pas dans mes habitudes. Vous avez vu ce qu'il est en train de faire ? Cette espèce d'église hérétique... Ce faux cimetière ! C'est manquer de respect aux morts que de fabriquer des trucs comme ça. Et ces momies ? Je sais ce que c'est, moi, d'être coincé sous une pile de cadavres, et ça ne me fait pas rigoler du tout de voir ces mannequins emmaillotés de pansements. C'est dégueulasse.

Il dut s'interrompre pour reprendre son souffle car l'emphysème rendait sa respiration sifflante.

– Je suis allé y jeter un coup d'œil, à son fatras de maboule, grogna-t-il. J'ai même cisaillé quelques bandelettes pour voir ce qu'il y avait en dessous. C'est encore plus ignoble que je ne l'imaginais ! Jod McGregor a donné à ses mannequins le visage de plusieurs de nos présidents. C'est monstrueux, on devrait l'arrêter pour un truc comme ça. Si McCarthy était encore en place, il se chargerait de lui, vous pouvez me croire ! Quand je pense que l'argent des contribuables passe dans les mains de criminels de cet acabit ! Mais je suis tranquille, il se trouvera bien quelqu'un pour le punir... On raconte même que la chose serait déjà en marche. Si une bombe l'épar-

148

pille en petits morceaux je ne verserai pas une larme sur son cadavre !

Par bonheur Dorothy Cavington apparut enfin, elle portait une mince robe de lin et des souliers à talons hauts en cuir blanc. Elle prit Peg par le bras et l'entraîna hors de la pièce en direction du jardin.

– Calmez-vous, Peabody, fit-elle d'un ton sec. Et restez poli, vous n'êtes plus instructeur à Biloxi. Vous ne parlez pas à l'une de vos recrues. En outre votre adhésion au club ne vous autorise pas encore à insulter les dames.

– Je suis soulagée de vous voir, plaisanta Peggy quand elles furent sur la pelouse. Je commençais à me sentir mal à l'aise.

– Oh ! Ce n'est rien, s'esclaffa tristement Dorothy, il faut venir le soir, quand les téléviseurs passent uniquement des films en noir et blanc, ou des bandes d'actualités enregistrées à l'époque de la Chasse aux Sorcières. Il arrive que ces vieux croûtons en viennent aux mains ! Certains sont de vrais fanatiques, ils ne tolèrent sur la table du repas que des emballages d'époque. Cela nous a obligés à faire fabriquer par un artisan verrier des bouteilles de Coca-Cola du premier modèle, celui en usage dans les années 40. Que voulez-vous ? Ils tiennent à ce que l'illusion soit parfaite, chaque fois qu'ils viennent ici, ils s'offrent une cure de nostalgie. Les accessoiristes du club ne cessent de parcourir le pays à la recherche de nouvelles trouvailles : photos, vieux microsillons en cire, publicités, magazines. La maison s'est peu à peu transformée en une sorte de musée, mais un musée où les visiteurs auraient le droit de manipuler les objets exposés. Parfois j'ai un peu l'impression d'avoir loué la maison de mon enfance à la section locale du Ku Klux Klan, ce n'est pas des plus agréable.

Elles déambulaient à présent dans les allées d'un golf miniature désert.

– Ce monsieur semblait très monté contre Jod, observa Peg. Il a fait allusion aux attentats...

— Tout le monde ici est très monté contre Jod, murmura Dorothy. Ses pyramides dérangent. Pensez donc : de faux tombeaux remplis de faux cadavres...

— Croyez-vous que Jod se soit inspiré de la maison de poupées ? interrogea la jeune femme. La thématique est fondamentalement la même...

— Écoutez, dit tout à coup Dorothy d'un ton embarrassé, je voudrais vous demander d'oublier ce que je vous ai dit hier. J'étais fatiguée... J'avais des idées noires. Je me suis laissé emporter. Vous n'en avez parlé à personne, au moins ?

— Bien sûr que non, fit Peggy.

— Je me suis trop attachée aux enfants d'Iram, soupira Dotty. Jod et Lorrie... Je les ai vus grandir. J'ai longtemps été amoureuse d'Iram, vous savez, et j'ai fini par m'imaginer que ces gosses étaient un peu les miens. Surtout Jod. Leur mère ne s'occupait pas d'eux. C'était une bécasse prétentieuse. Elle avait épousé Iram pour côtoyer le beau monde, avoir ses entrées à la cour d'Angleterre, à la Maison Blanche. Quand Iram a pris sa « retraite » ici, elle a doucement glissé sur la pente de l'alcoolisme mondain. Elle s'ennuyait à mourir. Elle se remontait à l'alcool de pêche. Elle se faisait servir la gnôle dans une théière en espérant tromper son monde. À partir de 10 heures du matin elle était entre deux vins, comme on dit. Alors j'ai joué à la maman de remplacement... Et Iram m'a laissée faire. Je me rends compte aujourd'hui que c'était un jeu malsain, pervers. Nous faisions, lui et moi, comme si Jod et Lorrie étaient bel et bien nos enfants. Pendant un moment ça m'est vraiment monté à la tête. Je finissais par trouver que Jod me ressemblait un peu ! Le pire c'est que j'essayais d'en convaincre le pauvre gamin... Je le traînais devant un miroir et je lui disais « Regarde ! On a le même nez ! Tu ne trouves pas ? » Je ne sais pas ce que j'ai fini par lui mettre dans le crâne. Peut-être s'imagine-t-il encore aujourd'hui que je suis sa véritable mère ?

— Vous l'aimiez vraiment beaucoup.

– Beaucoup trop. Je prenais toujours son parti. Quand Angie a commencé à le persécuter j'en ai été malade de chagrin. Ça me rendait folle de voir cette sale gamine le mener par le bout du nez. C'est là que j'ai pris du recul et que j'ai cessé de fréquenter les McGregor. Je n'avais aucun droit sur ces enfants, n'est-ce pas ? Alors, pourquoi m'en mêler ?

– Ils avaient peut-être besoin de vous ?

Dotty haussa les épaules.

– Non, dit-elle avec amertume. Même pas. Seul Iram comptait pour eux. Iram était comme ces planètes dont l'attraction est telle qu'elle satellise tous les objets qui passent à leur portée. Vous voyez Saturne et ses fameux anneaux ? Iram était comme ça. Il était Saturne, et nous les cailloux tournant tout autour. Il ne se rendait compte de rien, il vivait dans son monde intérieur. Et quand Angie est née, Jod et Lorrie ont immédiatement cessé d'exister pour lui. C'était d'une injustice à hurler. Si vous faites le portrait d'Iram, dans votre livre, ne soyez pas trop bonne pour lui. Par moments il était aveugle.

– Comment est-il mort ? s'enquit Peggy. Personne ne me l'a encore dit.

– Un transport au cerveau, murmura Dotty. On l'a découvert dans la cave, devant la maison de poupées. Quand on a desserré sa main droite, on a découvert un ruban rouge tout froissé. L'un de ceux qu'utilisait Angie pour ses cheveux. Il avait une expression curieuse sur le visage. Une espèce de stupeur béate, comme les mystiques qui viennent de recevoir la révélation. À cause du ruban, Jod et Lorrie sont restés persuadés qu'il avait vu Angie... Qu'elle était sortie de la maison de poupées... et que cette vision l'avait foudroyé. Je les ai entendus en parler entre eux, un soir. C'est pour cette raison qu'ils n'ont jamais voulu explorer la maquette. Ils voudraient bien savoir ce qui s'y cache, mais ils ont peur d'y entrer.

– Vous pensez vraiment qu'on peut y entrer ? fit Peggy.

– Oui, affirma la vieille dame. À condition d'être mince et très souple. Iram avait conçu la maquette de telle manière qu'Angie puisse s'y déplacer à quatre pattes et s'y tenir assise en tailleur. Un adulte peut ramper là où une enfant peut s'asseoir, vous ne croyez pas ?

– Jod m'a proposé de tenter l'expérience, dit Peggy. Pourquoi, à votre avis ?

– Pour exorciser ses démons, répondit Dorothy Cavington. Si la maquette se révèle vide, le cordon ombilical sera définitivement coupé. Mais je vous déconseille d'entreprendre cette exploration... Vous savez pourquoi.

Pour alléger l'atmosphère, Dotty invita Peg à prendre le thé. Elles passèrent le reste de l'après-midi à parler d'autre chose, et quelques vieilles dames vinrent se joindre à elles. Elles manifestèrent envers Peggy la tolérance bienveillante et un peu hautaine que certaines grandes bourgeoises du Sud aux idées avancées pratiquèrent à l'égard des Noirs, après l'abolition de l'esclavage.

Peggy prit congé quand sonna l'heure du repas. Elle revint à pied, longeant la route poudreuse à la lisière du marécage. Lorsqu'elle arriva chez les McGregor, le dernier car de touristes quittait le parking. La boîte à lettres débordait de courrier. Une enveloppe avait même fini par tomber par terre et la jeune femme avait failli poser le pied dessus en passant sous le portique marquant l'entrée du jardin. Au moment où elle faisait un pas de côté, elle déchiffra machinalement l'inscription tracée sur l'enveloppe au marqueur noir. Elle eut un sursaut de surprise. On avait écrit : *Pour Peggy Meetchum, aux bons soins de la famille McGregor.*

Meetchum était souligné trois fois.

La jeune femme s'immobilisa.

Pour Peggy *Meetchum*... alors qu'elle s'était présentée sous le pseudonyme de Peggy Williams. Qui lui écrivait ? Elle n'avait dit à personne qu'elle venait ici... Quelqu'un essayait-il de faire comprendre aux McGregor qu'ils hébergeaient une intrigante ? Mais qui ? Voulait-on lui signifier qu'elle était démasquée ? Était-ce un subterfuge imaginé par Jod pour obtenir de sa sœur qu'elle mette cette étrangère à la porte ?

En tout cas, il ne fallait à aucun prix que Lorrie trouve cette lettre !

Peggy ramassa l'enveloppe, les doigts moites. Peut-être que Sheridan, le shérif de Saltree, avait fini par découvrir où elle se cachait ? Peut-être la convoquait-il pour une raison purement administrative ?

S'assurant qu'on ne pouvait pas la voir depuis la maison, elle arracha le rabat de l'enveloppe...

Dans la seconde qui suivit tous les feux de l'enfer lui sautèrent au visage. L'explosion la rejeta en arrière tandis que l'enveloppe se consumait entre ses doigts dans une gerbe d'étincelles.

Elle perdit connaissance.

20

Quand elle reprit conscience elle était étendue sur son lit, Jod, Lorrie et Pyke Bozeman se penchaient sur elle.

— Bordel ! grogna le garde du corps. Qu'est-ce qui vous a pris d'ouvrir le courrier ? Je vous répète depuis votre arrivée ici qu'il ne faut pas toucher aux lettres avant que j'aie pu les examiner.

— Je ne sais pas, balbutia Peggy. Un réflexe idiot... J'ai vu mon nom sur l'enveloppe...

Elle ne pouvait pas avouer qu'elle n'avait jamais réellement cru à cette histoire de lettre piégée.

— Vous avez eu de la chance, maugréa Bozeman. Le type qui a fait ça a bricolé son truc en vitesse à partir d'une simple fusée de détresse. Il n'avait pas prévu que la mise à feu vous arracherait le paquet des mains. C'est ça qui vous a sauvée. Vous en serez quitte pour des brûlures superficielles.

Peggy réalisa qu'elle avait les mains enveloppées de pansements et que le visage lui cuisait.

— Ne vous inquiétez pas, s'empressa de murmurer Lorrie, vos sourcils et vos cheveux ont un peu roussi, mais c'est superficiel.

— Vous empesterez le cochon grillé pendant un jour ou deux, ricana Jod. N'y prêtez pas attention, on croira simplement que vous revenez d'un barbecue cajun ! En tout cas, bienvenue au club !

Il avait ostensiblement levé sa main gantée pour souligner le sens de ses propos.

Lorraine le rabroua et fit absorber à la blessée quelques comprimés analgésiques.

– Le mieux c'est que vous dormiez, déclara-t-elle. Je reviendrai faire vos pansements demain matin.

Elle sortit de la pièce suivie de Jod. Seul Bozeman s'attarda une seconde au pied du lit.

– Je ne veux pas vous faire la morale, dit-il, mais ç'aurait pu être grave.

– Vous avez prévenu la police ? demanda Peg.

– Non, avoua Pyke. Jod n'y tient pas. Il a peur qu'une mauvaise publicité n'éloigne les touristes. Personne n'a envie d'aller gambader au milieu d'un champ de mines. De toute manière, je crois que ça ne servirait pas à grand-chose.

Peggy ferma les yeux. Ce simple réflexe lui fit mal. Elle songea qu'elle ne devait plus avoir de cils. Ses paupières étaient gonflées et brûlantes.

« C'est Jod, songea-t-elle. Il en a assez de me voir fouiner. Il a voulu me faire peur... Il espère que je serai assez terrifiée pour ficher le camp sans demander mon reste. Il se trompe. »

Elle comprit confusément que le garde du corps s'éloignait sur la pointe des pieds, puis elle sombra dans le sommeil.

Elle se réveilla au beau milieu de la nuit. Elle avait la fièvre et elle mourait de soif.

L'eau de la carafe posée sur la table de chevet était chaude et exhalait une odeur désagréable. Peggy éprouva le besoin d'une bière glacée, elle se leva au ralenti car la tête lui tournait. La chaleur à l'intérieur de la chambre était insupportable et la transpiration jetait du sel sur ses brûlures. La jeune femme tituba jusqu'au cabinet de toilette pour s'examiner dans le miroir du lavabo. Elle n'avait plus de sourcils, des réseaux de cloques parsemaient son front, ses joues. À première vue cela paraissait superficiel, mais elle savait qu'avec les brûlures il ne fallait jurer de rien. L'absence de cils et de sourcils plaquait sur ses traits une expression étrange, rappelant ces visages inexpressifs qu'on se plaît à donner aux extra-terrestres dans les séries télévisées. Par bonheur, ses cheveux courts avaient échappé à l'ignition. Elle poussa un soupir de résignation et sortit du cabinet de toilette.

Elle marqua un temps d'hésitation au sommet du grand escalier. Plongée dans les ténèbres, la bâtisse voyait ses dimensions se décupler. Le hall se changeait en une fosse obscure dont on ne distinguait pas le fond. Peggy eut tout à coup l'impression idiote qu'elle allait tomber dans un abîme, que l'escalier allait s'effacer sous ses pas, la projetant dans une chute sans fin.

« C'est idiot, pensa-t-elle. C'est la fièvre. »

Elle chercha le contact rassurant de la rampe d'ébène et entreprit de descendre dans le noir. Pas à pas, donnant à chaque craquement le temps de s'éteindre. Comme tous les lieux assaillis par la foule aux heures diurnes, la maison, une fois vide, dilatait son architecture au point de jouer les cathédrales. Peg descendit lentement. Une voix intérieure lui criait de remonter se coucher, mais elle ne commandait déjà plus à son corps. La lune étant cachée par les nuages, il régnait au rez-de-chaussée une opacité presque totale, et Peggy dut chercher à tâtons le chemin du salon de thé. Elle réalisa qu'elle ne savait pas où se trouvaient les principaux interrupteurs. En outre, elle avait peur, en illuminant les lustres, de provoquer l'arrivée intempestive de l'un ou l'autre des habitants. Elle louvoyait entre les tables de marbre quand elle crut surprendre un frôlement dans son dos. Elle se retourna juste à temps pour avoir l'illusion qu'une ombre se coulait le long du mur. Une silhouette d'enfant...

C'était stupide. *Bien sûr*. Il n'y avait pas d'enfants chez les McGregor. Elle était tout bonnement en train de céder aux images morbides que la fièvre faisait naître en elle... Elle allait boire quelque chose de frais et remonter se coucher.

156

Comme elle atteignait le bar, elle perçut cette fois le chuintement d'un pied nu sur les dalles de marbre du hall. Le trottinement s'éloignait, prenait le chemin de la cave... Au rythme rapide de la progression, on devinait que le promeneur nocturne connaissait la disposition des lieux à la perfection. Il se déplaçait à la façon d'un aveugle en territoire familier, sans être le moins du monde gêné par les ténèbres ambiantes. Peggy s'immobilisa devant le bar.

« C'est sûrement le chien de Bozeman, Cooky, pensa-t-elle. Tu as entendu le bruit de ses griffes sur le carrelage... »

Elle essayait de se rassurer par tous les moyens sans parvenir cependant à être dupe de ses propres fariboles. Il ne s'agissait pas de ce cliquetis d'ongles émoussés produit par les chiens lorsqu'ils se déplacent sur un sol dur, *non*... Elle avait entendu le clapotis un peu collant d'un pied moite foulant le marbre. Elle en avait l'intime conviction.

Elle fut sur le point de crier : « Il y a quelqu'un ? ». Pas pour obtenir une réponse, pour se rassurer simplement... Elle transpirait d'abondance et ses brûlures la démangeaient. N'y tenant plus, elle promena sa paume sur le mur, à la recherche d'un interrupteur. La lumière jaillit, la faisant cligner des yeux. Le salon de thé et le hall étaient vides. Peggy se rappela qu'elle avait entendu courir en direction de la cave et prit aussitôt ce chemin. Avant de pénétrer dans la salle d'exposition souterraine elle prit soin d'allumer tous les projecteurs. La solitude de la crypte accentuait l'aspect étrange de la maison de poupées. Peg fit quelques pas, laissant courir ses regards dans les moindres recoins. Il n'y avait personne.

Il n'y avait personne, mais...

Mais la porte d'entrée de la maison de poupées était entrebâillée, et sur le sol dallé de marbre noir, juste devant la maquette, on distinguait encore les marques embuées laissées par deux petits pieds nus. Des pieds d'enfant.

21

Le premier réflexe de Peggy fut de prendre la fuite. Elle grimpa l'escalier quatre à quatre pour courir se barricader dans sa chambre. Une fois en haut, elle s'effondra sur son lit, le cœur battant à tout rompre.

Il lui fallut plusieurs minutes pour retrouver la maîtrise de ses nerfs. Alors seulement elle se traita d'idiote.

Bon sang ! Ça avait bien failli marcher ! Pendant quelques secondes elle avait été la proie d'une terreur panique dépassant tout ce qu'elle avait connu à ce jour. Une frayeur encore plus grande que celle éprouvée lorsqu'elle s'était crue poursuivie par un requin au large de Key West. Cheveux dressés sur le crâne et chair de poule, yeux exorbités et hurlement au bord des lèvres... Une vraie tête de film d'épouvante !

Idiote ! Idiote ! *Idiote !*

C'était grotesque et ça portait à n'en pas douter la signature de Jod McGregor. Il avait essayé de lui flanquer une frousse de tous les diables pour la décider à ficher le camp au plus vite.

Dieu ! L'espace d'une seconde, elle avait été sur le point de perdre le contrôle de sa vessie.

Des marques de petits pieds nus... La porte de la maison de poupées entrebâillée... Qu'avait donc tenté de lui faire croire Jod ? Que le fantôme d'Angie quittait son refuge une fois la nuit venue pour hanter la maison de son enfance ? La croyait-il si naïve ? Méprisait-il les femmes au point de voir en elles d'éternelles petites filles ?

« Hé ! Hé ! ricana la voix dans sa tête. Ne joue pas les faraudes. Ça a bien failli marcher ! »

« Allons ! se dit Peg. L'effet était saisissant, c'est vrai, mais facile à obtenir pour un modeleur. Il a suffi à Jod de fabriquer deux petits pieds de glaise, de les laisser à demi sécher et d'utiliser ces deux « tampons » caoutchouteux pour imprimer de fausses marques de pas sur le marbre des dalles. Après la mise en condition psychologique des derniers jours la blague avait une bonne chance de produire son effet ! »

Oh ! Elle n'était pas aussi bête qu'il se l'imaginait ! Pour qui la prenait-il ? Pour une adolescente terrifiée par les fantômes d'Halloween ?

Angie... Angie dont la dépouille embaumée avait été dissimulée par son père au cœur de la maison de poupées. Angie qui, le dernier coup de minuit sonné, ouvrait doucement la porte de la maquette et s'extirpait de son mausolée pour aller se dégourdir les jambes...

Bien imaginé ! Ah Ah !

« Et pourtant, lui fit remarquer sa voix intérieure, il y a quelque chose qui cloche, ma belle. Jod ne pouvait pas savoir que tu allais descendre précisément ce soir... Ou alors il faudrait admettre qu'il passe toutes ses nuits embusqué dans le hall à attendre ta venue. Et puis, rappelle-toi, c'est une *petite* silhouette que tu as entr'aperçue. Une silhouette d'enfant... »

Peggy se mordit la lèvre inférieure. Oh ! Bien sûr, songea-t-elle avec irritation, elle ne pouvait pas tout expliquer, mais il existait une solution, elle en était certaine. Il n'y avait rien de surnaturel là-dedans.

Elle se releva pour coincer une chaise sous la poignée de la porte et alluma la lampe de chevet avant de s'étendre sur le lit. La fièvre lui donnait de la tachycardie, elle sentait son cœur battre douloureusement au bout de ses doigts, comme s'il allait exploser d'une seconde à l'autre.

Elle ferma les yeux dans l'espoir de se rendormir. Il fallait qu'elle soit plus forte que Jod.

Lorsque le sommeil s'empara d'elle ce fut pour l'entraîner dans un tourbillon de rêves nauséeux dans lesquels le fantôme d'Angie arpentait inlassablement les couloirs de la maison McGregor. La petite fille était vêtue d'un pyjama rose, tout souillé de terre. Elle avait ôté son visage souriant comme on se défait d'un masque de carton, et profitait de la nuit pour exhiber sa véritable figure, celle que déformait une horrible grimace. Elle trottinait, imprimant la marque humide de ses pieds nus sur les dalles.

– *C'est pas de la sueur,* ricanait-elle. *C'est l'eau du bassin à poissons rouges. Quand on s'est noyé, on n'en finit jamais de rendre toute la flotte qu'on a dans le corps. Tu apprendras ça, Peggy, quand viendra ton tour de cracher des bulles. Jod n'est pas très bon sculpteur, mais il est vachement fort dès qu'il s'agit de vous enfoncer la tête sous l'eau.*

22

Quand elle se réveilla, la lendemain matin, la fièvre
était tombée. Elle put remettre sa chambre en ordre et
faire sa toilette sans éprouver de malaise notable. Lorrie
lui apporta son petit déjeuner et s'excusa d'avoir très peu
de temps à lui consacrer car les premiers touristes arri-
vaient déjà.

– J'ai sorti une chaise longue sur la pelouse, précisa-
t-elle avec un sourire d'excuse. Elle est pour vous, ne
laissez pas les vacanciers vous la confisquer.

Peggy mit ses lunettes noires et alla donc s'installer à
l'écart de la foule. Contrairement à ce qu'elle espérait, le
jour n'avait pas dissipé la fâcheuse réalité des événements nocturnes. Il lui suffisait de fermer les yeux pour
revoir la petite silhouette glissant le long du mur, et les
empreintes humides menant à la porte d'entrée de la
maison de poupées. Jod jouait avec ses nerfs, et sans
doute prenait-il un plaisir extrême à cet affrontement
souterrain. Était-ce ainsi qu'il s'était comporté avec
Lisa ? Peggy se demandait comment sa sœur avait
rencontré le sculpteur. À la faveur de quel hasard malheureux ? Mais, au-dessous de ces interrogations se faufilait
une hypothèse plus inquiétante encore... *Jod avait-il tué
Angie ?* Peggy l'envisageait de plus en plus sérieusement.
Dorothy Cavington l'avait répété : Angela était méchante,
vaniteuse, elle avait gravement humilié Jod dans ce qu'il

avait de plus cher : son art... Peggy n'avait pas à se forcer outre mesure pour imaginer le sculpteur en train de pousser la gamine dans le bassin à poissons rouges. La chose n'avait pas dû prendre plus de deux ou trois minutes. Un tel acte aurait été en parfait accord avec le profil établi par l'ordinateur de Lisa. Le logiciel n'avait-il pas précisé que le sujet de l'analyse avait connu une adolescence « placée sous le signe du sang et de la mort violente » ? Jod avait pu tuer Angie par dépit amoureux, pour venger l'humiliation subie lorsqu'elle avait détruit le buste de glaise d'un coup de poing... « Elle le faisait tourner en bourrique » avait dit Dorothy Cavington. Il avait tué sa petite sœur, il avait tué Lisa... et combien d'autres encore qui lui avaient déplu ou fait offense ?

« Et ce sera bientôt ton tour si tu t'obstines, songea Peg. N'oublie pas que c'est un psychopathe. Il aime tuer. Il doit s'imaginer que créer lui donne le droit de détruire. Qu'une sorte d'équilibre subtil s'établit entre ses œuvres et ses crimes. Peut-être tue-t-il chaque fois qu'il a achevé une nouvelle statue ? Peut-être a-t-il autant de victimes à son actif qu'il y a de momies à l'intérieur des pyramides du marécage ? »

Elle s'agita dans le fauteuil de toile. Ses paumes devenaient moites sous les bandages. Elle réprima une terrible envie de se gratter. Plus elle réfléchissait, plus elle prenait conscience qu'elle était en train de jouer un jeu dangereux.

Une ombre se matérialisa à sa gauche. Pyke Bozeman. Il s'assit dans l'herbe. Son chien se coucha au soleil, le museau sur les pattes.

— Ça va ? s'enquit-il.

— À peu près, fit la jeune femme. Je voulais vous demander quelque chose... Ça va vous paraître farfelu, mais j'aimerais que vous me répondiez sans chercher à comprendre.

— Allez-y, dit le garde du corps en jetant un regard perplexe à son interlocutrice par-dessus ses lunettes à verres miroir du plus pur style « agent du FBI en mission ».

– Votre chien... commença Peg. Cooky... Son flair pourrait-il détecter quelqu'un qui se cacherait à l'intérieur de la maison de poupées ?

Bozeman fit la grimace.

– Peut-être, avoua-t-il. Mais pas sûr. Quand j'ai débarqué ici, j'ai fait un tour d'inspection avec Cooky. Je n'ai pas oublié la salle d'exposition. De manière assez bizarre, Cooky a toujours refusé de s'attarder devant la maquette, comme s'il y avait là quelque chose qui lui déplaisait... ou l'effrayait. Chaque fois que j'ai insisté, il a filé la queue entre les pattes.

Peggy se raidit. Elle avait espéré que Bozeman la rassurerait, et voilà qu'il faisait exactement le contraire !

– Qu'est-ce qui peut effrayer un chien ? interrogea-t-elle en essayant de dissimuler son trouble.

– Certaines odeurs chimiques, expliqua Pyke. À l'heure actuelle, les trafiquants de drogue et les terroristes s'appliquent à employer des parfums de synthèse pour masquer l'odeur très particulière du plastic ou de la pâte de cocaïne. Les vendeurs de voitures connaissent bien ce procédé puisqu'ils vaporisent tous les jours un parfum de cuir en aérosol sur les banquettes de leurs automobiles. Il existe des répulsifs à l'usage des chiens. Certaines exhalaisons hormonales de grands fauves. Des « odeurs » de peur, d'agression... Mais la plus efficace reste celle de la mort. Beaucoup de chiens, même parmi les plus féroces, sont terrorisés par les odeurs émanant d'un cadavre en putréfaction. On ne sait pas pourquoi.

– Un cadavre ?

– Oui, j'ai souvent vu ça. Mais dans le cas de la maison de poupées ce n'est pas ça. Tout le monde percevrait une telle odeur, pas besoin d'avoir une truffe de chien pour ça. Je pense que l'un des matériaux utilisés fonctionne à la manière d'un répulsif. Peut-être parce qu'Iram McGregor a traité les boiseries pour les préserver des termites ? Évidemment, si vous interrogez Jod et Lorrie, ils vous diront que c'est parce que l'âme de leur petite sœur y habite, et que les chiens ont peur des fantômes, c'est bien connu.

— Et vous ne retenez pas cette solution ?

— Vous me prenez pour qui ?

Peggy se mordit les lèvres. Elle avait tort de s'obstiner mais elle voulait en avoir le cœur net.

— Je me demandais s'il n'y aurait pas moyen d'explorer l'intérieur de la maquette à l'aide d'une fibre optique, dit-elle, ou de quelque chose du même genre. Vous êtes dans le bizness de la sécurité, vous devez avoir accès à ces sortes de gadgets.

Bozeman hocha la tête.

— C'est pour votre bouquin ? fit-il. Si, c'est possible. Je pourrais expédier une petite caméra vidéo montée sur un châssis téléguidé, mais ça ne marchera que si les portes de communication intérieures sont toutes ouvertes. Pour manipuler les serrures et les poignées il vaudrait mieux se servir d'un robot avec bras articulé, comme en utilisent les démineurs. C'est plus compliqué à faire fonctionner, et je ne suis pas sûr que les McGregor apprécient beaucoup.

— Mais ce serait possible ? insista la jeune femme.

— Oui, admit Pyke. J'ai ça en magasin. C'est un gadget qui coûte assez cher mais qui fait maintenant partie de la panoplie classique des démineurs. Vous voudriez que la caméra se balade dans les parties inexplorées, c'est ça ?

— Oui, mentit Peggy. Il me faudrait de l'inédit. Mon livre ne sera intéressant que si je montre la face cachée de la maison. Si je peux photographier ce que personne n'a jamais pu contempler.

— C'est logique, fit Bozeman. Moi, je veux bien vous aider, pourvu que vous endossiez la paternité de l'initiative si les choses se gâtaient. Il faudra faire ça de nuit.

Ils se retrouvèrent le soir même, chuchotants et complices, comme deux cambrioleurs s'apprêtant à forcer un coffre. Une bizarre excitation s'était emparée d'eux,

164

presque sensuelle. Ils en étaient conscients et évitaient de se regarder.

Le silence de la vieille demeure pesait au-dessus de leur tête comme un monceau de ruines recouvrant une cave après un bombardement. Bozeman avait laissé Cooky sur la pelouse pour assurer la garde. Le chien n'avait d'ailleurs nullement insisté pour accompagner son maître au sous-sol. La crypte d'exposition semblait éveiller chez lui une étrange répugnance. Pyke transportait un grand sac de sport dont il retira une console électronique munie d'un écran de surveillance et une tête d'exploration montée sur train chenillé qui ressemblait à l'une de ces voitures téléguidées qui font la joie des enfants. Une pince articulée se tenait pour l'heure repliée à l'avant du petit véhicule.

– Voilà l'engin, chuchota le garde du corps. Les deux gros « phares » à l'avant, c'est l'objectif et le projecteur halogène. La pince peut-être manipulée depuis le tableau de commandes, elle a une très grande sensibilité. C'est obligatoire puisqu'il s'agit en réalité d'un matériel utilisé pour l'examen à distance des colis suspects dans les lieux publics. Ça permet d'intervenir très vite sans avoir à s'entourer d'écrans blindés. Un bon manipulateur peut même désamorcer une bombe depuis le pupitre, mais il faut avoir un toucher assez fin. En tout cas, si la bombe saute, personne n'est blessé.

Peggy hochait la tête, pressée de le voir commencer. Elle n'avait jamais rien compris à la dévotion des hommes pour tout ce qui est mécanique. Ses paumes brûlées la picotaient sous les pansements, signe qu'elle transpirait de nervosité. Elle se tenait agenouillée à côté de Pyke, devant l'entrée de la maison de poupées dont les murs semblaient blafards sous la lumière des projecteurs.

– OK, fit Bozeman en allumant la console. On y va. Les batteries assurent une heure d'autonomie. Il faudra prendre garde de ne pas dépasser le point de non-retour car je ne tiens pas à paumer l'unité d'exploration au fond de la maquette. Ce gadget vaut une fortune.

Il se pencha, ouvrit du bout des doigts la grande porte de la maison de poupées, et glissa le véhicule téléguidé dans le hall. Le projecteur de l'unité mobile éclaira l'intérieur de la construction. Une image se forma sur l'écran de contrôle du pupitre que Bozeman tenait sur ses genoux.

– C'est bon, dit-il en corrigeant l'ouverture de l'objectif. L'exploration commence.

Il manipula de l'index et du majeur le levier de direction. Aussitôt, le mobile téléguidé se mit à rouler dans les profondeurs de la maquette. Sur l'écran de contrôle vidéo l'image tremblotait au rythme des roues chenillées, et Peggy avait l'impression de participer à l'exploration d'une épave engloutie par 300 mètres de fond. Les objets, faute d'une bonne mise au point, avaient un aspect flou, légèrement glauque, comme si plusieurs centimètres de vase les recouvraient. De temps en temps, elle ordonnait à Pyke d'immobiliser le véhicule pour pouvoir examiner les lieux. Le rendu des meubles, des tentures, des tapis, était tel qu'on avait l'illusion de visiter une vraie maison.

Pendant les dix premières minutes l'exploration se déroula sans anicroche, les portes de communication étant ouvertes, puis les premières difficultés apparurent. Les battants se révélèrent verrouillés et l'on fut dans l'obligation de chercher la clef permettant de les ouvrir. Chaque fois, l'objectif de la caméra la localisa sur le dessus d'une cheminée. Il fallait alors utiliser le bras articulé pour la saisir et l'introduire dans le trou de la serrure, manœuvre assez délicate dont Bozeman triompha avec une relative rapidité.

– Le temps passe, grogna-t-il. Si ça continue comme ça, on ne pourra pas tout explorer ce soir.

Peggy l'entendit à peine. Elle était terriblement tendue et se préparait aux pires éventualités. Les salons succédaient aux bibliothèques. Parfois, l'unité d'exploration renversait un siège miniature ou faisait tomber un vase

166

rempli de fleurs artificielles. Des idées folles traversaient l'esprit de la jeune femme : et si la maison était bel et bien piégée ? Si l'ouverture d'une porte commandait la mise à feu d'une bombe ? Si toute la maquette leur sautait soudain au visage, provoquant l'effondrement de la crypte... Comment être certain du contraire puisque le chien de Bozeman avait refusé de renifler l'œuvre d'Iram McGregor ?

Pyke conservait un œil sur le chronomètre du pupitre. La concentration avait couvert son visage d'une pellicule de sueur.

– OK, soupira-t-il. Je la ramène, la batterie est presque vide. On a perdu beaucoup d'énergie à ouvrir ces foutues portes. Je vais changer les accus et on recommencera. Ça va être beaucoup moins facile que je l'imaginais. Ce type était vraiment à moitié fou. Regardez ça !

Du bout de la pince, il avait ouvert le tiroir d'une minuscule commode. Le meuble était plein de vêtements de poupées soigneusement pliés.

– Ça donne le vertige, haleta Peggy.

En même temps, elle comprenait sans peine l'exaltation qu'aurait éprouvée Angie si elle avait eu le loisir de prendre possession de ce jouet fantastique. N'importe quelle petite fille aurait vendu son âme au diable pour devenir la reine d'un tel royaume. Une fois qu'on était assise quelque part au centre de la maquette, le monde des adultes cessait d'exister, on était comme Alice au Pays des Merveilles, affranchie des lois de la raison.

L'unité mobile revenait en marche arrière. Elle dégringola les marches du perron en cahotant. Bozeman la récupéra pour changer les lourdes batteries noires dont elle était lestée. Peggy l'entendit jurer entre ses dents, lui aussi se laissait contaminer par l'atmosphère de fantasmagorie qui se dégageait du lieu. Avant de réintroduire le véhicule dans le hall, il nettoya la caméra avec un chiffon électrostatique car de la poussière s'était déposée sur l'objectif.

– OK, murmura-t-il, deuxième round.

À présent, l'unité d'exploration se lançait à la découverte de territoires vierges qu'aucun touriste n'avait jamais pu contempler au travers des fenêtres de la façade. Peggy tressaillit car elle venait d'apercevoir de minuscules silhouettes humaines dans le champ de l'objectif, et, l'espace d'une seconde, cédant à la tension nerveuse, elle avait presque cru qu'il s'agissait de lutins... En réalité, c'étaient des poupées, vaquant à de mystérieuses occupations. L'image floue ne permettait pas de se faire une idée précise de leurs gestes, la jeune femme le regretta. La caméra frôla l'une des figurines, et le visage d'Angie envahit tout l'écran. Un visage modelé avec tant de précision qu'il semblait réellement vivant.

Au même moment quelque chose se produisit, une masse sombre boucha le champ de la caméra et le projecteur s'éteignit.

— Merde ! gronda Bozeman. On a dû renverser une armoire. Pourvu qu'on puisse récupérer le mobile !

Sur le pupitre de contrôle, l'écran était devenu noir, comme si la caméra avait cessé d'émettre. Pyke manipulait le levier de commande en grommelant des jurons. Son visage se détendit cependant lorsqu'il vit l'unité d'exploration émerger du hall miniature. Les fils alimentant la caméra et le projecteur avaient été arrachés.

— On a dû accrocher une saillie, marmonna Bozeman. Peut-être une rampe d'escalier.

Comme il s'apprêtait à ramasser le véhicule chenillé, Peggy l'arrêta d'un cri.

— Attendez ! balbutia-t-elle. N'y touchez pas.

— Pourquoi ? interrogea Pyke en se reculant instinctivement.

— Je ne sais pas, avoua la jeune femme. Une intuition... Vous avez de la poudre à empreintes ?

— Bien sûr, fit l'homme, tous les détectives en ont, ça fait partie de l'équipement de base.

— Allez la chercher et saupoudrez-en la caméra, ordonna Peg.

Pyke écarquilla les yeux.

– Hé ! hoqueta-t-il. Vous êtes dingue... Vous n'imaginez tout de même pas que...

– Faites-le ! supplia Peggy. Juste pour être sûre. Je sais que c'est idiot. Mais je vous en prie...

– OK, grogna Bozeman. Mais c'est de la folie pure. Vous êtes en train de perdre la tête, ma petite. L'atmosphère de cette baraque ne vous vaut rien. Si j'étais vous je ficherais le camp avant de finir à l'asile.

Il consentit tout de même à sortir de la salle. Peggy grelottait de nervosité et elle devait tenir les mâchoires serrées pour empêcher ses dents de claquer. Bozeman réapparut enfin avec le nécessaire de prise d'empreintes. Avec un soupir d'accablement, il saupoudra la fine poussière grise sur le corps de la caméra et l'étala avec un pinceau à poils fins. À peine avait-il achevé ce cérémonial qu'il se figea, les sourcils froncés.

Une empreinte venait d'apparaître sur le plastique noir du boîtier électronique. L'empreinte d'une toute petite main.

Une main d'enfant.

Peggy ne put se retenir de pousser un gémissement de terreur. Bozeman lui-même paraissait statufié. Il fut le premier à se reprendre.

– Ne dites rien ! gronda-t-il. Je ne veux pas entendre les conneries que vous allez proférer dans une seconde. Il n'y a personne dans la maison, cette empreinte était là *avant*, c'est tout. Un gosse a dû toucher la caméra à mon insu, et l'empreinte de sa main est restée là... Il y a une éternité que je n'ai pas utilisé ce gadget. C'est peut-être le môme d'une copine... Un de mes neveux, ou je ne sais qui !

– Vous essayez de vous rassurer ! siffla Peggy, que la peur rendait agressive. Votre hypothèse ne tient pas debout, vous le savez bien ! Tout à l'heure vous avez essuyé la caméra avec un chiffon parce qu'elle était couverte de poussière. S'il y avait eu une vieille empreinte, vous l'auriez du même coup effacée !

— Pas obligatoirement ! objecta Bozeman qui remballait ses ustensiles. Je n'ai sans doute pas frotté assez fort, voilà tout ! Certaines empreintes très grasses survivent au nettoyage.

— Connerie ! chuinta Peg. Vous ne voulez pas envisager le vrai problème. Il y a bel et bien quelqu'un qui se cache dans cette maquette. Un enfant...

— Un fantôme ? ricana Bozeman en se redressant. C'est là que vous voulez en venir ? Le fantôme d'Angie McGregor ? Vous êtes givrée, ma petite. Vous êtes comme ces dingues qui croient aux soucoupes volantes, vous faussez les indices de manière à ce qu'ils apportent de l'eau à votre moulin. Je vous dis que cette empreinte était là avant. Un point c'est tout.

Il saisit Peggy par le poignet sans se soucier de lui faire mal et la contraignit à se relever.

— Venez, ordonna-t-il. On ne va pas passer la nuit ici. Demain il fera jour et je ne veux plus entendre parler de cette histoire, pigé ? Je ne suis pas payé pour satisfaire vos caprices. Je n'aurais même jamais dû vous écouter.

23

Le lendemain, Bozeman se tint à l'écart de Peggy et ne lui adressa pas la parole de toute la journée. Quand le regard de la jeune femme accrochait le sien, il détournait la tête pour cacher sa gêne. Peg savait qu'il était inutile d'insister, désormais le garde du corps ferait comme si rien ne s'était passé pendant la nuit d'exploration et il ne lui viendrait plus en aide. Si elle voulait en apprendre davantage, elle devrait se débrouiller toute seule.

Au cours de la journée elle fit semblant de travailler sur ses notes, installée à une petite table de jardin sous l'un des parasols plantés sur la pelouse. En fait, elle essayait de rassembler son courage en vue d'une nouvelle incursion à l'intérieur de la maison de poupées. Elle avait beau se répéter que Pyke avait raison, que personne ne se cachait au cœur de la maquette, une peur mal définie s'obstinait à palpiter en elle.

Pendant l'après-midi, elle se retira dans sa chambre pour faire des assouplissements à la manière d'une danseuse étoile se préparant à entrer en scène. Les exercices méthodiques avaient au moins le mérite de lui vider la tête et d'éloigner les questions angoissantes. Elle prit une douche et s'allongea pour faire la sieste, en se promettant de recommencer après le repas.

Le soir venu, elle rassembla les outils dont elle aurait besoin : une lampe torche, un canif multi-lames, un collant d'aérobic, une corde. Elle se livra à une nouvelle série d'assouplissements car elle était très nerveuse. Elle se répéta qu'elle était folle à lier. Que se passerait-il si elle restait coincée au fond de la maquette ? L'espace intérieur avait été conçu pour une fillette de 10 ans, pas pour un adulte... Le *vrai* danger c'était sûrement celui-là. Se retrouver tordue en une suite d'angles invraisemblables, dans un labyrinthe où elle finirait par manquer d'air... Elle était très souple, soit, mais pas contorsionniste, et ses articulations n'étaient pas en caoutchouc.

Quand le silence du sommeil fut tombé sur la demeure des McGregor, Peggy enfila le collant de gymnastique qui collait à son corps comme une seconde peau, et, son attirail entassé dans un sac de toile, prit la direction de la cave. Une fois dans la crypte d'exposition, elle ferma soigneusement la porte à double battant afin que la lumière ne filtre pas à l'extérieur, et s'agenouilla au seuil de la maquette. Voilà, elle était au pied du mur. Maintenant il s'agissait de jouer les femmes-serpents, de se glisser dans la maison de poupées comme on rampe dans un tunnel étroit.

Elle s'encorda à la barrière de cuivre qui faisait le tour de la construction. Cette précaution la rassurait. « Si je m'évanouis, songeait-elle, on saura au moins que je suis à l'intérieur... »

La torche dans la main gauche, elle ouvrit la grande porte blanche de la façade. L'entrée avait été calculée pour laisser le passage à une fillette se déplaçant à quatre pattes, mais Peggy était assez mince pour emprunter la même voie en rampant. Dès qu'elle eut la tête à l'intérieur du hall, elle fut surprise par l'odeur d'encaustique qui montait du parquet. Il n'y avait aucune toile d'araignée, mais cela n'avait rien de surprenant. À ce niveau, on pouvait encore ouvrir les fenêtres pour nettoyer les pièces principales à l'aide d'un écouvillon. La jeune femme ramena ses genoux sur sa poitrine. À présent elle était réellement de l'autre côté de la frontière, géante couchée sur le flanc dans un hall qu'elle remplissait

172

comme un poussin remplit un œuf, et dont le grand lustre de cristal lui chatouillait l'oreille gauche. L'impression était extraordinaire car le décor n'avait nullement cet aspect factice qui est le propre des jouets singeant la réalité. Ici, rien n'avait l'air faux. Incapable de résister à la tentation, elle pressa le minuscule interrupteur qu'elle avait repéré sur le mur. Aussitôt le lustre s'alluma, tout contre sa tempe.

Elle dut se secouer. Elle n'avait pas le temps de s'extasier. Elle s'allongea sur le ventre et entreprit de passer d'une pièce à l'autre sans écraser les meubles ou les poupées qui semblaient observer sa reptation d'un air désapprobateur. Çà et là, elle reconnaissait Iram McGregor, sa femme et ses enfants à différents âges de leur vie, car elle avait étudié toutes les photos exposées dans le hall à l'intention des touristes. Les scènettes s'appliquaient à traduire un bonheur familial sans nuages. Ici, la mère découpait un gâteau à la carotte en tranches fines, à la grande joie des enfants rassemblés. Là, le père assis au coin de la cheminée contait quelque histoire merveilleuse sous le regard béat des marmots installés à ses pieds. Rien n'avait été oublié : ni les doigts tachés de confiture de Jod ou de Lorrie, ni l'ours en peluche auquel manquait une oreille. Des albums à colorier aux vignettes miniatures traînaient sur les tapis, à côté de crayons pas plus gros que des allumettes.

Peggy progressait lentement au milieu de toutes ces merveilles, ne sachant plus où donner de la tête. Tout semblait né de la folie d'un architecte ayant trop lu *Alice au Pays des Merveilles*.

Dès qu'on ouvrait un tiroir, on était sûr de le découvrir rempli d'objets ou de vêtements à l'échelle des poupées. Dans la cuisine, Peggy ne put s'empêcher de jouer avec le minuscule évier qu'on pouvait remplir d'eau à l'aide d'un robinet parfaitement obéissant... ou d'allumer les plaques chauffantes de la cuisinière en émail blanc. Même le frigo ronronnait dans son coin. Des boîtes de conserve grandes comme un dé à coudre emplissaient les placards. Certaines d'entre elles se révélant déformées sous l'effet d'une fermentation interne, Peggy en conclut qu'elles avaient bel et bien contenu de vrais aliments !

Elle reprit son exploration, de plus en plus mal à l'aise. De l'extérieur, la maison de poupées avait l'air d'un beau jouet bien fignolé ; une fois à l'intérieur on prenait conscience que c'était l'œuvre d'un dément obsédé par la miniaturisation. Iram McGregor s'était attaché à construire un monde parallèle se suffisant à lui-même, un territoire fantasmatique qui ne se différenciait en rien de la réalité, sinon par la taille.

Au fur et à mesure qu'elle progressait, Peggy trouvait de nouveaux exemples de cette folie : des fac-similés du *Miami Herald* réduits à la taille d'un calepin, et dont certaines petites annonces avaient été entourées d'un cercle au crayon rouge, ou dont les grilles de mots croisés microscopiques se trouvaient entièrement remplies !

Dans ce qui avait l'allure d'une salle de jeu, elle découvrit des disques microsillons jetés en vrac sur un tapis bleu. Un électrophone grand comme une boîte d'allumettes attendait dans un coin. Prise d'un doute, la jeune femme s'empara de l'une des pochettes bariolées. Le visage d'Angie McGregor s'y trouvait reproduit surmonté de l'inscription : *Angie Chante !*

Du bout des doigts, Peg fit glisser le disque hors de la pochette. Une pastille noire et plate tomba au creux de sa paume, à peine plus imposante qu'un comprimé d'Alka-Seltzer. Elle était parfaitement striée, et Peggy eut la conviction qu'on l'avait gravée comme un véritable enregistrement du commerce. En essayant de maîtriser le tremblement de ses doigts, elle la posa sur l'électrophone, et manipula le bras de lecture aussi doucement qu'elle put. Un déclic se produisit, puis la voix nasillarde d'une fillette s'éleva du haut-parleur :

C'était un petit garçon
qui passait son temps
à s'moquer du boucher
en f'sant des pieds de nez.

« Ta viande est dure comme du cuir »
disait-il pour rire.
« Faudrait la bouillir un an
pour pas y laisser les dents ! »
Un jour l'boucher s'est fâché
et l'a attrapé.
L'a eu beau gémir,
personne n'est v'nu l'secourir.
Le boucher avide
lui a crevé le bide.
Le boucher féroce
l'a épluché jusqu'à l'os.
Le boucher gourmand
a bu tout son sang !

Malgré la faible puissance du haut-parleur, la voix d'Angie résonnait d'une joie mauvaise. Peggy s'empressa de soulever le bras du pick-up pour faire cesser la chanson et son insupportable musique acidulée.

Elle dut résister à l'envie de faire demi-tour qui l'assaillait soudain. Des images morbides l'envahirent. Qu'allait-elle trouver tout au bout du labyrinthe ? Peut-être était-il temps de regarder les choses en face ? Avait-elle réellement envie de se trouver nez à nez avec la dépouille embaumée d'une fillette morte dix ans auparavant ?

Elle fut sur le point de renoncer, puis sa combativité naturelle reprit le dessus.

« Allons ! se dit-elle. Tu ne comprends donc pas qu'on essaie de te faire peur ? Depuis le début chacun rivalise de contes à dormir debout pour te convaincre de ficher le camp ! Cela ne signifie qu'une chose : tu es sur la bonne voie ! »

Il lui sembla qu'elle rampait depuis une heure. Le décor changeait imperceptiblement. Les fenêtres s'espaçaient. Les pièces, sans autre ouverture que celles des portes, prenaient l'allure d'un luxueux bunker. Peggy comprit qu'elle venait de quitter les bâtiments livrés à la curiosité des touristes pour s'engager sur le territoire secret d'Iram McGregor. Ces ailes labyrinthiques dont on ignorait tout...

Elle s'immobilisa pour souffler. Ses coudes et ses genoux lui faisaient mal, et elle s'était plusieurs fois écorché les épaules en se faufilant dans l'orifice trop étroit des portes de séparation. Elle avait du mal à respirer. Elle renifla. Tout autour d'elle, la maison de poupées puait la tanière malpropre. L'installation électrique ne fonctionnait plus, comme si on avait voulu condamner cette partie de la maquette à l'obscurité. La jeune femme roula sur le flanc et donna un coup de poing dans la paroi. Le mur rendit un son sourd. Elle se rappela ce qu'avait dit Bozeman : Iram avait blindé toute l'enceinte de la maison de poupées de manière à ce que personne ne puisse la forcer. Elle ne l'avait pas cru. Elle avait eu tort. Derrière les papiers peints, les boiseries délicates, on devinait la présence de plaques d'acier découpées au chalumeau et assemblées à la façon d'une coque de navire.

« Vieux dingue ! » marmonna-t-elle pour le simple plaisir d'entendre sa voix.

Les passages rétrécissaient, et elle avait de plus en plus peur de rester coincée dans un couloir, les bras collés au corps, dans l'impossibilité de faire un geste. Elle haletait, sentant venir la crise d'angoisse. Cette baraque était le comble du claustrophobe !

Alors qu'elle entrait dans une nouvelle pièce, elle crut apercevoir une scène étrange. Ici, les poupées n'avaient plus l'air mièvre qu'elles affichaient ailleurs. Leurs occupations semblaient beaucoup moins innocentes. Ainsi la femme d'Iram McGregor était plusieurs fois représentée dans un état d'hébétude éthylique manifeste. L'une des figurines la montrait buvant goulûment à la bouteille, le corsage défait, le visage empourpré par l'ivresse.

N'était-ce pas Angie, là-bas, qu'on s'était plu à représenter l'œil collé à un trou de serrure ? N'était-ce pas encore elle, qui, tapie derrière un canapé, semblait

176

espionner la conversation d'Iram et de Dotty Cavington assis sur le même sofa, et se tenant tendrement la main ?

Elle paraissait soudain moins angélique, plus grimaçante, les traits enfiévrés d'une gourmandise malsaine. Que regardait-elle à travers ce trou de serrure ? Quelle scène défendue ?

Peggy aurait aimé repousser la poupée et ouvrir la porte, mais elle ne jouissait pas de la liberté de mouvement nécessaire. Une idée étrange la traversa. La conviction soudaine qu'Iram McGregor avait « rédigé » ici son journal secret. Qu'il s'était complu à mettre en scène l'histoire intime de sa famille. Bon sang ! Qu'y avait-il derrière cette foutue porte ? Peg réussit enfin à dégager son bras droit. Du bout des doigts, elle balaya la figurine représentant Angie et actionna la minuscule poignée. Derrière s'ouvrait l'atelier de sculpture de Jod, tel qu'elle l'avait vu au grenier : des sellettes supportant des modelages, des bacs de terre glaise... Lorrie posait nue pour son frère. Elle paraissait beaucoup plus jeune qu'aujourd'hui (14 ans ? 15 ?). Jod travaillait, penché sur un bloc d'argile. Quelque chose d'indéfinissable retint l'attention de Peg. Un détail infime qui lui fit tendre la main vers la figurine de Lorrie et la saisir. Elle fut brusquement certaine qu'elle tenait entre les doigts un indice révélateur. Instinctivement, elle glissa la poupée de cire dans le sac de toile attaché à son poignet, et qu'elle n'avait cessé de pousser devant elle depuis son entrée dans la maquette.

Il lui faudrait examiner ça à tête reposée. Elle allait reporter son attention sur l'autre poupée quand elle aperçut un morceau de papier froissé dans un coin de la pièce... Un emballage de chocolat. Un *véritable* emballage de chocolat, pas une reproduction à échelle réduite.

Retenant sa respiration, elle entreprit de le défroisser. C'était une barre aux raisins, comme on en vendait au comptoir du salon de thé. Une marque de friandise apparue sur le marché tout récemment, et qu'en aucun cas Iram McGregor ne pouvait avoir connue de son vivant.

La sueur lui piquait les yeux. En y regardant de plus près, elle nota la présence de miettes de pain encore fraîches, comme si quelqu'un avait grignoté un sandwich au cœur de la maison. Elle s'efforça de discipliner sa respiration.

Ainsi, elle n'avait pas rêvé ! L'ombre surprise l'autre nuit existait bel et bien ! Elle n'appartenait ni à son imagination ni à un fantôme, puisqu'elle se nourrissait de sandwiches et de barres chocolatées...

Il fallait pousser plus loin. Cette fois elle avait la preuve que quelqu'un se cachait dans la maison de poupées, et Bozeman ne pourrait plus la traiter de folle !

Elle ouvrit une nouvelle porte et introduisit le bout de sa lampe dans l'orifice pour éclairer la pièce contiguë. Au même moment la torche lui fut arrachée avec violence, la lumière s'éteignit, et elle sentit une odeur de sueur, de crasse, lui sauter au visage. Des doigts se nouèrent autour de sa gorge, cherchant à l'étrangler. Ils avaient du mal à faire le tour de son cou et ils manquaient de force, ce fut probablement ce qui la sauva.

Une seconde avant de perdre connaissance, elle comprit que les mains comprimant son larynx étaient des mains d'enfant.

24

Elle reprit conscience à la troisième paire de gifles. Elle était étendue sur les dalles de la crypte d'exposition et Bozeman, penché au-dessus d'elle, essayait de la sortir de son évanouissement.

– Arrêtez ! gémit-elle en levant les bras pour se protéger. Vous tapez trop fort !

Parler lui fit mal. Un collier douloureux enserrait son larynx.

– Ça va ? interrogea le garde du corps. Bon sang ! Que fichiez-vous là-dedans ? Je revenais de faire ma ronde quand Cooky s'est mis à gémir. C'est lui qui m'a entraîné ici. J'ai vu la corde... Ça n'a pas été facile de vous tirer au-dehors.

– On m'a attaquée, balbutia Peggy. À l'intérieur de la maison de poupées... Quelqu'un a essayé de m'étrangler...

– Calmez-vous, dit doucement Pyke. Vous délirez. Je pense que vous avez eu une crise de claustrophobie à cause du manque d'air. Vous avez imaginé le reste pendant votre évanouissement. On est toujours assailli par des images incohérentes quand on perd connaissance. Manquez-vous de calcium ? La tétanie engendre de sacrées hallucinations, vous savez...

Peggy voulut protester, mais elle comprit que tous ses efforts ne contribueraient qu'à la faire passer pour une

179

folle. D'ailleurs, comment en vouloir à Pyke ? Ce qu'elle avait découvert était si peu vraisemblable !

— Venez, chuchota le garde du corps. Je vais vous reconduire dans votre chambre. Et remerciez Cooky, sans lui je ne vous aurais pas trouvée. Ne soufflez pas un mot de tout ça à Jod, nous aurions tous les deux des ennuis. Il serait bien fichu de nous poursuivre en justice pour dégradation d'œuvre d'art. Je crois que j'ai fait pas mal de dégâts là-dedans en tirant sur la corde. Vous étiez inerte, vous avez dû renverser les meubles, écraser plusieurs poupées au passage. Espérons que ça ne se verra pas trop.

Il la soutint jusqu'en haut de l'escalier. Une fois dans sa chambre, Peggy se laissa tomber sur le lit. Il lui semblait sentir encore les petits doigts durs sur son cou.

— Vous êtes couverte d'hématomes et d'estafilades, observa Pyke. Débrouillez-vous pour cacher tout ça. Vous nous avez mis dans une belle merde avec vos histoires de fantômes. Cette saloperie de maison de poupées vaut une fortune, si Jod porte plainte, nous pouvons nous retrouver vous et moi en prison ! Bon Dieu ! Vous êtes enragée ou quoi ? Attendez la fin de mon engagement pour reprendre vos explorations ! Je suis là pour protéger les McGregor ; normalement je devrais les prévenir de vos excursions clandestines... Je ne sais pas ce qui me retient de le faire, d'ailleurs !

— Je vais essayer de dormir, dit Peggy. En tout cas je vous remercie de m'avoir sortie de là.

Bozeman quitta la chambre en maugréant. Peggy compta jusqu'à cent et se releva car elle voulait examiner son cou dans le miroir du cabinet de toilette. C'est seulement à cet instant qu'elle vit le sac de toile toujours attaché à son poignet. Elle se rappela avoir volé une poupée, juste avant l'agression. Une poupée qui lui avait paru insolite.

Elle défit le nœud coulissant. Comme elle le craignait, sa gesticulation avait brisé la fragile figurine de cire en plusieurs morceaux qu'elle déposa sur le couvre-lit. Elle éprouvait une certaine gêne à l'idée d'avoir détruit une telle œuvre d'art. Le corps de la Lorrie adolescente qu'avaient modelé les mains merveilleuses d'Iram McGregor avait maintenant l'air d'avoir subi un horrible dépeçage. Jambes et bras ne tenaient plus au tronc, quant à la tête au cou tordu, elle semblait souffrir d'une rupture des vertèbres cervicales. La facture hyperréaliste de la figurine accentuait l'aspect déplaisant du saccage.

Peggy alluma la lampe de chevet. Elle comprit tout de suite ce qui avait éveillé son attention. La lumière, éclairant la cire par transparence, mettait en relief une masse sombre cachée dans le ventre de « Lorrie ». La torche électrique avait fait de même...

Peg se mordit les lèvres. Elle savait déjà ce qu'elle allait trouver. Essayant de conserver son calme, elle déplia la lame de son canif et incisa l'abdomen de la poupée. La cire n'opposa guère de résistance. La jeune femme écarquilla les yeux en dépit des gouttes de sueur qui coulaient de ses sourcils.

Il y avait un enfant dans le ventre de Lorrie. Un bébé mâle de cire rose merveilleusement modelé. Et point n'était besoin d'une loupe pour s'apercevoir qu'il ressemblait trait pour trait à Jod McGregor.

Peggy éprouva le besoin d'aller se passer de l'eau sur le visage. Alors qu'elle tâtonnait pour attraper une serviette, elle songea : « Allons, avoue que tu t'y attendais un peu ! Quand tu as vu la poupée Angie l'œil collé au trou de serrure, tu as tout de suite soupçonné la vilaine histoire familiale... » Un inceste, un inceste commis par deux gosses élevés en dehors de toute réalité. Deux gosses qui avaient fini par se considérer comme les seuls survivants d'une espèce disparue.

À quoi avaient-ils joué ? Au pharaon épousant la princesse du Nil, sa sœur ? Jod avait-il poussé son amour des pyramides et de l'Égypte antique jusqu'à se prendre pour un incestueux fils d'Amon-Râ ?

Mais Angie les avait surpris... La sale petite fouineuse toujours en train d'espionner ses semblables. Elle avait couru jouer les rapporteuses auprès de son cher papa.

« Lorrie et Jod vont avoir un bébé ! Lorrie et Jod vont avoir un bébé ! Ils l'ont fabriqué dans le grenier, pendant les séances de pose ! Je les ai vus ! »

Ainsi, Iram, qu'on avait cru fermé à tout ce qui se passait en dehors de son atelier, Iram le papa gâteau toujours dans les nuages, n'avait jamais rien ignoré des secrets de la famille McGregor. S'il avait gardé le silence, il n'en avait pas moins noté les faits en trois dimensions, dans la cire. Transformant les poupées sortant de ses mains en redoutables témoins de l'accusation...

Peggy revint s'asseoir sur le lit. La figurine décortiquée, autopsiée, lui donnait la nausée. Elle ne parvenait pas à détacher son regard du bébé de cire, si parfait, véritable prodige de modelage. Le fils de Jod et de Lorrie.

Où était-il aujourd'hui ? S'il était né peu de temps après la mort d'Angie, cela signifiait qu'il avait une dizaine d'années aujourd'hui. L'âge d'Angie au moment où elle était tombée dans le bassin...

10 ans. Un petit garçon de 10 ans qu'on avait probablement élevé en secret. Peggy avait la conviction que jamais Lorrie n'avait révélé sa grossesse à quiconque. Elle était restée cachée à l'intérieur de la propriété jusqu'au jour de l'accouchement et...

Mais oui ! Peggy se redressa en frissonnant. Tout s'expliquait maintenant. Elle n'était pas folle, elle n'avait rien imaginé ! L'enfant qui se dissimulait dans la maison de poupées n'était pas le fantôme d'Angie McGregor, c'était le fils de Jod et de Lorrie. Un gosse qu'on avait toujours dressé à se cacher... qu'on avait probablement menacé des pires représailles s'il laissait seulement deviner sa présence.

Au fil du temps, il avait dû céder à l'attraction qu'exerçait sur tout enfant l'univers magique de la maison de poupées. Il s'y était installé comme un roi dans son palais. C'était maintenant son territoire, il n'en sortait que la nuit, pour aller voler des friandises dans le garde-manger du salon de thé ! C'était son odeur que Peggy avait flairée dans le labyrinthe central. Un relent de crasse et de sueur. Il devait vivre là à la manière d'un enfant sauvage, dans un état de saleté repoussante. Il ne savait probablement ni lire ni écrire et ne se laissait approcher par personne.

« Si ça se trouve, songea-t-elle, Jod et Lorrie n'ont plus aucun contact avec lui... Ils se contentent de le nourrir. Lorsqu'ils sont ensemble ils n'évoquent jamais son existence. Ils ont décidé une fois pour toutes de faire comme s'il n'existait pas... »

Pendant la journée, l'enfant se recroquevillait dans son royaume de pacotille, tel un blaireau au fond d'un terrier. Dormait-il ? Rêvassait-il ? La maison de poupées le protégeait à la manière d'une énorme coquille inviolable et il devait s'y sentir bien. Invincible, hors de portée des adultes.

Peut-être Lorrie l'avait-elle « dressé » à se nourrir la nuit, quand personne ne risquait de le voir ? Peut-être avait-elle pris l'habitude de disposer un panier-repas à son intention derrière le comptoir du salon de thé ?

Un inceste... Un inceste comme il s'en produit plus souvent qu'on ne le pense au fond des campagnes et des bayous, là où survivent des populations marginales coupées du monde. Peggy n'ignorait pas qu'on avait découvert plusieurs enfants sauvages dans les marais de Louisiane.

Ne supportant plus la vue de la statuette démembrée, elle en fit basculer les morceaux dans le sac. Une autre idée faisait son chemin en elle.

Elle croyait de moins en moins à « l'accident » d'Angie. Plus le temps passait, plus il devenait évident que quelqu'un avait décidé de punir la fillette pour sa curiosité déplacée. Mais qui l'avait poussée dans le bassin à poissons rouges ? Jod ? Lorrie ?

La sale gamine avait-elle menacé son frère et sa sœur de les dénoncer à Iram McGregor ? Les coupables avaient-ils cru gagner du temps en la réduisant au silence ? Si Jod avait noyé Angie, il s'y était pris trop tard... la petite crapule avait déjà averti son cher père de ce qui se passait dans le grenier au cours des séances de pose. Le meurtre n'avait servi à rien.

25

Peggy passa une bonne partie de la nuit à remâcher ces hypothèses. Plus elle y pensait, plus elle se persuadait que Jod avait noyé Angie. Le profil établi par le logiciel d'interprétation ne disait-il pas qu'il avait été mêlé à un meurtre dans sa jeunesse ? Jod avait toutes les raisons de haïr sa jeune sœur : non contente de le mépriser en tant qu'artiste, elle avait dénoncé ses pratiques incestueuses. N'y avait-il pas là de quoi motiver un assassinat ?

« Rien de tout cela ne constituerait une preuve valable devant un jury, songea Peggy. De quoi ton dossier d'accusation se compose-t-il ? D'un listing d'ordinateur imprimé par un logiciel fantaisiste et d'une poupée de cire en miettes ! »

Non, elle ne pouvait compter sur personne, il fallait qu'elle règle le problème par ses propres moyens. Elle comprenait maintenant pourquoi Jod, Lorrie, sans oublier Dotty Cavington, s'étaient tant appliqués à l'abreuver d'histoires à dormir debout. Ils avaient tous cherché à l'éloigner de la maison de poupées de peur qu'elle ne découvre la présence du gosse. Oh ! ils n'avaient pas lésiné sur les effets grand-guignolesques pour parvenir à leurs fins ! Car Dorothy Cavington était complice, Peggy en aurait mis sa main au feu. Elle aimait trop Jod pour n'être pas au courant du secret intime unissant les enfants McGregor. Elle avait toujours essayé de leur venir en aide, et elle continuait aujourd'hui, en dépit de son grand âge. À la lumière de ce qu'elle venait d'apprendre, Peggy comprenait mieux les raisons des « confidences » étranges dont la vieille dame s'était montrée si prodigue.

Peg s'agita sur son lit jusqu'à l'aube. De légères meurtrissures étaient apparues sur sa gorge, témoignant de la réalité de l'agression dont elle avait été l'objet. Une crainte nouvelle s'insinuait en elle, rendant sa situation au sein de la famille McGregor encore plus précaire. À partir de maintenant elle devrait prendre bien garde à ne pas laisser deviner qu'elle avait percé le secret de Jod et de Lorrie.

« Si tu commets le moindre impair, pensa-t-elle, jamais Jod ne te laissera repartir vivante. Il te fera disparaître, d'une manière ou d'une autre... Il n'en est plus à un crime près. »

Lisa était-elle morte pour la même raison ? Parce qu'à force de fouiner, elle avait fini par se trouver nez à nez avec l'enfant de la nuit ?

« Tu es en train de mettre tes propres pas dans ses traces, se dit Peg. Tu sais ce qui t'attend. Essaie de te montrer prudente. »

Heureusement, l'excitation anesthésiait la peur et la poussait à aller de l'avant. Il fallait qu'elle établisse un contact avec l'enfant... Qu'elle lui parle. On ne pouvait pas le laisser continuer à mener cette existence insensée qui finirait par faire de lui un monstre. Mais comment s'y prenait-on pour apprivoiser un gosse que ses parents avaient laissé se transformer en bête sauvage ? Parlait-il ? Comprenait-il ce qu'on lui disait ou bien vivait-il à la manière d'un petit animal ?

L'épuisement finit par venir à bout de l'excitation de la jeune femme qui parvint à dormir deux heures d'affilée. Lorsqu'elle descendit prendre son petit déjeuner elle était comateuse et inquiète car elle redoutait le regard perçant de Jod. Elle savait qu'elle jouait désormais une partie difficile. Si le sculpteur sentait qu'elle se rapprochait un peu trop de la vérité, il la supprimerait. Les moyens ne manquaient pas : un accident dans les marais infestés de serpents et de crocodiles... ou, plus facile : une lettre piégée, une de plus, mais qui cette fois réduirait sa destinataire en charpie. On mettrait l'attentat sur le compte du dynamiteur anonyme et le tour serait joué. Oui, il allait falloir beaucoup réfléchir avant de déplacer le moindre pion...

Comme d'habitude, Jod fit tous les frais de la conversation, soliloquant à n'en plus finir sur le déclin mystique de l'Amérique et la nécessité de faire renaître un esprit religieux sans rapport aucun avec les télévangélistes du petit écran. Seule Lorrie l'écoutait avec émerveillement. Il était évident que Jod exerçait sur elle un ascendant la privant de tout esprit critique. Pour la forme, Peggy posa quelques questions anodines à propos d'Iram. Ses préférences alimentaires, ses péchés mignons...

– Il mangeait très peu, répondit Jod. Quand il avait réellement faim, il se nourrissait d'eau gazeuse et de biscuits à la cuiller, comme lord Byron. Il ne pouvait pas se permettre de grossir. Construire la maison de poupées réclamait beaucoup de minceur et une agilité encore plus grande. Il rampait là-dedans comme un prisonnier creusant un tunnel. Parfois il emportait une Thermos de café et restait enfermé au cœur de la construction deux jours durant. Personne n'osait le déranger.

Peggy s'appliquait à noter ces détails sur son carnet, en hochant doctement la tête. C'était le seul subterfuge qu'elle avait été capable d'imaginer pour échapper au regard de Jod. Il lui semblait que le jeune homme lisait dans ses pensées. Il avait au coin de la bouche un petit sourire ironique qui paraissait dire : « Ne te donne pas tant de mal, ma belle. Je sais où tu veux en venir. Tu n'es pas douée pour jouer la comédie. Tu as tort de t'obstiner, si tu continues ainsi, je serai forcé de te tenir la tête sous l'eau, à toi aussi... Jusqu'à ce que tu craches la dernière bulle d'air contenue dans tes poumons. Les crocodiles des Glades se chargeront ensuite de recycler ton joli cadavre. Tu ne seras pas la première touriste à commettre une imprudence dans les marécages. »

Fort heureusement, l'arrivée des premiers vacanciers disloqua le groupe, et chacun partit vaquer à ses occupations.

Peg sommeilla un peu sur la pelouse. Au milieu des couples braillards elle se sentait en sécurité. Jod s'enfonça dans le marais, pour aller travailler à ses pyramides. Il disparaissait ainsi chaque jour, ne rentrant qu'à la nuit, dans un état de fatigue proche du somnambulisme. Lorrie se précipitait alors à sa rencontre pour le chouchouter comme elle l'aurait fait d'un petit enfant. Jod acceptait les prévenances de sa sœur avec le visage maussade d'un gosse qui refuse de se laver les dents avant de se mettre au lit.

Bon sang ! songeait souvent Peggy, ces deux-là forment vraiment un couple bizarre. À les regarder vivre, on finissait par penser qu'ils n'avaient besoin de personne. Des êtres d'une autre race, seigneurs d'un monde qui n'existait que dans leur imagination. La destruction de toute vie sur la Terre ne les aurait aucunement déboussolés, ne vivaient-ils pas comme Adam et Ève depuis leur naissance ? C'étaient d'éternels enfants. Les enfants du crépuscule de la raison.

Jouant les paresseuses, Peggy attendit la fin du jour. Elle était décidée à établir le contact avec le garçon sauvage ce soir même. Cela devait être possible, n'est-ce pas ?

« Ne sois pas aussi naïve ! ricanait par instants une voix en elle. Pense que Lisa a sans doute essayé de faire la même chose... Lisa et son fichu instinct maternel inassouvi. Elle n'a pas pu se comporter autrement, c'est impossible. Tu crois que ce gosse a envie de se réfugier dans tes bras ? Mais tu délires, ma petite ! C'est une bête sauvage. On a dû lui mettre dans la tête qu'il ne devait être vu à aucun prix. Que sa sécurité en dépendait. On lui a sûrement brossé un portrait épouvantable de ce qui lui arriverait s'il commettait l'erreur de se faire repérer. Tu ne l'amadoueras pas avec une tablette de chocolat et des sourires ! Tu as donc déjà oublié qu'il a essayé de t'étrangler ? S'il avait eu assez de force dans les mains tu y serais restée, ma belle ! Et c'est ce criminel en herbe que tu veux réchauffer sur ton sein ? Je te souhaite bien du plaisir ! »

Elle accueillit la nuit avec un mélange d'impatience et de frayeur. Ayant perdu sa torche électrique à l'intérieur de la maison de poupées, elle ne disposait plus d'aucun moyen pour s'éclairer à l'extérieur. Elle s'en consola. De toute manière, il aurait été peu judicieux de prendre l'enfant au piège d'un halo lumineux, comme un prisonnier en flagrant délit d'évasion.

Elle attendit que tout le monde soit couché pour quitter sa chambre et aller s'embusquer dans un recoin du salon de thé. À tout hasard, elle remplit ses poches de friandises. Elle n'avait arrêté aucune stratégie. Elle s'était préparée à tout, même à ce que le gosse soit anormal. Elle avait lu dans une revue que les enfants sauvages sont souvent sourds et muets, ce qui accentue leur isolement. Celui-là souffrait peut-être d'autisme ? Comment, dans ce cas, avoir la chance d'établir le plus petit contact ?

Elle prit son mal en patience en s'efforçant à l'immobilité. Elle se serait sentie en meilleure position si elle avait disposé d'un jouet attrayant, d'une offrande susceptible d'éveiller la curiosité ou la convoitise du petit. Mais quel jouet aurait pu rivaliser avec les prodiges contenus dans la maison de poupées ? À côté des merveilles fabriquées par Iram McGregor, tout le reste faisait pâle figure.

Il devait être 1 heure du matin quand elle entendit grincer la porte à double battant de la crypte d'exposition. Elle se contracta. Le mieux était sans doute de rester immobile et de sourire ? Mais le gosse connaissait-il seulement la signification d'un sourire ? Ne croirait-il pas qu'elle montrait les dents pour essayer de le mordre ? Comment savoir ce qui couvait dans le cerveau d'un gamin condamné à la réclusion perpétuelle et qui passait ses journées au milieu d'une armée de poupées de cire ?

Avait-il fini par les préférer aux humains ? Parce qu'elles ne bougeaient ni ne parlaient ? Peut-être était-ce là le seul moyen d'entrer en contact ? Jouer les poupées... Ne pas dire un mot ?

Peggy retenait son souffle en scrutant l'obscurité. Les jalousies, qui préservaient le salon de thé des ardeurs du soleil, empêchaient la lumière de la lune d'éclairer la salle, et la jeune femme mit un moment à repérer la petite silhouette qui se glissait le long du mur en direction du bar. Elle mesurait à peine 1 mètre mais dégageait une odeur de musc assez violente.

Peg se demanda si le gosse l'avait repérée. Sa vision nocturne était-elle plus développée que celle des autres enfants ?

« Arrête de bâtir un roman ! se dit-elle. Ce n'est pas un mutant sorti d'une série de science-fiction ! »

Elle l'entendit fouiller derrière le comptoir, ouvrir un placard, et boire goulûment. Elle en conclut qu'il ne l'avait pas vue. La silhouette se faufila de nouveau le long des cloisons, déverrouilla la porte d'entrée et se glissa dans le jardin. Cette fois, Peggy se redressa pour lui emboîter le pas. Quand elle gagna la véranda, l'enfant était déjà loin. Il courait en direction de la vasière, heureux de se dégourdir enfin les jambes. La nuit était sa cour de récréation, elle le reposait de la contraignante immobilité de la journée. Il devait s'y ruer comme dans un parc d'attractions, pour se pendre aux branches, escalader les arbres ou patauger dans la boue. Peggy pressa le pas, sondant les ténèbres pour ne pas perdre de vue la petite silhouette en maraude. À tout hasard, elle sortit de sa poche une tablette de chocolat. Elle espérait que le gosse y verrait un signe de bonne volonté.

Elle jura entre ses dents parce qu'elle ne le distinguait plus. Avec une certaine répugnance, elle quitta la pelouse en pente pour s'engager dans la vasière. C'était absurde

190

et dangereux. Et comme elle devait avoir l'air ridicule avec sa barre chocolatée à la main !

Elle devina la présence du gamin à son odeur de crasse. Il était là, tout près, tapi dans les hautes herbes. « Idiote ! se dit-elle, il savait que tu étais derrière lui. Tu viens de te laisser piéger ! »

Elle n'eut pas le temps de se retourner pour faire face à l'agression. L'enfant lui assena un formidable coup au creux des genoux à l'aide d'un gros bâton. Elle perdit l'équilibre et s'effondra dans la vase. Alors qu'elle se débattait, il lui sauta sur le dos pour la contraindre à garder la tête sous l'eau. Ses petits genoux durs pesaient comme deux cailloux sur les omoplates de la jeune femme.

Peggy roula sur le flanc pour le désarçonner mais il tenait bon, la chevauchant à la façon de ces lutins des légendes irlandaises qui tordent le cou des promeneurs égarés sur la lande certaines nuits de pleine lune. Tout à coup, l'étreinte se relâcha et le gamin s'éloigna d'un bond. En une fraction de seconde, il s'était fondu dans les hautes herbes aquatiques. Une masse poilue se rua alors sur la jeune femme, lui soufflant au visage une haleine qui empestait la viande. Cooky ! Le chien de Bozeman. C'était lui qui venait de mettre le gosse en fuite.

Le garde du corps ne tarda pas à apparaître au sommet du talus dominant la vasière. Comprenant que quelque chose n'allait pas, il descendit dans le marécage pour aider Peg à se relever.

— Qu'est-ce que vous fichez là ? interrogea-t-il. Vous voulez vous offrir en pâture aux crocodiles ?

— Et vous ? grogna la jeune femme, mécontente d'être surprise en aussi piteuse posture.

— Je fais ma ronde, répondit Pyke. C'est mon boulot. Tout allait bien quand Cooky s'est brusquement mis à galoper ventre à terre. Vous êtes somnambule ?

— Non, soupira Peggy. Voulez-vous *vraiment* savoir ce que je faisais ici ?

– Oui, fit Pyke après un bref moment d'hésitation. Je connais assez mon chien pour savoir qu'il n'aurait pas réagi de cette manière si vous n'aviez pas été en danger. Il a fait partie de la *Canine-Unit,* il sait parfaitement analyser une situation d'agression aux seules odeurs hormonales exhalées par les personnes en présence. Quelqu'un se tenait ici il y a un moment à peine, et il a essayé de vous tuer.

Il alluma sa lampe torche pour examiner le sol. Peggy tressaillit en découvrant, imprimées dans la boue, les empreintes laissées par les pieds nus de l'enfant.

– Merde, grogna Pyke entre ses dents. On dirait que vous aviez raison depuis le début et que je me suis comporté comme un imbécile.

– Il est parti, murmura Peggy. Ça ne sert à rien de rester ici. C'est une histoire assez compliquée, mais il faudra que vous la gardiez pour vous. OK ?

Ils escaladèrent le talus, le chien sur les talons. Bozeman entraîna Peggy vers la remise du jardinier, là où il examinait chaque jour le courrier amené par la camionnette du service postal. Il alluma un réchaud de camping et entreprit de faire du café.

– Changez-vous, dit-il en désignant un treillis plié sur une étagère. La vase est pleine de parasites, il ne faut pas garder ça sur vous.

Peggy obéit ; quand elle se fut glissée dans le *battle-dress* trois fois trop grand pour elle, Pyke lui tendit une tasse de café noir.

– OK, fit-il, racontez-moi votre histoire... Qui vous a attaquée dans le marais ? Un Indien ? Un gosse de Séminole ? Ils ne nous aiment pas beaucoup. Vous savez qu'ils n'ont jamais signé de traité de paix et se considèrent toujours en guerre avec la nation blanche ?

Peg but une gorgée et expliqua ce qu'elle savait sans fioritures, en essayant de restituer les faits le plus froidement possible. Bozeman l'écouta sans broncher, Cooky couché à ses pieds. Quand elle eut terminé, la jeune femme demanda :

– Vous ne me croyez pas, bien sûr ?

– Si, dit Pyke. Je viens des grandes plaines. Il y a là-bas des familles qui vivent complètement coupées du monde. Les incestes sont chose courante, surtout quand le père est veuf, et qu'il se retrouve en tête à tête avec la plus grande de ses filles pendant les quatre mois d'hiver. Je connais bien ces tares familiales. On évite généralement d'en parler, mais tout le monde sait à quoi s'en tenir. Je sentais bien qu'il se passait quelque chose de pas très net ici.

Il marqua une pause, faisant tourner sa tasse vide entre ses doigts.

– Cela dit, ajouta-t-il, je pense que l'affaire ne nous regarde pas. Les McGregor font ce qu'ils veulent chez eux, et je n'ai pas l'intention de m'en mêler. Vous feriez bien d'en faire autant. À ce qu'il me semble, ce gosse n'a pas tellement envie qu'on s'occupe de lui. La prochaine fois, il risque bel et bien de vous casser la tête. Vous n'êtes pas assistante sociale, laissez-le donc tranquille. Je doute qu'il apprécie de se retrouver parqué dans une institution spécialisée.

– Vous me conseillez de fermer les yeux ?

– Jusqu'à la fin de mon engagement, oui. Après vous pourrez toujours écrire une lettre anonyme au service de protection de l'enfance si votre conscience vous empêche de trouver le repos. Mais je ne suis pas certain que ce soit la bonne solution.

– Je me demande pourquoi Cooky ne l'a jamais détecté lors de ses rondes... fit observer Peggy.

Pyke haussa les épaules.

– Ça ne m'étonne pas, moi, dit Bozeman. Cooky aime les gosses, il n'a pas été dressé pour les mettre en pièces. Ce n'est pas un pitbull. Sa spécialité, c'est les explosifs, comme je vous l'ai déjà expliqué. Et puis ce môme sait sûrement très bien s'y prendre avec les animaux. C'est souvent le cas des retardés mentaux. Dans mon bled, il y avait un véritable idiot de village. Un crétin congénital. Les chiens ne le mordaient jamais, même les plus féroces.

Il était capable de caresser un blaireau sans se faire arracher la main. Personne ne sait pourquoi mais c'est comme ça. Votre mioche a probablement apprivoisé Cooky dès notre arrivée ici, sans que je m'en doute une seconde.

....
....
....
....
....
....
....
....
....
....
....

26

Le lendemain, Peggy alla rendre visite à Dorothy
Cavington car il lui déplaisait de rester les bras croisés
comme le lui conseillait Pyke Bozeman. Elle commettait
peut-être une erreur, mais, d'autre part, il fallait bien
tenter quelque chose si elle voulait obtenir une réaction
de Jod McGregor. Dans les romans, on surnommait cela
« la technique du coup de pied dans la fourmilière », le
seul problème, c'est que lorsque les fourmis sont très
voraces, elles n'hésitent pas à dévorer celui qui vient les
importuner.

– Dotty, attaqua-t-elle d'autorité dès qu'elle fut seule
avec la vieille dame. Je sais tout. Je suis entrée dans la
maison de poupées, j'ai pu contempler le petit musée
intime d'Iram. J'en ai même ramené ceci.

Et elle déposa sur la table, au milieu des tasses de thé,
les débris de la figurine de cire et le bébé miniature.
Dorothy devint blême et les tendons de son cou se firent
plus saillants.

– Ne commettez pas la même erreur qu'Iram,
murmura-t-elle. Ne tombez pas dans le panneau.

– Qu'entendez-vous par là ? fit Peg, sur la défensive.

– Jod et Lorrie n'ont jamais eu de relations incestueuses, chuchota Dotty. C'est une calomnie fabriquée de
toutes pièces par Angie. Elle était jalouse de l'intérêt que
Jod portait à sa sœur, elle enviait leur complicité, elle se

sentait exclue. Je vous l'ai déjà dit : elle était mauvaise. Elle a inventé cette histoire à dormir debout après avoir espionné Jod et Lorrie dans l'atelier du grenier. Et elle l'a rapportée à Iram... Cela faisait partie d'une stratégie bien arrêtée. Elle espérait détourner Iram de ses autres enfants, elle voulait être la seule à bénéficier de son amour, de ses attentions. Elle me faisait peur, vous savez ? Il y avait en elle un égoïsme monstrueux.

Peggy fronça les sourcils. L'hypothèse était séduisante, mais était-ce autre chose qu'une simple hypothèse ?

– Et comment Iram a-t-il réagi ? interrogea-t-elle.

– De façon terrible ! souffla Dotty en détournant les yeux. Quand il est venu me demander conseil, il était près de perdre la tête. C'était un homme simple pour qui les choses étaient blanches ou noires. Il avait des côtés terriblement naïfs. Le sexe l'effrayait... À plus forte raison dès qu'il s'agissait de déviances. Il avait été élevé de manière très rigoriste, et il avouait avec une certaine fierté être resté puceau jusqu'à l'âge de 33 ans. Quand Angie lui a parlé des « choses » que Jod et Lorrie étaient censés faire dans le grenier... de cette naissance à venir, il a cru devenir fou. C'était pour lui une monstruosité terrifiante. Biblique ! D'un seul coup, Jod et Lorrie sont tombés du piédestal sur lequel il les avait hissés. Il a cessé de les voir comme un prince et une princesse de conte de fées... Ils sont devenus pour lui deux tas de viande malsaine, infectés par le vice. J'avoue qu'il m'a fait peur, et j'ai eu le plus grand mal à le raisonner. Il idolâtrait tellement Angie qu'il ne pouvait pas admettre qu'elle mentait peut-être... Il faut dire que cette petite garce s'entendait à merveille pour jouer les saintes-nitouches. Elle feignait d'être heureuse de l'arrivée prochaine du bébé. Elle lui cherchait des noms de baptême, elle demandait si on l'autoriserait à le prendre dans ses bras.

Dotty sortit un mouchoir blanc de la poche de sa robe et se tamponna les yeux.

196

– Comment Iram s'est-il comporté avec Jod et Lorrie ? s'enquit Peg.

Dotty secoua la tête.

– Vous ne comprenez pas, gémit-elle. Il était trop pudibond pour évoquer de telles choses devant ses enfants. Il a gardé le silence, il a fait comme s'il ne savait pas. Il m'a suppliée « d'arranger l'affaire ». Ce sont ses propres mots. Je suppose qu'il voulait que je me charge de faire avorter Lorrie.

– Et sa femme ?

– Son épouse buvait déjà comme un trou à l'époque. Elle s'ennuyait à mourir. Et puis Iram aurait été incapable d'évoquer le problème devant elle. Je ne suis même pas certaine qu'elle aurait compris de quoi il s'agissait !

– Qu'avez-vous fait ?

– J'ai parlé franchement avec Jod et Lorrie. Ils sont tombés des nues. Pour convaincre Iram, j'ai dû faire examiner la petite par un médecin qui a établi un certificat de virginité en bonne et due forme, comme cela se pratiquait au XIXᵉ siècle. L'accusation d'inceste s'écroulait d'elle-même. Angie était trop jeune pour connaître ces détails anatomiques. Quand j'ai prévenu Iram, j'ai cru que la terre s'écroulait. Découvrir qu'Angie était une menteuse lui faisait encore plus mal que le reste. Je pense sincèrement qu'il aurait préféré avoir la confirmation que Jod et Lorrie avaient réellement commis l'inceste dont on les accusait.

– C'est alors que Jod a noyé Angie, n'est-ce pas ? dit doucement Peggy. Pour se venger... Pour la faire taire une fois pour toutes.

Dorothy secoua négativement la tête. Des larmes coulaient sur ses joues sillonnées de rides, délayant la poudre rose dont elle se couvrait le visage.

– Vous n'avez rien compris ! balbutia-t-elle. C'est Iram qui a tué Angie. Parce qu'elle l'avait déçu. C'est lui qui l'a poussée dans le bassin quand il a enfin senti combien elle était mauvaise. Elle l'avait roulé dans la farine depuis le début, et il ne l'a pas supporté. Il l'a noyée comme une bête vicieuse, un animal nuisible. Il a eu peur de ce qu'elle pourrait devenir dans le futur. Il me l'a avoué... Je me rappelle très bien qu'il ne cessait de répéter : « J'en avais le droit... Je l'avais créée. Quand un jouet ne fonctionne pas bien, on le détruit. » C'est pour ça qu'il a perdu la tête. Il n'était pas sénile, non. Il crevait de remords.

Peggy se mordit la lèvre inférieure jusqu'à sentir le goût du sang sur sa langue.

— C'est une histoire qui tient debout, murmura-t-elle en fixant Dorothy Cavington dans les yeux. Mais je crois que vous venez de l'inventer à ma seule intention. Vous cherchez à protéger Jod comme vous l'avez toujours fait. C'est commode d'accuser un mort... Je crois quant à moi qu'Angie disait la vérité. Jod et Lorrie ont eu un enfant dont la naissance a été tenue secrète. Je pense que vous le savez mieux que personne puisque c'est vous qui l'avez aidée à accoucher.

— Vous êtes folle ! hoqueta Dotty. Aussi folle et méchante qu'Angie !

— Non, trancha Peg. Je suis certaine de voir juste. Le gosse a été élevé dans le grenier, là où personne ne pouvait le voir. Dans l'atelier, précisément. C'est encore la seule partie des combles qui soit encore étrangement propre. Quand il a été en âge de se déplacer par ses propres moyens, il a choisi d'élire domicile dans la maison de poupées, parce que c'est un univers fascinant pour un enfant. Je crois que Jod et Lorrie ne le contrôlent pas vraiment et qu'ils le voient le moins possible. En fait, ils font comme s'il n'existait pas.

— C'est du roman ! caqueta Dotty. Vous fabriquez du mélodrame à deux sous dans l'espoir de vendre votre sale petit bouquin ! Je ne vous laisserai pas salir la réputation des McGregor !

Elle se dressa entre les bras de son fauteuil, tremblante et frêle.

— Fichez le camp ! hurla-t-elle d'une voix de souris en colère. Et ne remettez jamais les pieds ici, petite pute !

198

Peggy quitta la pièce. Voilà, c'était fait. La graine était semée. Dans dix minutes Dotty préviendrait Lorrie qui préviendrait Jod...

« Il faudra te tenir sur tes gardes, songea-t-elle. Sinon tu seras morte avant ce soir ! »

27

La terreur la submergea alors qu'elle longeait le marécage pour revenir chez les McGregor. D'un seul coup
elle prit conscience de ce qu'elle avait fait, et l'expression
« signer son arrêt de mort », si chère aux romanciers de
drugstore, envahit son esprit, paralysant ses mécanismes
intellectuels. Pendant quelques minutes elle fut incapable
de s'imaginer autrement qu'en train de fuir sur une route
interminable, le souffle court. Elle dut s'appuyer à un
poteau électrique pour combattre la mollesse qui s'installait dans ses genoux.

Comme elle avait été stupide ! Elle avait espéré préci-
piter les choses, elle n'allait réussir qu'à avancer la date
de son exécution... Plus le temps passait, plus elle doutait
d'être de taille à se mesurer avec Jod. Il y avait chez cet
homme quelque chose de lisse, d'imperméable, qui le
rendait insensible aux atteintes extérieures. Comme beaucoup de psychopathes il était dépourvu de nerfs et restait
en toute circonstance d'une froideur exemplaire. Il parlait
peu et ne s'animait que lorsqu'il ouvrait la bouche pour
soliloquer sur son art. Le reste du temps, il avait l'air à
peu près aussi vivant que les fichues poupées modelées
par son père !

Elle sentit son courage la quitter au moment où elle
passait sous le portique marquant l'entrée de la propriété.
Une seconde, elle fut sur le point de sauter dans sa

voiture et de ficher le camp sans demander son reste. Il y avait eu peu de visiteurs aujourd'hui, et les pelouses vides prenaient soudain une allure menaçante. Le silence, l'allée déserte, la maison que le contre-jour réduisait à une masse noire trop imposante... tout contribuait à accentuer le malaise de la jeune femme. C'est vrai qu'ici on était presque au bout du monde, en un endroit où la Floride semblait s'émietter dans l'océan. Ni terre, ni eau, une frange qui évoquait le brouillon d'un univers en train de naître... ou de se disloquer.

Cédant à une impulsion, elle se précipita vers la cabane du jardinier, là où Pyke Bozeman avait installé son quartier général. Cooky émit un jappement de contentement lorsqu'elle ouvrit la porte. Le garde du corps, assis devant une grande table de bois, était occupé à examiner le courrier du matin. Il avait étalé sur un morceau de tissu un certain nombre d'outils métalliques qui devaient lui servir à ouvrir paquets et enveloppes avec le plus de minutie possible. Avec sa combinaison en Kevlar, ses gants et son casque blindé à visière protectrice, il ressemblait à un pompier du pétrole se préparant à entrer dans un brasier de 3 000 degrés.

— Qu'est-ce que vous fabriquez ? balbutia Peg.

— J'examine le courrier, grogna Pyke. Ne faites pas cette tête-là, c'est juste une tenue de déminage. J'ai aussi un caisson pour absorber le souffle des explosions si je détecte le moindre colis suspect. Que se passe-t-il ? Vous êtes livide.

— J'ai parlé à Dorothy Cavington, murmura la jeune femme. Je lui ai tout dit au sujet de l'enfant.

— C'est idiot ! grommela Pyke, mais il n'y a pas de quoi se mettre dans cet état. Vous avez l'air terrifiée.

— Je pense que Jod va essayer de me tuer, lâcha Peggy.

— À cause du scandale ? s'étonna Bozeman.

— Non, dit Peg. Parce qu'il est fou...

Et, sans pouvoir s'en empêcher, elle se mit à raconter toute l'histoire, depuis le meurtre de Lisa jusqu'à son entrevue avec Dotty. Quand elle eut terminé, Pyke se débarrassa de sa combinaison rembourrée. C'était curieux de le voir émerger du scaphandre vert en chemise hawaïenne et bermuda bleu. C'était comme si Superman avait soudain arraché son célèbre collant bleu de super-héros pour apparaître en slip et tricot de corps.

– Je ne suis pas certain d'avoir très bien suivi, fit Bozeman. Mais si vous ne délirez pas vous êtes vraiment dans la merde. Qu'attendez-vous de moi ? Que je vous protège contre mon propre patron ? Vous réalisez un peu dans quelle situation vous me mettez ?

Peggy fit volte-face et se dirigea vers la porte pour quitter la cabane. Pyke la saisit par le poignet et la tira vers lui sans effort. Sous ses dehors d'adolescent déginganadé se cachait une force musculaire étonnante.

– Ne prenez pas la mouche, maugréa-t-il. Je vais vous aider. A partir de maintenant j'aurais l'œil sur vous. Vous allez commencer par rester ici, le temps que je m'organise. Jod ne tentera rien tant que je serai là. Ou alors il essaiera de vous piéger au moyen d'un paquet bourré d'explosifs. N'ouvrez plus aucun colis, aucune enveloppe sans me les avoir montrés au préalable.

Il parlait en observant la pelouse à travers la fenêtre. Le chien avait perçu le changement d'atmosphère, les oreilles dressées, il analysait les bruits du dehors. Pyke souleva sa chemise, dégagea son pistolet automatique et vérifia l'état du chargeur.

– *A priori* je mise sur votre sincérité, dit-il sans interrompre sa surveillance. Je sais par expérience qu'il ne faut jamais écarter les hypothèses les plus dingues. La fréquentation des stars du rock m'a au moins appris ça.

Il ouvrit une glacière portative, préleva deux boîtes de thé glacé, en tendit une à la jeune femme.

– OK, dit-il, reprenons tout depuis le début. Je veux être certain d'avoir bien compris.

Peggy obéit sans rechigner. La présence de Bozeman apaisait ses craintes. Plus elle l'observait, plus elle trouvait qu'il y avait de l'officier de marine en lui. Pyke lui rappelait un jeune aspirant d'Annapolis qu'elle avait eu pour amant trois ans plus tôt. Il y avait chez le garde du corps ce même flegme un peu asiatique qui devait vous permettre de voir déferler sur la proue de votre navire une vague de 15 mètres de haut sans que votre cœur n'augmente son rythme d'un battement. Elle découvrit qu'elle aimait son profil au crâne rasé et l'extrême mobilité de ses yeux de loup aux aguets.

« Pauvre idiote ! songea-t-elle. Tu es simplement en train de faire un transfert. Tu le trouves superbe parce qu'il te protège de Jod, c'est tout. Ne tombe pas dans le panneau. »

Pyke alluma la radio en sourdine. Le présentateur de KRH-Everglades annonçait justement la probabilité d'un ouragan en formation au large de Cuba. Il n'était pas exclu que la trombe déferle sur la Floride dans les jours à venir, et chacun était prié de procéder aux vérifications habituelles. Peggy fit la grimace. Un ouragan constituait le décor rêvé pour organiser un meurtre ! Il est facile de fracasser le crâne d'un ennemi quand les cocotiers sont arrachés de terre et que les voitures se prennent pour des cerfs-volants ! Si Jod était malin, il attendrait le passage du cyclone pour en finir avec l'insupportable fouineuse que sa sœur avait commis l'erreur d'introduire chez eux. Mais les psychopathes sont-ils malins ? Peggy avait tendance à penser qu'il n'y a que dans les romans que les tueurs fous sont toujours nantis d'un QI de 230. Dans la réalité, ils restent esclaves de pulsions irrationnelles ne tenant pas compte des contingences matérielles, ce qui les amène heureusement à multiplier les erreurs.

Pyke se pencha pour examiner le ciel au-dessus des Glades. Il était très couvert.

— Je devrais peut-être rentrer chez moi ? proposa Peggy.

— Je ne crois pas, fit Bozeman. Là-bas je ne pourrai pas avoir l'œil sur vous, et si, comme vous le supposez, Jod se sert des pyramides comme d'un alibi, il n'aura aucun mal à vous coincer au moment où vous vous y attendrez le moins.

Il secoua la tête pour manifester son incompréhension.

– Mais aussi, quel besoin aviez-vous d'aller raconter toute l'histoire à Dorothy Cavington ! lâcha-t-il soudain.

– On ne peut pas laisser cet enfant grandir ainsi, souffla Peggy. Sans rien tenter... En tout cas, ça m'est impossible. Vous êtes un homme, vous ne pouvez pas comprendre.

Une heure s'écoula sans qu'ils bougent ou presque. Peggy assise devant la table couverte de courrier, Bozeman embusqué près de la fenêtre. Au bout de l'allée, la grande maison paraissait déserte. La jeune femme était dans un tel état de nerfs qu'elle s'attendait à tout. Des prémonitions bizarres lui traversaient l'esprit, la prévenant d'un assaut imminent. Il ne lui aurait pas semblé absurde de voir tout à coup Jod courir vers la cabane, un couteau à la main. Elle savait qu'elle se laissait submerger par les fantasmes de l'angoisse et qu'elle devait lutter pour garder les pieds sur terre. Elle imaginait Jod et Lorrie complotant dans la crypte son exécution prochaine.

Puis un grondement sourd ébranla le parking, et un car de touristes s'arrêta juste en face du portique. Le charme étrange qui pesait sur la maison fut rompu. Bozeman et Cooky s'ébrouèrent. Peggy se releva maladroitement. La jeune femme sentit que le garde du corps la regardait d'un drôle d'air. Elle crut lire dans ses yeux quelque chose comme « Toi, ma belle, tu as bien failli me faire marcher ! » et céda au découragement.

– OK, fit Pyke. On ne peut pas rester là toute la journée. Je crois que vous vous êtes un peu affolée. Je vais rester vigilant. Ne craignez rien.

Il ouvrit la porte et poussa le chien dehors. Peggy suivit l'animal. Elle ne savait plus ce qu'elle devait faire. Tenir tête ou battre en retraite tant qu'elle était encore en vie ?

« Ne baisse pas les bras, chuinta une voix dans sa tête. Si tu ne règles pas ce problème *maintenant,* Jod sera toujours là, derrière toi... Tu ne pourras plus vivre qu'en regardant toutes les deux minutes par-dessus ton épaule. Tu ne pourras plus ouvrir un placard sans t'attendre à le voir surgir des vêtements, un couteau à la main. Tu n'oseras plus te coucher sans avoir auparavant regardé sous ton lit. Combien de temps tiendras-tu avant de devenir complètement folle, hein ? Combien de temps ? »

Elle alla s'asseoir à l'une des tables de jardin que Lorrie avait installées sur la pelouse pour permettre aux touristes de se reposer en rédigeant des cartes postales. Un gosse la montra du doigt en criant : « Pourquoi elle est toute pâle la dame ? Elle va vomir ? »

Mais le pire était encore à venir, quand il lui faudrait se retrouver en face de Jod, de Lorrie, pour le repas du soir. Quelle serait leur attitude ? L'insulteraient-ils ou bien joueraient-ils à faire comme si rien ne s'était passé ? Jod était bien assez pervers pour choisir la seconde solution.

Elle était tellement plongée dans ses pensées qu'elle ne vit pas venir le sculpteur. Elle s'aperçut de sa présence lorsqu'il s'assit juste en face d'elle et posa ses grosses mains de maçon sur la table.

Il était vêtu de lin blanc, comme à l'accoutumée, il souriait.

— Dotty vient d'appeler, murmura-t-il pour ne pas être entendu des vacanciers. Elle était bouleversée. Elle m'a raconté une histoire incroyable, un truc qui semblait tout droit sorti de *Twilight Zone*. C'est vous qui avez inventé ça ? C'est super ! Il faut le mettre dans votre bouquin, ça aura un succès fou. On va refuser du monde. Les agences de voyage vont nous expédier leurs clients par milliers.

Il semblait réellement trouver la plaisanterie formidable, et même ses yeux riaient d'une joie sans mélange.

— Il faudrait inventer une sorte de show, insista-t-il. Engager un gosse qu'on déguiserait en sauvageon, le genre « nourri au sein par les crocodiles », vous voyez ? De temps à autre il passerait la tête hors de la maison de poupées en montrant les dents ! Les ploucs du Kansas adoreraient ça !

Peggy luttait contre la stupeur. « Il joue la comédie ! se répétait-elle. Tu ne vois donc pas qu'il essaie de désamorcer la bombe en te rendant ridicule ? Ne le laisse pas t'en imposer. Réagis ! »

Mais, lorsqu'elle ouvrit la bouche, sa voix sortit mal, la privant de tout aplomb.

— Vous essayez de me dire que je délire ? coassa-t-elle.

— Non, mais non ! lança Jod avec chaleur. Je trouve sincèrement votre idée superbe. Nous avons besoin de fric, et ce serait un bon moyen de nous renflouer. Les revues comme *People, USA Today* monteraient bien sûr le truc en épingle. Moi, ça ne me gênerait pas... mais je doute que Lorrie apprécie. Elle est très fragile, elle n'aurait pas le cran de faire face à la curiosité malsaine des touristes. Pour un homme c'est différent... Les mâles sont censés être tellement esclaves de leurs glandes qu'on finit plus ou moins par les excuser de tringler tout ce qui passe à leur portée : chèvre, vache, sœur ou petite cousine. Pour les femmes il en va différemment. Non, je vous remercie de l'idée, mais Lorrie n'est pas de taille à se lancer dans l'aventure. D'ailleurs je ne lui en ai pas parlé, vous serez assez aimable pour faire de même.

Il prit le temps de parcourir les environs d'un coup d'œil panoramique, puis ajouta d'un ton toujours empreint de la plus exquise politesse :

— Je pense que vous avez réuni suffisamment de « documentation » sur Iram, à présent. Peut-être serait-il opportun de songer à rentrer chez vous pour dépouiller vos notes, ne pensez-vous pas ? Il est évident que ce manuscrit devra nous être soumis avant publication. Je suis un mauvais sujet, c'est admis, mais je dois songer à la réputation de Lorrie.

Il se leva, tira ses lunettes de soleil de la poche poitrine de sa chemisette, et considéra Peggy d'un air amusé.

— Le mieux serait que vous partiez demain matin, fit-il. Un ouragan se prépare. Il serait regrettable que vous vous retrouviez coincée ici. Je crois que nous aurions un peu de mal à nous supporter.

Le soir même, alors que Peggy était occupée à entasser ses vêtements au fond de son sac de sport, Lorrie vint frapper à sa porte. De toute évidence, elle avait quitté la cuisine en catimini car elle portait encore ces gants de caoutchouc jaune qu'on enfile pour faire la vaisselle, et un grand tablier de plongeur dont la bavette était toute mouillée.

– Je voudrais vous dire un mot, dit-elle d'une voix à peine audible. Pouvez-vous venir me retrouver à l'office dans cinq minutes ? Je ne veux pas que Jod nous voie ensemble, il se fâcherait.

Peggy attendit que s'écoulent les cinq minutes réclamées, puis descendit au rez-de-chaussée en priant pour ne pas se retrouver nez à nez avec Jod. La maison était moins silencieuse qu'à l'ordinaire car, au cours de l'après-midi, quatre ornithologues amateurs avaient loué des chambres afin d'observer à loisir les oiseaux des marais. En ce moment même ils parlaient très fort dans le fumoir, confrontant leurs connaissances des espèces en voie de disparition. Lorrie était seule dans la cuisine. Il était tard et les serveuses cubaines refusaient de circuler la nuit sur la route des Glades. Les grands bacs en inox débordaient de vaisselle sale. Peggy voulut prendre un tablier pour mettre la main à la pâte mais Lorrie l'en dissuada d'un geste las.

– Non, laissez, soupira-t-elle. Ce n'est pas important. Je voulais juste vous dire que j'ai entendu la conversation que Jod a eue avec Dotty. Je ne suis pas aussi fragile qu'il a l'air de le croire. Je ne sais pas pourquoi, mais tout le monde s'imagine que je suis en cristal alors que je porte toute la maison à bout de bras depuis des années ! C'est agaçant à la longue.

Elle parlait face à ses bacs remplis d'eau mousseuse, tournant le dos à son interlocutrice.

– J'en ai assez d'entendre cette vieille histoire remonter périodiquement à la surface, dit-elle. Le bébé de Jod ! L'enfant caché ! C'est Angie qui a inventé tout ça. Il ne faut pas écouter ces racontars, ces rumeurs sont terribles. Elles ont beau être idiotes, il en reste toujours quelque chose. Il n'y a jamais rien eu dans la maison de poupées... ou plutôt si ! Une fois, un raton laveur y a élu domicile. Le déloger s'est révélé assez coton, je vous passe les détails !

Elle s'était saisie d'une tasse et la frottait de ses doigts gantés, le caoutchouc malmené produisait un son crissant qui mettait les nerfs à rude épreuve. Lorrie ne paraissait pas s'en rendre compte.

– Je ne vous en veux pas, reprit-elle. Ici, au bord du marécage, les légendes poussent toutes seules... On a la tête portée à la fantasmagorie. Quand j'étais petite je me racontais des histoires incroyables, je voyais des serpents de mer émerger de la vase... Je n'ai jamais eu de bébé. Ni avec Jod ni avec un autre. Angie était méchante, papa l'avait trop gâtée.

– Dotty m'a dit que c'était lui qui l'avait noyée, lâcha brusquement Peg.

Lorrie sursauta. Se détournant des assiettes empilées, elle fit face à Peggy.

– Papa ? hoqueta-t-elle. *Noyer Angie ?* C'est du délire. Elle aurait détruit la moitié de l'Amérique qu'il aurait continué à lui trouver de bonnes excuses.

Elle hésita, haussa les épaules.

– Oh ! fit-elle. Je peux bien vous le dire après tout. C'est Dotty qui a poussé Angie dans le bassin. Pour libérer Jod de son emprise. Dotty a toujours été en admiration devant mon frère, elle se serait sacrifiée pour lui sans l'ombre d'une hésitation. Quand elle a vu qu'Angie le faisait tourner en bourrique, elle a décidé de passer à l'action. Jod, c'était comme son fils. Elle avait fini par se convaincre qu'il sortait de son ventre. Elle ne pouvait pas tolérer que quelqu'un le lui vole ou le fasse souffrir. C'est elle qui a jeté Angie au milieu des poissons rouges et lui a tenu la tête sous l'eau.

– Vous l'avez vue faire ?

– Non, mais je le sais. Jod aussi. Nous n'en parlons jamais mais c'est évident. Il fallait qu'Angie meure avant de devenir encore plus dangereuse, nous en étions tous convaincus. Même papa devait plus ou moins en avoir conscience. Dotty s'est dévouée pour nous tous. Elle a eu le courage que nous n'avions pas. Je peux bien vous le dire, n'est-ce pas ? De toute manière on ne peut rien prouver, c'est trop vieux.

– Dotty ? fit rêveusement Peg. Elle ne m'a rien dit de semblable.

– C'est normal. Elle est très vieille. Je ne suis même pas certaine qu'elle s'en souvienne encore aujourd'hui. Elle a peut-être choisi de tout oublier ? Les gens âgés réorganisent souvent le passé comme ça leur chante, c'est plus plaisant.

– Pourquoi me racontez-vous tout ça ?

– Pour vous montrer que la vérité est très difficile à saisir... et pour vous dissuader d'écrire ce livre. Ça paraissait une bonne idée à première vue, mais vous avez trop creusé en profondeur.

Peggy leva les mains en signe de reddition.

– Ne craignez rien, murmura-t-elle. Je n'écrirais pas une ligne.

– Merci, chuchota Lorrie.

Tout à coup, comme prise de frénésie, elle arracha ses gants de caoutchouc pour se gratter les mains.

– Quelle saleté ! grogna-t-elle. Je ne les supporte pas, ça me donne de l'eczéma. Et pourtant je suis bien forcée, ça me dégoûte de plonger les doigts dans tous les microbes que ces étrangers ont laissés dans mes tasses.

Peggy se leva.

– Je partirai demain matin, annonça-t-elle. Je suis désolée d'avoir fait remonter toutes ces choses à la surface.

Lorrie sourit tristement et fit un geste vague, comme pour dire : « La partie est finie, ça ne compte plus. »

Peggy regagna sa chambre. Elle était au milieu du grand escalier quand une image la frappa de plein fouet. *Lorrie... Lorrie arrachant ses gants de caoutchouc sans pouvoir se retenir.*

N'était-ce pas ce qui s'était produit la nuit où Lisa avait été assassinée ? N'était-ce pas cette même insupportable démangeaison qui avait poussé Lorrie McGregor à ôter l'un de ses gants pour pouvoir se gratter, et cela, au mépris de toute prudence ?

« Oui, pensa Peggy en se cramponnant à la rampe d'ébène. Elle l'a fait machinalement, sans même s'en rendre compte, et c'est alors que le parquet a craqué, la faisant sursauter. Elle était dans un tel état de confusion mentale qu'elle n'a pas réalisé que sa paume mouillée de sang s'imprimait sur le mur... »

Oui, voilà la raison pour laquelle elle avait commis cette erreur. Une allergie, une simple allergie. Elle était venue tuer Lisa en prenant la précaution d'emporter les gants qu'elle avait l'habitude d'enfiler pour faire la vaisselle. Les seuls qu'elle possédait, probablement. Le psoriasis avait fait le reste...

« Mais alors, songea Peg. La marque relevée sur le modelage exposé au musée ? »

Le gardien lui avait affirmé qu'il s'agissait de l'empreinte personnelle de l'artiste, mais qu'en savait-il après tout ? N'inventait-il pas cette histoire pour pimenter un commentaire par trop insipide ?

Lorrie avait l'habitude d'aider Jod. En transportant une œuvre encore molle, elle avait pu faire un faux pas et poser sa main sur la glaise humide... C'était son empreinte à elle, qui figurait sur la statue, pas celle de son frère !

Peggy se précipita vers sa chambre, le cœur battant la chamade. Elle commençait à se demander si elle n'avait pas commis depuis le début une affreuse erreur d'interprétation. Elle avait vu dans le gant de cuir de Jod un subterfuge pour dissimuler sa paume... Elle l'avait accusé d'avoir mis sur pied l'histoire des lettres piégées pour se couvrir, alors que tout était peut-être vrai !

Jod était innocent, et Lorrie coupable... Lorrie avait peut-être tué Lisa parce que celle-ci se préparait à divulguer l'histoire de l'enfant caché dans la maison de poupées.

Elle passa les deux heures qui suivirent dans un grand trouble. Elle fut sur le point de courir retrouver Bozeman mais elle renonça à l'instant où ses doigts effleurèrent le bouton de porcelaine de la porte. Non, il ne valait mieux pas... À force de semer le doute et d'accuser tout le monde, elle allait passer pour une exaltée au bord de l'hystérie.

Elle savait qu'elle ne trouverait pas le sommeil, toutefois il était hors de question qu'elle avale un somnifère. Partir sans demander son reste aurait été une solution, mais longer le marécage en pleine nuit lui faisait peur. On racontait de nombreuses histoires de croque-mitaine au sujet des pirates de la route attaquant les véhicules isolés, et les Glades constituaient le lieu rêvé pour faire disparaître le cadavre d'un automobiliste. Les crocodiles adoraient jouer les éboueurs.

Elle n'avait aucune idée de ce qui allait se passer ensuite. La laisserait-on en paix ? Finirait-on par penser qu'elle constituait un danger potentiel intolérable ?

En définitive, cette fichue histoire de livre d'art se retournait contre elle.

Il devait être 2 heures du matin quand elle entendit grincer la porte de la salle d'exposition. Elle aurait été capable d'identifier ce gémissement au milieu d'une cacophonie tant il exprimait pour elle le mystère de la famille McGregor.

L'enfant était en train de quitter son repaire. Il allait respirer l'air frais de la nuit après une journée de recroquevillement moite. Jod, Lorrie et Dorothy Cavington avaient beau nier son existence, il était là...

Il allait sortir de la maison pour faire quelques pas sur la pelouse en grignotant les friandises volées au salon de thé. Peggy se glissa dans le couloir et descendit l'escalier, l'épaule collée au mur. Elle n'eut qu'à jeter un bref coup d'œil par la fenêtre du rez-de-chaussée pour s'assurer de la présence du gosse. Il était bien là, lui tournant le dos, vêtu d'un pyjama bleu zébré d'un éclair jaune. L'un de ces vêtements à la « Superman » qu'affectionnent tellement les enfants. Peggy comprit qu'il sortait de sa cachette pour jouer les vengeurs masqués, à l'imitation des super-héros de bande dessinée dont il dévorait probablement les aventures tout le jour durant.

La jeune femme se demandait comment l'aborder sans lui faire peur, quand les nuages se déchirèrent, laissant filtrer un mince rayon de lune. Cette brève lueur lui permit de constater que le petit garçon portait un masque noir sur les yeux, comme Robin, l'assistant de Batman, et elle éprouva un brusque élan de pitié pour ce gosse qui, en toutes circonstances, s'attachait à ne pas être reconnu. Il avait dû exiger ce déguisement naïf après en avoir découvert l'existence dans un quelconque recueil de *comics*... Peggy essayait d'imaginer de quelle manière il fêtait Noël avec ses parents. Déposait-on ses cadeaux à l'entrée de la maison de poupées, ou lui permettait-on de sortir de sa cachette pour cette nuit exceptionnelle ? Lui accordait-on le droit, une fois par an, de se comporter comme un enfant normal ?

Peggy descendit les marches de la véranda. Le gosse avait pris le chemin des marécages. Là-bas, il était à peu près sûr de ne rencontrer personne et se sentait plus libre que dans le jardin de la propriété. Traversait-il parfois la vasière pour se rendre au *Distinguished Grey Club* ? Peggy n'était pas loin de le penser. Il était en effet invraisemblable que Dorothy Cavington ne soit pas au courant de son existence. Lorrie avait forcément accouché chez elle. La panoplie de super-héros était peut-être un cadeau de la vieille dame ?

Dotty éprouvait probablement pour l'enfant davantage d'affection que Lorrie et Jod. Au fil des années, elle avait fini par oublier dans quelles conditions étranges il était né et accueillait ses visites avec une joie très réelle.

« Mais oui, songea Peg. C'est exactement ça ! Il ne se rend pas dans le marécage pour jouer, mais pour rejoindre

212

le club sans passer par la route. Il se débrouille sûrement très bien dans le labyrinthe de la vasière. »

S'il disposait d'une petite embarcation, il pouvait même jouer les Huckleberry Finn et naviguer entre les hammocks à la manière des braconniers des Glades.

Peggy traversa la grande pelouse pour gagner les abords du marais. L'enfant avait une certaine avance sur elle, et elle ne distinguait plus sa silhouette depuis qu'il s'était engagé dans les hautes herbes. Elle hésitait sur la marche à suivre. Et s'il l'attendait au creux des broussailles pour la rouer de coups, comme l'autre nuit ? Cette fois il était bien capable de la noyer ou de lui fendre le crâne. Elle chercha désespérément une approche susceptible de désamorcer sa haine instinctive des étrangers. Peut-être le jeu ? Entrer dans son univers ludique ? Lui dire quelque chose comme : « Êtes-vous le justicier masqué ? Je vous cherchais, on m'a parlé de vos exploits. J'ai un travail à vous confier. » Un gosse de 10 ans ayant grandi en marge du monde normal était-il capable de comprendre ce langage ? Quelle image incroyable se faisait-il de l'univers et des humains ? Lorrie essayait-elle de lui inculquer quelques bribes de connaissance ou bien Jod lui interdisait-il de s'occuper du gamin ?

Peggy dérapa sur la pente boueuse menant au marais. La lune s'était de nouveau cachée, il faisait nuit noire. La vasière s'étendait devant elle comme l'océan sous les ténèbres d'un ciel sans étoiles. Des bêtes criaient dans le lointain. Des crocodiles se répondaient à coups de grognements insolites. La jeune femme se recroquevilla sur elle-même, les pieds dans la vase. Elle ne s'était pas aspergée de lotion protectrice et les moustiques bourdonnaient à ses oreilles avant de s'abattre sur ses bras nus et son cou. Un grand tumulte se produisit à une dizaine de mètres devant elle, au milieu des hautes herbes. La végétation aquatique parut prise de folie, comme si des animaux s'y affrontaient en un combat silencieux. Puis tout rentra dans l'ordre. Peggy éprouva une brusque inquiétude. L'enfant ne venait-il pas d'être happé par un alligator en maraude ? Les sauriens avaient l'habitude de s'embusquer au bord de la route pour dévorer les chiens des touristes. Le gosse, à quatre pattes, ne devait pas être beaucoup plus gros qu'un caniche adulte...

Cette éventualité l'épouvanta et eut raison de ses dernières hésitations. Pataugeant dans la vase, elle prit la direction approximative du hammock dont elle avait vu les bambous s'agiter. À chaque pas elle redoutait de poser le pied dans un trou d'eau et de s'enfoncer jusqu'à la poitrine dans le potage d'herbes pourrissantes où elle s'était aventurée. Elle atteignit enfin la motte de boue et de racines qui formait une sorte de minuscule îlot à la surface de la vasière. La végétation la gifla, drue, coupante, résistant à l'intrusion. Elle tendit les mains devant elle, par réflexe, pour se protéger d'un contact effrayant.

Elle faillit perdre l'équilibre quand son pied droit rencontra le corps de l'enfant. Il reposait sur le ventre, bras et jambes à la dérive, le visage dans la boue. Peggy dut attendre que la lune daigne enfin sortir de sa gangue de nuages pour y voir quelque chose. Elle sut d'instinct qu'il était mort. Une cordelette munie de poignées de bois avait été nouée autour de sa gorge et s'était profondément enfoncée dans la chair, coupant toute arrivée de sang au cerveau. Peggy saisit le petit corps par les épaules pour le retourner. Tout n'était peut-être pas perdu. Si le meurtrier n'avait pas serré assez fort, il était possible que le bouche à bouche...

Elle s'immobilisa à la seconde même où le visage du gosse apparaissait sous la lumière blême de la lune. Il était souillé de vase, mais pas assez pour que la jeune femme ne puisse pas se rendre compte qu'il portait une moustache.

Une moustache poivre et sel de quadragénaire. Quant au masque qu'elle avait pris pour l'élément d'une panoplie, il s'agissait d'un tatouage entourant les yeux. Une sorte de loup en forme de papillon stylisé qui s'étirait sur les tempes et le front. Le pyjama était en réalité un collant

214

d'aérobic, un costume moulant comme en portent les trapézistes ou les gymnastes lors des exhibitions. Une inscription était imprimée sur l'étoffe brillante, à la hauteur de la poitrine, au-dessus d'un éclair jaune. La boue la dissimulait en partie, mais Peg déchiffra « ... le superbe ! »

Elle se recula, prise d'un dégoût subit. Elle ne tenait pas un enfant dans ses bras, mais un nain. Un nain d'une quarantaine d'années qu'on avait étranglé au moyen d'un garrot rudimentaire. Elle repoussa le cadavre et s'enfuit sans même regarder où elle mettait les pieds. Elle se tordit la cheville dans un nœud de racines, et tomba dans la vase. Elle ne savait plus du tout où elle en était. Toutes ses certitudes s'écroulaient. Elle regagna la berge à quatre pattes, aveuglée par la fange qui lui coulait dans les yeux. Sans reprendre son souffle, elle s'élança à travers la pelouse. Elle était à mi-chemin de la maison quand une masse jaillit de la nuit et la renversa sur le sol. Elle crut qu'elle allait s'évanouir de terreur. La seconde d'après, le halo d'une torche éblouissante se posa sur son visage.

— Laisse, Cooky ! ordonna la voix de Pyke Bozeman, c'est notre amie Peggy.

Le garde du corps s'agenouilla près de la jeune femme.

— Bon sang, murmura-t-il, vous êtes dans un fichu état. Qu'est-ce qui vous est arrivé ?

Peg saisit la chemisette bariolée de Bozeman entre ses doigts fangeux.

— Là-bas ! balbutia-t-elle, dans la vasière... Il y a un cadavre... L'enfant... L'enfant de la maison de poupées, on vient de l'assassiner.

— Quoi ? gronda Pyke. Vous en êtes sûre ?

— Oui, hoqueta Peggy. Sauf que ce n'est pas un vrai gosse... c'est un nain.

— Je n'y comprends rien, coupa Bozeman, vous êtes en état de choc. Vous allez me conduire là-bas, ensuite nous préviendrons la police. Vous n'avez touché à rien ?

— Je l'ai retourné... Il était couché le visage contre terre. C'est comme ça que j'ai vu que c'était un adulte, pas un enfant. Je me suis trompée, depuis le début, à cause des mensonges d'Angie, de l'accusation d'inceste...

Ses dents claquaient, rendant son discours à peu près incompréhensible. Elle avait conscience de se comporter comme une folle mais elle ne pouvait s'en empêcher. Pyke l'aida à se remettre sur ses pieds.

– Conduisez-moi ! ordonna-t-il. Où est-ce ?

Il avait soulevé le pan de sa chemise pour saisir l'arme accrochée à sa ceinture. Cooky suivait chacun de ses gestes avec une grande attention.

– Là-bas, bredouilla Peg. C'est là-bas...

Elle revint sur ses pas, en boitillant à cause de sa cheville douloureuse.

– Je suis désolée, trouva-t-elle la force d'ajouter. Je me suis affolée, j'ai dû piétiner toutes les traces...

Quand ils furent au bord de la vasière, Pyke se fit indiquer l'endroit exact où se trouvait le corps et lui demanda de rester derrière lui. La torche levée, le pistolet bien en main, il s'approcha du bouquet d'herbe et s'ouvrit un passage en usant de sa torche électrique comme d'une machette.

– Hé ! fit-il presque aussitôt. Vous êtes certaine de l'endroit ? Il n'y a rien.

Peggy l'écarta d'un revers de bras. Il ne mentait pas, le mort avait disparu, c'est à peine si l'on pouvait encore deviner l'emplacement du corps car la végétation, très vivace, se redressait déjà.

– On a fait disparaître le cadavre, bégaya Peggy. On a dû le traîner un peu plus loin, il n'y a qu'à chercher... C'est Jod, ce ne peut être que lui... Lorrie ne serait pas assez forte.

– Arrêtez de vous agiter comme ça ! grogna Pyke. Je ne comprends strictement rien à votre histoire. Et cessez d'accuser Jod, j'étais avec lui juste avant de vous découvrir sur la pelouse. Il m'a convoqué dans la bibliothèque pour me demander de vous foutre dehors demain matin à la première heure. Il ne pouvait donc pas être ici et là-bas en même temps.

216

Peggy protesta. Plus elle insistait plus son histoire devenait invraisemblable, elle s'en rendait parfaitement compte. Le moindre détail était absurde... comme si on l'avait choisi à dessein pour rendre son témoignage grotesque. *Un nain, affublé d'un costume de Superman, un papillon tatoué sur le visage...* Elle s'interrompit au milieu d'une phrase, frappée par une soudaine évidence.

C'était à coup sûr une manigance de Jod ! Il avait monté cette farce pour la ridiculiser aux yeux de Bozeman ! Le nain était un comparse ou un comédien engagé pour tenir le rôle de l'enfant caché. Il avait simulé la mort pour mieux se relever et prendre la poudre d'escampette dès que Peggy avait couru chercher de l'aide.

– Je suis idiote ! soupira la jeune femme. Je suis tombée dans le panneau... C'est un coup monté pour me discréditer à vos yeux ! Jod a dû sentir que vous étiez sur le point de passer dans mon camp. Maintenant vous allez me prendre pour une folle...

– Ça suffit, coupa Bozeman. J'ai perdu trop de temps avec vous. C'est vrai que j'ai failli vous croire mais là, vous dérapez... Vous accusez tout le monde, vous trouvez des cadavres invraisemblables qui s'évanouissent en fumée. Je ne marche plus. Je vais vous dire ce que je pense réellement. Vous êtes une dingue venue foutre la merde chez les McGregor. Vous avez monté cette histoire dans l'espoir de faire de la publicité à votre bouquin. Il est temps de tirer un trait.

Il avait saisi Peggy par le poignet et la traînait vers la berge.

– Vous allez ficher le camp sans attendre, gronda-t-il. Grimpez dans votre voiture, j'irai chercher vos affaires dans votre chambre. Et estimez-vous heureuse que Jod ne porte pas plainte.

– Vous ne comprenez pas... gémit Peggy au bord des larmes. Il nous a roulés, tous les deux. Vous aussi, vous êtes en train de tomber dans le panneau la tête la première. Il fallait qu'il nous dresse l'un contre l'autre, c'était inévitable.

— Taisez-vous, fit Pyke d'une voix glaciale. Ne me forcez pas à appeler les services du shérif pour vous faire déguerpir. Une fois rentrée chez vous, essayez de consulter un psychologue. Vous sombrez dans la mythomanie, vous devenez dupe de vos propres affabulations.

Ils avaient atteint le parking. Peggy s'adossa à la vieille Dodge pour ne pas perdre l'équilibre. Elle était malade de honte et de rage. Humiliée comme jamais elle ne l'avait été. C'était fini, Jod avait gagné la partie. Plus personne ne croirait désormais à l'existence de l'enfant caché. On évoquerait en pouffant de rire, le « nain » en costume de Superman, dont cette cinglée de Peggy avait fait le locataire secret de la maison de poupées ! Bien joué, Jod McGregor ! Le coup était imparable.

Peg se mordit les lèvres car elle ne voulait pas pleurer devant Bozeman. Le garde du corps s'éclipsa, le temps d'aller chercher le sac de voyage à l'intérieur de la grande demeure. Cooky resta sur le parking, surveillant la jeune femme d'un œil vigilant. Peggy eut la certitude qu'il la mordrait si elle tentait de le caresser.

— OK, conclut Pyke lorsqu'il réapparut. Voilà vos frusques. J'ai récupéré les notes et les cassettes. Réflexion faite, Jod ne veut plus que vous écriviez la moindre ligne sur son père. Je ne sais pas si vous envisagiez réellement de publier cette étude ou si ce n'était qu'un prétexte pour vous introduire ici, mais oubliez ça. Vous faites à tort une fixation sur les McGregor, je n'irai pas jusqu'à dire qu'ils ne sont pas un peu bizarres, mais en tout cas ils ne sont pour rien dans la mort de votre sœur.

Il ouvrit la portière, posa le sac de sport sur la banquette arrière.

— Écoutez, fit-il en se radoucissant. Vous êtes une chouette fille, Peggy. Sexy et tout, mais il y a quelque chose de cassé dans votre cervelle. Ne jouez pas les détectives et laissez la police faire son boulot. À mettre votre nez dans les affaires des gens, vous allez déclencher des drames de famille, et ça finira mal. Je regrette de vous avoir connue dans de telles circonstances. J'aurais bien aimé vous revoir. Vous me plaisez vraiment.

Peg se glissa dans la Dodge sans se donner la peine de répondre. Qu'il aille au diable ! Qu'ils aillent au diable, *tous* !

Elle démarra en s'efforçant de ne pas regarder dans le rétroviseur. Elle donna à la Dodge le temps d'atteindre la route et laissa couler ses larmes.

Elle était morte de honte, couverte de vase et de ridicule. Elle était vaincue.

28

Peggy regagna Saltree dans un état second. Là-bas rien
n'avait changé. Le grotesque arbre à saucisses trônait au
milieu de la place, et le panneau À VENDRE était
toujours planté sur la pelouse hirsute de la maison familiale. Quand elle franchit le seuil de la demeure, la jeune
femme eut un instant l'illusion de n'être jamais partie.
Son séjour chez les McGregor avait été si étrange qu'il
prenait soudain des allures de cauchemar en cours d'ef-
facement. Elle alluma toutes les lampes, brancha les
ventilateurs. Çà et là, sur le parquet, des petits tas de
sciure s'étaient formés, trahissant le travail des termites.

« OK ! songea Peg. Bouffez toute la baraque si ça vous
chante, moi, demain, je serai rentrée à Key West. »

Elle se servit un verre et se laissa tomber au creux d'un
fauteuil, espérant que l'alcool l'aiderait à s'endormir.

Le lendemain, elle se réveilla la bouche pâteuse,
mécontente d'elle-même et du reste du monde. Elle avait
cru qu'elle pourrait quitter Saltree sans un regard en
arrière, elle découvrait qu'il en allait autrement. Elle ne
parvenait pas à s'avouer vaincue. Pour se donner une
contenance, elle aéra la maison et tenta une dernière fois
de faire le point.

Quand Lisa avait-elle mis le doigt dans l'engrenage ?
À l'occasion d'une visite au musée d'art moderne, probablement...

Elle était allée là-bas pour se changer les idées, par désœuvrement. Peggy, les yeux à demi clos, essayait de visualiser le déroulement des événements. Lisa allait à Miami pour une raison quelconque. Peut-être pour lire les lignes de la main à une cliente dans l'incapacité de se déplacer, qui sait ? Ce hobby lui permettait de structurer sa solitude et lui fournissait une raison de se lever le matin. Au musée, elle tombait sur les œuvres de Jod McGregor et le gardien se lançait dans son habituel laïus. L'empreinte de la paume de l'artiste figée dans la glaise, etc. Par déformation professionnelle, Lisa s'efforçait de réaliser un frottis au grand scandale des cerbères, et étudiait le tracé des lignes fidèlement imprimées sur la terre séchée. Ce qu'elle découvrait lui faisait dresser les cheveux sur la tête... et piquait sa curiosité.

« C'est cela qui l'a attirée, songea Peggy. L'attrait du danger. C'était neuf, violent, excitant, ça mettait du piment dans sa solitude. Elle a fait comme moi : acheté un livre sur Jod, appris l'existence de la maison de poupées, et usé de ce subterfuge pour nouer des liens amicaux avec les McGregor. Pour le reste, nous avons dû aboutir, elle et moi, aux mêmes conclusions... ou plutôt à la même *absence* de conclusions. »

Il y avait quelque chose d'irritant dans ce sentiment de jouer les doublures d'une vedette tragiquement disparue. Peggy ne savait plus qui soupçonner. Jod, Lorrie et Dotty Cavington s'étaient renvoyé la balle avec un tel brio qu'il devenait impossible de savoir qui avait fait quoi ! Ils paraissaient à la fois tous coupables et tous innocents selon l'éclairage du moment. Peggy en venait à se demander s'ils ne formaient pas en définitive un trio de criminels associés se protégeant les uns les autres... Dotty, sous ses dehors de vieille dame fragile était bien capable de tirer les ficelles du fond de son club privé pour personnes âgées. Lorrie dissimulait sous son apparence de ballerine coulée dans le cristal une incroyable énergie et une rare force de caractère... Quant à Jod, il était fou. Imbu de lui-même jusqu'à l'ivresse, s'observant dans les miroirs avec l'espoir de s'y découvrir costumé en double de lord Byron, dandy scandaleux, mystique dévoyé et frère incestueux.

On ne saurait jamais qui avait tué Angie. Iram faisait un coupable bien commode. Trop commode... Peggy ne croyait pas en sa culpabilité. D'ailleurs elle s'en fichait. Elle n'était pas flic.

Elle en était là de ses réflexions quand Bounce, l'agent immobilier, vint lui rendre visite. Elle réalisa qu'elle avait presque oublié son existence. Il empestait la bière et la sueur, comme à son habitude.

– Hé ! grogna-t-il. Où étais-tu passée ? Je croyais que tu avais définitivement plié bagages. Tu sais que l'ouragan se rapproche des côtes de Floride ? S'il passe par ici, ta baraque risque d'être aspirée par la trombe. Si tu as une bonne assurance ça pourrait se révéler plus intéressant qu'une vente à perte ! Et personne ne pourra t'accuser d'avoir déclenché un cyclone dans le seul but de toucher la prime !

Il se mit à rire, heureux de sa plaisanterie. Il était un peu ivre.

– Faut pas rester ici, ajouta-t-il après avoir roté. C'est trop dangereux. Le mieux ce serait que tu viennes t'installer chez moi en attendant que ça passe. J'ai un bunker sous la maison. Un vrai truc anti-atomique qui date de la crise des missiles de Cuba, quand on a cru que Kennedy allait déclencher la Troisième Guerre mondiale. C'est super confortable. J'y ai stocké tous mes vieux 45 tours et une montagne de *Play Boy* des années 60. Ce serait marrant de regarder les pages centrales, y'a des tas de starlettes qui sont devenues vachement célèbres par la suite, aujourd'hui ce sont toutes des vieilles peaux.

Peggy refusa l'invitation. Elle imaginait sans mal ce que risquait de donner trois ou quatre jours de claustration en compagnie de Bounce, et l'expérience ne la tentait pas.

222

– T'as tort, maugréa l'agent immobilier. C'est dangereux de se lancer sur les routes quand la radio diffuse un avis d'ouragan. Ta voiture peut être aspirée par la tornade et se transformer en cercueil volant ! En 79, quand David est passé sur la Floride, j'ai vu un tracteur Massey-Fergusson voler dans les airs comme un ULM.

Elle eut du mal à le mettre dehors. Il s'en alla malheureux et fâché ; elle en fut navrée mais elle ne l'aurait pas supporté une minute de plus. Toutefois, les avertissements de Bounce la ramenèrent à la réalité. Il avait raison : une tornade approchait, s'il lui prenait la fantaisie de couper par les Glades, Saltree pouvait être rayée de la carte en moins de cinq minutes, cela s'était déjà vu. Un peu inquiète, elle se demanda où se cacher en attendant la fin de l'ouragan. La cave ? Les nuisibles du marécage avaient dû en faire leur royaume. L'endroit devait grouiller de serpents, de rats d'eau et de cafards. Or le cafard de Floride a cette particularité d'être à peu près aussi gros qu'une souris. C'était là un paramètre qui poussait à la réflexion...

La jeune femme sortit dans le jardin pour examiner l'état du ciel au-dessus des marais. Elle jura entre ses dents. Une zone noirâtre formait une sorte d'hématome sur le fond nuageux. C'était d'un bleu tirant sur le noir ; cela semblait palpiter d'une vie mauvaise ne demandant qu'à s'étendre par capillarité, à la manière d'une tache d'encre se lançant à la conquête d'une étoffe ou d'un buvard. Peg fit quelques pas au milieu des herbes folles et des spires de chanvre qui avaient envahi la pelouse. Combien d'heures encore avant que le ciel ne devienne entièrement noir ?

Dans toutes les maisons des alentours on se préparait à affronter le cyclone. La jeune femme n'avait qu'à jeter un coup d'œil par-dessus la haie pour voir ses voisins barricader leurs fenêtres à l'aide de volets « tempête » conçus pour résister à l'arrachement.

Sans s'en rendre compte, elle était arrivée au bout du jardin, là où commençait le marécage. Le petit ponton construit par Dad achevait de pourrir dans l'eau croupissante, tout à côté du canot avec lequel il emmenait jadis la famille en balade à travers le dédale des hammocks et des « trous de crocodiles », ces îles minuscules nanties d'une mare centrale et d'un unique palétuvier qu'affectionnent les sauriens à l'heure de la sieste. Elle songea qu'un habitué des Glades n'aurait guère rencontré de difficultés pour faire le voyage depuis la maison des McGregor jusqu'ici, à l'abri des hautes herbes. Il suffisait pour cela d'un petit canot à fond plat et d'une bonne connaissance du labyrinthe aquatique. Oubliant le ciel menaçant, elle fut prise d'un frisson. Une image désagréable venait de lui traverser l'esprit...

Celle de l'enfant caché dans la maison de poupées. L'enfant du crépuscule. Il sortait de sa niche pour traverser la grande pelouse et se glisser dans la vasière. Là, il sautait dans une coque de noix, s'éloignait à la gaffe au ras de l'eau, invisible de la route. Il se dirigeait vers Saltree... Vers la maison de Lisa. Il abordait par-derrière, là où Peggy se tenait en ce moment même. Il pénétrait dans la vieille bâtisse, un couteau à la main.

Il venait tuer Lisa. Il en avait décidé ainsi, parce qu'elle s'était mis dans la tête de l'arracher à son terrier, de faire de lui un enfant normal. Parce qu'elle voulait l'envoyer à l'école avec les autres gosses. Il ne voulait pas aller à l'école. Il était bien avec les poupées, il adorait la vie qu'il menait dans l'enceinte merveilleuse de la maquette. Ce qui se passait au-dehors ne l'intéressait pas. Il avait décidé de vivre toujours ainsi. « Mais ce n'est pas possible, lui avait expliqué Lisa. Un jour tu seras trop grand pour rester à l'intérieur de la maison de poupées. Tes jambes, tes bras pousseront, tu ne pourras plus t'y glisser comme tu le fais maintenant. Et si tu essaies, tu souffriras de crampes terribles. Il faudra te résigner à vivre au-dehors, comme les gens normaux ! C'est la loi de la vie. Tu ne peux pas rester à l'intérieur de ta coquille, comme une tortue. »

L'enfant n'avait pas aimé ce discours. Il ne voulait pas grandir. Il pensait au contraire qu'on pouvait rester petit toute sa vie pourvu qu'on le souhaite avec suffisamment d'ardeur. La maison magique n'était-elle pas remplie d'adultes pas plus grands que des lutins ? L'enfant ne tolérait la présence des « grands » que sous cette unique apparence, lorsqu'ils étaient plus petits que lui. Les paroles de Lisa lui faisaient peur. Elle disait qu'elle l'aimait, qu'elle s'était attachée à lui, qu'elle voulait l'empêcher de devenir un monstre. Il s'en fichait bien d'être un monstre pourvu qu'on le laisse tranquille ! Il n'y avait rien de mieux au monde que la maison de poupées et ses trésors. Qui pouvait comprendre ça ? Sûrement pas cette femme trop grosse aux seins mous qui ne cessait de le tripoter et de vouloir lui faire prendre des bains ! « Tu serais un si joli petit garçon ! pleurnichait-elle. Tu serais si beau une fois bien habillé et bien coiffé ! » Mais il s'en fichait bien d'être un beau petit garçon ! Il voulait vivre dans les marécages. Il avait tout prévu, s'il ne parvenait pas à rester petit toute sa vie, il irait se cacher dans les marais. Il deviendrait le seigneur des crocodiles. Une sorte de Tarzan des Everglades dont personne ne connaîtrait jamais l'existence. D'ailleurs, chaque fois qu'il en avait l'occasion, il s'entraînait à parler le langage des alligators, et il leur tapait sur le museau avec un bâton, pour se faire obéir. Les Indiens et les bracos faisaient comme ça. Bientôt, il régnerait sur le peuple crocodile tout entier. Il leur ordonnerait d'aller dévorer les touristes et leurs marmots braillards. Il s'enfoncerait dans le marais, là où personne n'allait jamais. Même les moustiques n'oseraient pas le piquer. Ce serait une vie autrement passionnante que celle proposée par Lisa ! C'est pour cela qu'il devait la faire taire, avant qu'elle ne prévienne les assistantes sociales, que les services du shérif ne viennent enfumer la maison de poupées pour le forcer à sortir. Il allait la tuer avec son couteau de seigneur du marécage, celui avec lequel il avait déjà saigné tant de bêtes rebelles. Alors il n'y aurait plus de danger, plus de menace. D'ailleurs il n'avait jamais supporté cette femme et sa tendresse envahissante. Il maudissait le jour où il s'était laissé surprendre, au retour d'une escapade. Le jour où elle lui avait dit : « Je me doutais bien de quelque chose... N'aie pas peur, je ne suis pas ton ennemie. Je ne te ferai pas de mal. » Mais elle mentait. L'envoyer à l'école, le forcer à se laver, à mettre des vêtements, tout ça c'était lui faire du mal !

Alors il l'avait tuée, parce qu'il n'y avait pas d'autre solution et parce qu'un seigneur des crocodiles ne doit pas se laisser enquiquiner par des femelles en mal d'enfant.

Peggy avait la gorge sèche. Elle brodait, bien sûr, mais les choses avaient dû se passer de cette manière à quelques détails près. Lisa avait été maladroite, à aucun moment elle n'avait senti que le gosse ne comprenait rien au monde qu'elle lui proposait. Elle avait dû lui dire des choses comme : « Je te donnerai un nouveau nom : Sammy. Mon mari s'appelait comme ça. C'est un beau nom, n'est-ce pas ? » Mais l'enfant, lui, voulait s'appeler Gaâr ou Rongâa... quelque chose d'impressionnant et qu'aurait pu inventer Edgar Rice Burroughs, le créateur de Tarzan. Est-ce qu'on peut décemment prétendre régner sur le peuple crocodile avec un nom comme Sammy ? Pourquoi pas Edgar ou Marmaduke, pendant qu'elle y était ?

Il l'avait tuée, oui, en fredonnant pour se donner du courage la petite chanson d'Angie :

Le boucher avide
lui a crevé le bide
Le boucher gourmand
a bu tout son sang...

C'est à ce moment que quelqu'un avait surgi... Quelqu'un qui s'était douté du drame. Quelqu'un qui s'était lancé sur les traces de l'enfant. Jod ou Lorrie... ça n'avait pas d'importance.

Le gosse avait essayé de lui échapper. Ils s'étaient battus et poursuivis à travers toute la maison. C'est en

226

essayant de ceinturer le môme que Jod (ou Lorrie) avait imprimé la paume de sa main sur le plâtre du mur. Une paume souillée du sang dont le gosse était couvert. Dans le tumulte de la bagarre, personne ne s'était rendu compte de cette erreur. Le gosse enfin calmé – ou garrotté ! – Jod (*à moins que ce fût Lorrie ?*) avait entrepris de faire disparaître des archives de Lisa tout ce qui se rapportait à la famille McGregor. Tout, sauf la poupée que l'enfant avait offerte à Lisa en gage d'amitié, au début de leur relation. Dans les albums d'images, les sauvages pratiquaient cette coutume... Ils offraient un cadeau à Tarzan, en signe de bienvenue. C'était des choses qui se faisaient dans la jungle, et un futur seigneur des crocodiles se devait d'avoir des manières. Il avait donné la poupée à Lisa parce qu'il ne possédait rien d'autre, et que c'était un sacré beau cadeau. Il avait espéré qu'elle s'en contenterait et qu'elle passerait son chemin... au lieu de ça, elle s'était mis dans la tête de faire son bonheur malgré lui. Foutues bonnes femmes ! Quand il serait grand (si cela arrivait un jour) il leur interdirait l'accès aux marécages sous peine d'être bouffées par les alligators ! Voilà !

Celui (ou celle) qui était venu(e) récupérer l'enfant était reparti(e) par le jardin. Accrochant le youyou du gosse à la poupe de son dinghy, et le silence était retombé sur la maison des Meetchum.

Peggy était en sueur. Une auréole sombre marquait le devant de son tee-shirt, entre ses seins. Elle avait la certitude d'avoir enfin mis le doigt sur la bonne solution. C'était bien du Lisa de s'être fichue dans une telle mélasse ! Lisa, et ses pulsions maternelles inassouvies. Lisa pleurant le fils que Sammy n'avait jamais eu le temps de lui faire... Elle avait voulu s'approprier l'enfant sans lui demander son avis. Qu'avait-elle imaginé ? Qu'elle pourrait l'adopter ? Elle avait tout prévu, sauf que le gosse ne voudrait pas d'elle !

Peggy eut un vertige. Elle n'avait pas pris de chapeau et le soleil tapait dur chaque fois qu'il réussissait à faire une apparition entre deux nuages. Il fallait rentrer, boire quelque chose. Elle avait les jambes molles. Et maintenant ? songea-t-elle. L'enfant allait-il venir lui régler son compte comme il l'avait fait avec Lisa ? Allait-il se sentir menacé une fois de plus ?

C'était probablement pour éviter un nouveau drame que Jod avait eu l'idée d'engager ce nain affublé d'un costume grotesque.

« Tu n'as pas à t'en faire, avait-il expliqué à l'enfant. Après cette grosse blague, plus personne ne croira ce qu'elle raconte. Elle passera pour une imbécile. Ce n'est pas la peine de la tuer. *Tu comprends ?* Elle a cessé de représenter une menace pour toi. Tu peux l'oublier. Elle ne reviendra plus ici. Sois tranquille. »

Mais l'enfant se satisferait-il de ces bonnes paroles ? L'astuce n'était-elle pas trop sophistiquée pour sa cervelle primitive... et somme toute peu convaincante ? Ne finirait-il pas par se dire qu'en matière d'assurance on n'avait encore rien fait de mieux qu'un bon coup de couteau ?

Allait-il débarquer cette nuit ? Allait-il se glisser dans la maison comme il l'avait fait pour Lisa ?

« Pars à Key West, s'ordonna Peggy. Là-bas il ne pourra pas te retrouver ! C'est trop loin. Sors de son territoire. Ici, tu es chez lui. Il a des droits sur toi. »

Elle fut sur le point d'empoigner son sac de voyage et de le porter dans la Dodge, mais, malgré tout, il lui fallait l'embryon d'une preuve. Saisissant l'annuaire du téléphone, elle s'installa à la table du salon pour le feuilleter. Quand elle eut trouvé ce qu'elle cherchait, elle décrocha l'appareil et commença à passer coup de fil sur coup de fil, récitant chaque fois le même boniment. Elle eut besoin d'une trentaine de minutes pour qu'on morde enfin à l'hameçon.

– Agence de placement Hooligan, gémit la voix maussade d'une secrétaire dans l'écouteur. À votre service...

– Vous vous occupez de trouver des engagements pour les gens du spectacle, c'est bien ça ? interrogea Peggy.

– Oui, fit la femme. Nous sommes spécialisés dans les artistes de cirque. Vous cherchez quelqu'un ?

– Oui, c'est pour un anniversaire réunissant une centaine d'enfants, mentit Peg. On m'a parlé d'un nain, quelqu'un d'exceptionnel. Il a un masque de papillon tatoué sur le visage. Mon fils l'a vu je ne sais où et il en est dingue. Ce serait formidable si je pouvais l'engager pour la fête. Le prix n'a pas d'importance. Il se fait appeler « le Superbe » ou quelque chose comme ça. Je ne veux pas demander trop de détails à mon fils, ça lui mettrait la puce à l'oreille.

– Ouais ! grogna l'assistante. Vous voulez parler d'Octavio le superbe ? Un nain contorsionniste. Il est si souple qu'il peut rentrer dans une valise. Il fait aussi un numéro de roi de l'évasion. L'ennui c'est qu'il a été embauché il y a plusieurs semaines par un directeur de tournées.

– Zut ! gémit Peggy. Pouvez-vous me donner les coordonnées de cette personne ? Je voudrais lui faire une offre pour débaucher Octavio l'espace d'une journée. Je vous le répète, le prix n'a pas d'importance.

– *No problemo,* nasilla la secrétaire. Je consulte l'ordinateur. J'ai un nom : Wolfgang Nemo, Amazing Shows, et une adresse à Albuquerque. Nouveau-Mexique... C'est le directeur en personne qui s'est présenté à nos bureaux, je m'en souviens très bien.

– Ça me dit quelque chose, fit rêveusement Peg. Ce n'est pas un type blond, aux cheveux longs coiffés en queue de cheval ? Il s'habille souvent de lin blanc.

– Non, pas du tout, couina la voix dans l'écouteur. C'était un grand type qui devait bien mesurer 2 mètres de haut. Le crâne rasé comme un Marine, les yeux froids style sous-of pète-sec, vous voyez ? Il avait un chien avec lui. Il m'a dit que c'était une bête de cirque, dressée à faire des tours. Le bestiau s'appelait Cooky, j'ai trouvé que c'était un drôle de nom pour un monstre pareil, moi je l'aurais plutôt baptisé Hulk ou Razorback...

Peggy mit fin à la conversation en bredouillant des remerciements.

Elle venait à peine de raccrocher l'appareil que la voix de Pyke Bozeman résonnait dans son dos.

— Je savais que vous finiriez par me retrouver, dit le garde du corps.

29

Bozeman et Cooky étaient entrés par la porte du jardin sans qu'elle se doute un instant de leur présence. Maintenant, Pyke était assis sur une vieille chaise Windsor, la main droite négligemment refermée sur son pistolet, le chien à ses côtés. Il donnait une impression de calme parfait.

– Je n'y comprends rien, soupira Peggy. Quel est votre rôle dans tout ça ? Jod vous a payé pour me faire taire ?

– Votre sœur était aussi naïve que vous, dit le garde du corps. Et tout aussi romanesque. Vous avez lu trop de contes de fées dans votre enfance.

– Je croyais que l'enfant... commença la jeune femme.

– Il n'y a pas d'enfant caché, coupa le garde du corps. Il n'y en a jamais eu. Cessez de vous hypnotiser là-dessus, vous tournez le dos à la réalité. Ce gosse est un pur fantasme né de votre imagination. Le problème ne s'est jamais situé sur ce plan-là. Jod, Lorrie ou Dotty Cavington n'ont pas commis le crime dont vous les accusez. C'est moi qui ai tué Lisa, parce qu'elle fouinait un peu trop et qu'elle commençait à empiéter sur mes plates-bandes. C'est une histoire très compliquée, très terre à terre, pas du tout celle à laquelle vous pensiez. Tout est la faute d'Iram McGregor, ce vieux dingue. Vous savez qu'il avait travaillé pour certaines hautes personnalités de la Maison Blanche ?

— Oui, admit Peg sans voir où Bozeman voulait en venir.

— Il fabriquait des jouets pour les gosses de types très importants, continua Pyke. Les affaires étrangères lui commandaient des poupées, des trucs que les ambassadeurs offraient aux mioches des rois nègres, ou aux femmes des émirs. On le recevait même au bureau ovale quand il allait montrer ses prototypes. On le considérait comme une sorte de poète... Il était invité à toutes les réceptions. Et puis le temps a passé, la mode a changé, l'électronique a pointé son nez. Ce n'était plus la tasse de thé d'Iram. Il a senti que le vent tournait à l'aigre, que son heure de gloire s'achevait. C'est alors qu'il a fait quelque chose d'ennuyeux... *Une bêtise*. Un jour, dans un bureau de la Maison Blanche, il a lu un document qui n'aurait pas dû se trouver là, et sur lequel il n'aurait jamais dû poser les yeux. Quelque chose de réellement compromettant pour une personnalité très en vue. Je ne vous dirai pas de qui il s'agit. Quoi qu'il en soit, Iram a volé le rapport. Je ne sais pas pourquoi. Ou plutôt je m'en doute. Pour se venger de ceux qui le considéraient maintenant comme une vieille baderne après avoir crié au génie devant ses productions. La disparition du document a provoqué des drames en série, des limogeages et même des liquidations... Tout le monde a été soupçonné, de la simple secrétaire au planton de service, en passant par chacun des directeurs de cabinet, mais personne n'a jamais pensé à Iram McGregor, ce doux dingue toujours dans les nuages. Du moins, pendant longtemps a-t-il été rangé tout au bas de la liste des suspects éventuels. Des surveillances ont été établies, qui ont coûté une fortune à l'administration. On a mis sur écoute, filmé, espionné des tas d'innocents, en vain. À cause de lui, on a pourri l'existence de pauvres types qui étaient partis pour avoir de l'avancement et qu'on a mis sur la touche parce que, brusquement, on les jugeait suspects. Des carrières ont été brisées, des mecs sont devenus paranos, deux d'entre eux se sont suicidés.

– Ce papier était vraiment si important ?

– Oui. De la dynamite. Un peu comme si vous possédiez une enveloppe à l'intérieur de laquelle se trouverait pliée en quatre la confession du véritable assassin de Kennedy. Signée, authentifiée et tout et tout. Une grosse bombe à retardement. Même Iram s'en était rendu compte. C'est à ce moment-là qu'il a imaginé de faire chanter la Maison Blanche... Fallait-il avoir du culot, hein ? Il a fait savoir de manière anonyme qu'il possédait le document disparu et qu'il était disposé à le restituer en échange de 2 millions de dollars en billets non marqués.

– 2 millions de dollars... s'étonna Peggy. Mais c'est le prix de revient de...

– De la maison de poupées, compléta Bozeman. Exact. Iram faisait chanter le président des États-Unis pour obtenir de quoi construire une maison de poupées. C'est à se taper la tête contre les murs, non ?

– C'était sans doute sa manière à lui de se venger, murmura la jeune femme. Et malgré tous vos gadgets à la James Bond vous n'avez pas réussi à le coincer ?

– Non, avoua Pyke. Il nous a baisés en beauté lors de la remise de la rançon. Il nous avait demandé d'enterrer la valise contenant l'argent dans un champ. Aussitôt nous avons quadrillé le terrain. Il y avait un agent dans chaque buisson, l'arme au poing, et nous attendions de pied ferme le maître chanteur... Quand la nuit est tombée, nous étions toujours là, comme des imbéciles à attendre qu'un type se pointe pour déterrer la valise.

– Il n'était pas venu ?

– Si, mais par en dessous. Sous le champ, il y avait un vieux souterrain datant des guerres indiennes. Un de ces trucs qu'on creusait pour permettre aux familles de s'échapper si les choses tournaient mal. Iram, qui en avait découvert l'existence, l'avait emprunté. Il avait déterré la valise *à l'envers*... et il avait fichu le camp sous notre nez, pour émerger à l'air libre plusieurs centaines de mètres au-delà du périmètre de sécurité. C'était un sacré malin. On n'a plus jamais entendu parler du maître chanteur, mais le document n'a pas été restitué. Je pense qu'Iram le gardait en réserve, au cas où il aurait manqué de fric pour sa foutue maison.

— Comment êtes-vous remonté jusqu'à lui ?

— Par éliminations successives. Parce qu'il ne restait plus que lui au bas de la liste. Le suspect le plus improbable. Le zozo sans rapport aucun avec la vie politique du pays. Je suis venu dans les Glades par acquit de conscience, en touriste.

— Mais alors, souffla Peggy, les explosions, les lettres piégées...

— C'était moi, il me fallait un prétexte pour m'installer à demeure et fouiller la propriété de fond en comble. J'ai imaginé de flanquer la trouille à Jod pour l'amener à engager un garde du corps. Lorsqu'il s'y est enfin décidé, j'ai pris la place du type qui devait venir assurer sa sécurité. Ce n'était pas très compliqué. Un pot-de-vin et hop !

— Alors il s'est réellement brûlé la main en ouvrant une enveloppe piégée ?

— Oui, un petit pétard de rien du tout. Il fallait bien le motiver, n'est-ce pas ?

— Pour qui travaillez-vous ? La CIA ?

— Non, l'Agence ne prendrait pas autant de précautions. Je suis indépendant. J'ai été engagé par l'un des anciens cadres de la Maison Blanche. Quelqu'un qui tient à récupérer le document volé par Iram. C'est pour cette raison que je dois marcher sur des œufs. Je n'ai aucune couverture officielle, je dois me débrouiller tout seul. Ce que fera mon employeur avec le dossier ne me regarde pas. Peut-être reprendra-t-il à son compte le chantage d'Iram, qui sait ? Mais il aura sûrement des exigences beaucoup plus corsées. De toute manière ce ne sont pas mes oignons.

— Et vous savez où est caché ce fichu papier ? s'enquit Peggy pour vaincre la stupeur qui la terrassait.

— Oui. Je sais qu'il est dans la maison de poupées, tout au fond. Dans la dernière chambre. Là où Iram a placé le corps embaumé d'Angie lorsqu'il l'a volé au cimetière.

— Vous savez cela aussi ?

— Bien sûr. J'ai posé des micros partout. Le problème c'est que Jod et Lorrie ignorent tout du chantage exercé par Iram. Ils ont toujours cru que le vieux avait bâti la maison de poupées avec ses économies personnelles ! Pensez donc ! 2 millions de dollars, joli magot pour un type à qui il fallait six mois pour fabriquer une voiture à pédales !

— Et Lisa, là-dedans ?

— Elle était comme vous, embarquée dans son histoire d'enfant caché. La vraie série télé « Mouillez vos mouchoirs ! ». Elle passait son temps à tourner autour de la maquette, des cadeaux dans les mains. Elle avait trouvé par hasard le secret de la poupée à double visage, elle l'avait volée, et, depuis, son imagination tournait à cent à l'heure. Je ne pouvais même pas la faire virer, elle couchait avec Jod.

— Quoi ?

— Vous ne saviez pas ça ? Elle l'avait pris sous son aile. Elle le flattait, lui passait la brosse à reluire. Elle avait fabriqué un logiciel bidon pour convaincre Jod qu'il avait un avenir exceptionnel en tant que créateur. Elle lui lisait les lignes de la main, lui tirait les cartes. Elle était devenue sa « conseillère astrale » attitrée. Ce crétin donne dans la mystique satanique, au cas où vous ne l'auriez pas remarqué. Il joue les initiés, les voyants visités par de mystérieuses révélations. Lisa avait pigé tout ça. Elle a fait analyser la paume de Jod par un programme trafiqué, une arnaque à la portée d'un gosse de 12 ans. Jod en est resté comme deux ronds de flan. Flatté de se découvrir dans la peau d'un surhomme affranchi des lois communes. D'une espèce de monstre séduisant. Après ça, Lisa le menait par le bout du nez. Elle aurait pu me faire virer d'un claquement de doigts. Elle m'emmerdait, elle était en train de prendre un grand ascendant sur la famille

McGregor. Elle avait dans la tête de les mettre à sa botte pour récupérer le gosse. Le foutu « enfant caché ». C'est à cause de cette idée fixe qu'elle a commis une erreur capitale... À force de monter la garde devant la maquette elle a vu Octavio.

– Le nain ?

– Oui. J'avais besoin de ce clown pour explorer la maison. C'était un contorsionniste qui se produisait jadis dans les petits cirques du Texas. Un ringard sur la touche, en semi-retraite. Il jouait aussi les Houdini, ouvrait n'importe quelle serrure. En fait c'était surtout un ancien cambrioleur qui mettait sa petite taille à profit pour se faufiler partout. Un magicien du culbuteur de coffre-fort. Je ne pouvais pas glisser mes 2 mètres de carcasse dans la maquette, c'était impossible. Il me fallait un spécialiste. Un type en guimauve. Octavio avait besoin de fric, il commençait à se faire vieux pour jouer les hommes-serpents, et ce genre de spectacle n'intéresse plus grand monde aujourd'hui, même les ploucs du Texas. Je l'ai introduit dans la maquette. C'était un travail délicat car on ne savait pas si Iram avait effectivement piégé certaines ailes de la maison de poupées. Tout était possible avec ce dingue. Et puis, au fur et à mesure qu'Octavio progressait, il se heurtait à des serrures de plus en plus compliquées que j'aurais été incapable d'ouvrir avec le robot téléguidé. Des trucs nécessitant un doigté exceptionnel. Du travail de pro.

– Il sortait le soir, pour respirer... observa Peggy.

– Oui, confirma Bozeman, c'est lui que vous avez pris pour un enfant. Il ne pouvait pas s'empêcher de venir griller une cigarette dans le marécage. S'abstenir de fumer le rendait fou, c'était un dingue de la nicotine. Au fur et à mesure que le temps passait, il devenait très nerveux, incontrôlable. Comme tous les Mexicains il était très superstitieux et ces histoires de fantômes, de cadavre embaumé lui flanquaient une trouille de tous les diables. J'avais de plus en plus de mal à le forcer à réintégrer la maison de poupées.

236

– C'est à cause de sa présence que vous avez ordonné à Cooky de ne jamais s'approcher de la maquette ?

– Bien sûr. Ce chien est loin d'être idiot. Il n'interceptait jamais Octavio quand celui-ci sortait la nuit, je l'avais briefé dans ce sens.

– Mais la marque sur le mur de la bibliothèque, fit observer Peggy. C'est bien la paume de Jod, non ?

– Oui, admit Bozeman. Je venais juste de tuer Lisa quand il est arrivé. Ils se retrouvaient souvent ici, pour baiser. Dans la maison familiale c'était difficile. Lorrie est très jalouse et elle aurait mal pris la chose. J'étais dans la bibliothèque à passer en revue les fichiers de Lisa quand Jod a débarqué. Je voulais m'assurer qu'elle n'avait noté nulle part le nom des McGregor. Il était hors de question que la police aille enquêter là-bas. J'ai entendu quelqu'un monter l'escalier. C'est facile, les marches craquent tellement ! Je me suis caché derrière une tenture. Jod était dans un état épouvantable, terrifié. Il avait sûrement essayé de secourir Lisa car il était couvert de sang. Il paniquait. Il s'est avancé vers le téléphone pour prévenir les flics, puis il a renoncé. Par trouille probablement. Il a fait la même chose que moi : examiner les disquettes pour s'assurer qu'il ne restait aucune information le mentionnant. Je pense qu'il avait en mémoire la pseudo-analyse effectuée par votre sœur. Celle où il était décrit comme un dément à tendances criminelles. Un dandy satanique. D'un seul coup il ne trouvait plus ça aussi cool que par le passé, le petit marquis ! C'est à ce moment que le plancher pourri a craqué sous mes semelles. Il a sursauté comme si on lui enfonçait un tisonnier chauffé à blanc dans le trou du cul. Sa main a dû frôler le mur, mais d'où j'étais, je ne pouvais pas m'en apercevoir, sinon j'aurais effacé l'empreinte, vous pensez bien. Il avait tellement la trouille qu'il s'est débiné ventre à terre. Il avait senti que quelqu'un se cachait dans la pièce. J'ai pris le temps de faire le tour de la maison, emportant les lettres de Jod et de Lisa, les photos, mais c'était un tel bordel qu'il était difficile de procéder à une fouille intégrale. La poupée restait introuvable. J'ai apparemment eu tort de croire que rien ne permettait plus de lier la mort de Lisa à la famille McGregor puisque vous avez tout de même réussi à remonter la piste.

— Et Octavio ? Vous l'avez tué également ?

— Oui, le soir où vous l'avez trouvé dans la vasière ; il avait perdu les pédales. Il était venu me faire son rapport, comme d'habitude. Nous nous donnions toujours rendez-vous à cet endroit. Il venait d'ouvrir la chambre mortuaire, tout au bout de la maquette et s'était trouvé nez à nez avec le corps d'Angie. Il s'accusait de profanation de sépulture, il voulait aller se confesser. Il disait qu'on ne pouvait pas laisser la dépouille mortelle d'une enfant loin d'une terre sanctifiée... Le délire quoi ! Il était réellement décidé à courir chercher un prêtre. C'était un sale petit connard superstitieux, il fallait le faire taire avant qu'il ne provoque l'arrivée des flics. D'autant plus qu'il m'a dit avoir aperçu le dossier contenant le document coincé sous le corps d'Angie... Si les flics trouvaient le corps, ils trouveraient les papiers par la même occasion. Je l'ai liquidé, puis j'ai profité de ce que vous pataugiez dans la boue pour le tirer à l'écart. Pendant que vous perdiez les pédales, j'ai lancé Cooky sur vous. Ça m'a donné le temps de vous rattraper. Il fallait que je vous éloigne de la maison le plus vite possible, le temps de faire disparaître le corps.

— Mais ce maillot ridicule qu'il portait...

— C'était sa tenue travail, tout simplement. Un truc spécial qui lui permettait de se glisser n'importe où sans s'écorcher. Une matière très lisse sur laquelle rien n'accroche.

— Je croyais...

— Vous vous imaginiez des choses très compliquées, je sais. Des histoires d'enfant sauvage, d'inceste. Je dois reconnaître qu'il est fort possible que quelqu'un ait tué Angie, c'est vrai. Mais, outre que les McGregor se protègent fort habilement les uns les autres, *je m'en fous*. Ma mission est de récupérer le document volé par Iram, le reste, je m'en lave les mains.

— Pourquoi n'avoir pas détruit tout simplement la maison de poupées ? s'étonna Peggy.

— Parce qu'elle est indestructible, comme les pyramides d'Égypte, soupira Bozeman avec lassitude. Iram a pris toutes les précautions nécessaires à la conservation de la dépouille de sa fille : blindage, pare-feu, doublage d'amiante. Sous les tuiles, les briques, les lambris, il y a un caisson de métal inentamable ancré dans le sol par des poutrelles d'acier enracinées dans un bloc de béton de plusieurs tonnes. La maison de poupées, c'est juste la partie visible de l'iceberg. Je pourrais bien sûr y balancer une grenade au phosphore, ça incendierait tout à l'intérieur, mais je ne dois pas détruire le dossier, je dois au contraire le ramener intact à mon employeur. C'est pour ça qu'on me paie. Et si j'arrive à réaliser ce tour de force sans qu'on s'aperçoive de rien, c'est aussi bien.

— Vous avez également tué Mama Léon ?

— Qui ?

— La grosse femme noire qui habitait chez miss Clayton, la voisine de Lisa.

— Oui, j'y étais obligé. Elle m'avait surpris dans la maison alors que je venais vous régler votre compte. Je ne savais pas que vous étiez partie à Miami, il m'était impossible de monter la garde en permanence au fond de votre jardin. Je vous avais pas mal observée depuis le marais au cours des jours précédents ; je vous avais vue déterrer la poupée, je savais que vous finiriez tôt ou tard par faire le lien avec les McGregor. Je ne voulais pas vous voir débarquer là-bas, comme Lisa. J'avais dans l'idée de maquiller votre mort en suicide et de récupérer la figurine... Manque de chance, cette grosse bonne femme m'est tombée dessus par surprise. Je ne pouvais pas la laisser repartir, elle avait vu mon visage.

— Et aujourd'hui, pourquoi vous êtes-vous lancé à ma

poursuite ? interrogea Peggy. Pour finir le travail ? Pour me tuer, comme Lisa ?

– J'ai besoin de vous. Vous seule pouvez ramper à l'intérieur de la maison de poupées en raison de votre petite taille et de votre agilité. Vous l'avez déjà fait. Vous avez failli tomber nez à nez avec Octavio. C'est lui qui vous a assommée. Ce sont ses marques de pieds et de doigts que vous avez relevées à plusieurs reprises. Vous avez cru qu'il s'agissait des empreintes d'un enfant parce que vous étiez préparée psychologiquement à croire ce conte à dormir debout.

– Alors Angie est bien enterrée là ? Dotty ne mentait pas.

– Oui, ça c'est vrai. Ce dingue d'Iram est allé récupérer le corps de la gamine au cimetière à la veille de la grande tornade pour le mettre à l'abri dans son bunker. Mais c'est juste un corps desséché par le traitement au formaldéhyde. Rien d'épouvantable. Il vous suffira de vous glisser dans la chambre mortuaire et d'attraper le dossier glissé sous sa tête. Ça n'aura rien d'un remake de *La Nuit des morts vivants*. Vous êtes adulte, vous avez déjà vu une momie dans la vitrine d'un musée. Ce sera pareil.

– OK, soupira la jeune femme. Je vous rapporte le document, et ensuite ? Vous me liquidez ?

– Pourquoi devrais-je le faire si vous tenez votre langue ? Et puis quelle chance avez-vous d'être crue par les services de police si vous leur racontez une telle histoire, hein ? On vous prendra pour une folle. Rapportez-moi le dossier et séparons-nous là-dessus. C'est un *gentlemen agreement* valable, vous ne trouvez pas ?

Il se leva. Cooky, qui était resté figé comme une statue, se dressa lui aussi.

– L'ouragan arrive, dit Bozeman. Le temps presse. Quand la tempête éclatera sur les Glades, les routes deviendront impraticables. Si vous refusez de m'aider, je serai forcé de vous tuer et de dénicher un autre Octavio.

240

Je veux conclure cette affaire au plus vite. Vous n'avez pas le choix. Venez. Mon canot est attaché au débarcadère. Nous allons passer par le marécage. Ne m'obligez pas à vous faire du mal.

30

Le dinghy filait au ras de l'eau. Bozeman avait posé un petit poste de radio portatif au fond de l'embarcation pour suivre les progrès de l'ouragan. Le *National Hurricane Center* de Miami en rappelait les paramètres toutes les dix minutes afin d'exhorter la population à la plus grande prudence. La trombe qui venait de se former au large de Cuba était constituée de vents soufflant à 180 kilomètres heure. Le diamètre du tourbillon atteignait, lui, 90 kilomètres, on estimait que sa durée de vie serait d'une semaine. Le *National Weather Service,* pour ne pas être taxé de sexisme, lui avait donné un nom masculin : Arnold. On priait les touristes d'évacuer les plages au plus vite et de renoncer à toute excursion. Ce n'était pas là une précaution inutile puisqu'à chaque ouragan il s'en trouvait pour sortir faire de la planche à voile. Suivaient les consignes de sécurité habituelles : débarrasser les jardins du matériel de loisir susceptible de s'envoler : tables, chaises. Remplir les piscines à ras bord. Fermer le gaz et l'eau, préparer une trousse de secours et des réserves d'eau potable, des sacs de couchage. Conserver un transistor et des piles à portée de la main.

Peggy examina la route au sommet du remblai bordant le marécage. Elle était vide.

– Ne tentez rien, lui lança Bozeman. Cooky aurait vite fait de vous rattraper. Je ne voudrais pas qu'il vous abîme un bras ou une jambe. Il ne ferait qu'une bouchée d'une petite bonne femme comme vous, et les morsures de chien laissent des cicatrices terribles. Vous ne pourriez plus jamais vous mettre en maillot de bain.

« Sale hypocrite ! songea Peg. Comme si tu avais l'intention de me laisser en vie ! »

Un calme effrayant planait sur le marais. Les oiseaux se terraient dans les bambous, à ras de terre, pelotonnés les uns contre les autres. La jeune femme essayait désespérément d'improviser un plan pour échapper au garde du corps. Peut-être aurait-elle une mince chance au cours de l'ouragan, quand le tumulte s'abattrait sur la maison des McGregor ? Les animaux étaient toujours terrifiés par le passage d'une trombe, il y avait fort à parier que Cooky réagirait de même. Quand le cyclone se rapprocherait, il courrait se cacher sous une voiture et rien ne pourrait plus l'en faire sortir.

« Ce sera le moment ou jamais... » se dit Peg. Tourner le dos au tueur pour plonger dans la tempête... Ne serait-ce pas tomber d'un abîme dans l'autre ?

Le ciel devenait de plus en plus noir. Une chose était sûre : il n'y aurait pas de touristes aujourd'hui pour visiter la maison de poupées.

Les pyramides de Jod surgirent enfin de la brume, Bozeman les contourna pour venir s'amarrer derrière la demeure des McGregor. Le *Distinguished Grey Club* avait fermé portes et fenêtres, et l'on avait tendu de grandes bâches sur la façade pour la protéger des éléments en furie. La maison de Dotty Cavington, ainsi enveloppée, avait l'air d'un énorme paquet cadeau posé sur la plaine.

– On débarque ! grogna Bozeman. Ne traînez pas, ça ne sert à rien. Personne ne viendra. J'ai coupé le téléphone.

Peggy sauta dans la boue et entreprit d'escalader le remblai. Elle se tenait maintenant sur la grande pelouse, sans la moindre chance d'échapper au chien si celui-ci se lançait à sa poursuite.

— Plus vite ! ordonna le garde du corps en lui expédiant une bourrade entre les omoplates.

Ils pénétrèrent dans la maison. Peggy se demanda où se trouvaient Jod et Lorrie.

— La baraque est vide, expliqua Bozeman. Les Cubaines ne sont pas venues travailler et les ornithologues amateurs ont levé le camp dès qu'on a annoncé l'arrivée du cyclone. Nous serons en petit comité.

Il poussa la jeune femme vers la crypte d'exposition. Jod et Lorrie étaient là, couchés sur les dalles, bâillonnés et ligotés au moyen d'un gros ruban adhésif grisâtre. Ils avaient les yeux clos et semblaient dormir.

— Je les ai drogués, fit Bozeman. J'ai attendu qu'ils passent un dernier coup de fil à Dotty pour lui assurer que tout allait bien, et je leur ai offert une tournée de café additionné de somnifère. On ne les aura pas sur le dos.

Il eut un geste impatient en direction de la maquette.

— Allez, dit-il. Finissons-en. Si vous ne traînez pas nous avons une chance de ficher le camp d'ici avant l'arrivée de la tempête. En roulant vite, on peut s'éloigner de la zone dangereuse en moins d'une demi-heure.

— Que voulez-vous que je fasse ? s'enquit Peggy en ôtant ses chaussures.

— Rentrez là-dedans, lança Pyke. Et rampez jusqu'au bout. La chambre funéraire est tout au fond. Octavio a déjà fait la moitié du travail puisqu'il a déverrouillé la serrure à combinaison qui fermait la porte. Le dossier qui m'intéresse est coincé sous le corps d'Angie, c'est pour cette raison que je ne peux pas le récupérer avec le robot. J'ai essayé, mais le cadavre est trop lourd, en insistant on risquerait de déchirer les papiers avec la pince articulée. Si cet imbécile d'Octavio n'avait pas été si trouillard vous ne seriez pas là en ce moment.

Peggy fit glisser son jean qui risquait de la gêner au cours de sa reptation. Elle avait beau être mince, elle

244

savait qu'elle aurait du mal à atteindre les territoires secrets de la maison de poupées.

– C'est ça, l'encouragea Bozeman. Mettez-vous à poil et frictionnez-vous la peau avec cette graisse. Ça devrait aller.

Du pied, il poussa dans la direction de la jeune femme un pot de lubrifiant rose, sans doute un produit utilisé pour farter les planches de surf.

– Et ne lambinez pas. Ça ne vous servirait à rien de vous claquemurer là-dedans en attendant le déluge. Je dispose de cartouches de gaz qui vous feront pleurer toutes les larmes de votre corps. Si j'en balance une à l'intérieur, vous ne résisterez pas plus de trente secondes. Je vous le répète, plus vite vous liquiderez cette corvée, plus vite vous serez libre.

Peggy commença à se graisser la peau à la manière des nageuses se préparant à affronter les courants froids.

– Vous verrez, insista Bozeman. Le corps d'Angie est très correct, il fait un peu penser à ces saints mexicains momifiés qu'on exhibe là-bas dans certaines églises. Vous n'aurez même pas besoin de le regarder. Le dossier est visible. Vous pourrez le saisir sans pénétrer dans la chambre mortuaire. En tendant le bras. N'oubliez pas la lampe. Le dernier tronçon du parcours n'est pas éclairé. Et puis l'ouragan peut couper le courant à tout moment.

La jeune femme s'agenouilla devant l'entrée de la maison de poupées. Elle avait la tête vide. Que ferait-elle, une fois le document en main ? Refuser de sortir ? Non, c'était idiot. Bozeman l'enfumerait aussitôt. Résignée, elle ouvrit la porte et se glissa une fois de plus à l'intérieur de la maquette. Elle rampa sans accorder le moindre regard aux figurines de cire que les différentes fuites et intrusions avaient fini par renverser sur le sol. Tout cela n'avait plus d'importance à présent. Les portes de communication étaient ouvertes. Dans sa panique, Octavio avait écrasé les meubles délicats conçus par Iram McGregor. Certaines poupées étaient en miettes.

La torche tenue à bout de bras, Peg s'efforçait de se faufiler dans la découpe des portes sans laisser trop de peau aux aspérités des charnières. Elle comprenait maintenant pourquoi Octavio avait tenu à conserver son costume de scène. L'angoisse lui comprimait la poitrine et elle respirait de plus en plus mal au fur et à mesure qu'elle s'éloignait de la sortie. L'idée de se retrouver nez à nez avec un cadavre embaumé lui donnait la chair de poule. À l'extérieur Bozeman s'impatientait, il se mit à expédier des coups de pied dans les parois de la maquette qui résonna comme un tambour.

– Qu'est-ce que vous fichez, bordel ? hurlait-il. Vous dormez ou quoi ?

Le chien aboyait derrière lui, sur une note plaintive, terrifié par l'approche du cyclone.

Malgré le caractère assourdi de ces échos, Peggy devina que le garde du corps commençait à perdre son sang-froid. Elle s'arrêta pour souffler. Ses coudes et ses genoux lui faisaient mal. Les meubles brisés s'étaient changés en autant d'échardes qui lui perçaient les chairs. Elle atteignit enfin cette zone de la maison où Octavio avait établi son campement. Il y avait là une bouteille Thermos, des sandwiches racornis, des barres chocolatées, des bandes dessinées, des illustrés pornographiques, un baladeur avec ses écouteurs, des piles de cassettes de musique latino. Le nain s'était organisé pour prendre son mal en patience.

Peggy ne s'accorda qu'un bref moment de repos et reprit sa reptation. Elle arriva enfin au seuil d'un long couloir rectiligne dont les parois étaient ornées de dessins enfantins rappelant ceux qui décorent les nurseries. Des fleurs, des papillons, des oiseaux. Une porte bâillait tout au bout de ce corridor pastel. Une porte munie d'une serrure à mollette, comme les coffres-forts.

« Eh bien voilà, murmura-t-elle pour se donner du courage. Tu y es, ma fille. »

C'était là, à cet endroit même, qu'Octavio avait flanché. Peggy frissonna. Le couloir lui paraissait terriblement étroit et elle redoutait de se retrouver coincée dans les derniers mètres. Qui viendrait la dégager si cela se produisait ? Elle fit courir le halo de sa torche sur le battant de la chambre funéraire. Sous le placage de teck vernissé, on devinait l'épaisseur du métal. Le nain avait abandonné ses outils de cambrioleur au seuil du sanctuaire : un stéthoscope, ainsi qu'une trousse remplie d'instruments nickelés.

Peggy prit sa respiration et essaya d'engager ses épaules dans le conduit. « Tu vas rester coincée ! Tu vas rester coincée ! » nasillait la voix de la panique au fond de sa tête. Par l'entrebâillement du battant blindé, elle distinguait un pan de tissu rose fané et un morceau de ruban rouge. La robe d'Angie ? Elle n'avait aucune envie d'en voir davantage, ses mains se mirent à trembler.

« Je n'y arriverai pas », murmura-t-elle. D'ailleurs ses épaules passaient à peine. Même en progressant les bras tendus, elle avait la cage thoracique si comprimée qu'elle pouvait tout juste respirer. Alors qu'elle sentait la peur l'envahir, un vacarme effroyable se produisit. C'était comme si une avalanche de grosses pierres ricochait sur le toit de la maison de poupées. Pendant près d'une minute, Peggy eut l'illusion d'être enfermée dans un fût de métal sur lequel on frappait avec des barres de fer. Elle recula pour se boucher les oreilles. Tout tremblait autour d'elle. Les vibrations atteignaient un tel degré d'intensité que les lambris se détachaient des parois et que les bibliothèques miniatures se disloquaient. Peggy se recroquevilla au centre de la rotonde où Octavio avait installé son bivouac.

« C'est le cyclone ! comprit-elle enfin. Il est en train de traverser la maison ! »

Elle crut qu'elle allait devenir sourde, puis, soudain, le silence revint. Énorme. Écrasant. Étendue sur le dos, elle s'interrogea sur la conduite à tenir. N'était-ce pas le moment de tenter une sortie ? Bozeman était peut-être blessé, Cooky fou de terreur... Il fallait mettre à profit ce bref laps de temps pour leur échapper. Aussi rapidement qu'elle put, elle revint en arrière, vers la tache claire de la sortie. Elle priait que pour Bozeman n'ait pas déjà retrouvé ses esprits. Si par chance il était inconscient, elle en profiterait pour lui attacher les mains et les pieds. Le chien, choqué par le passage de l'ouragan, ne tenterait probablement rien pour défendre son maître.

Elle atteignit enfin la sortie. Quand sa tête émergea de la façade, la jeune femme eut un hoquet de stupeur.

La demeure des McGregor avait disparu. La maison de poupées se dressait au fond d'un cratère, au centre de la pelouse. Son ancrage de béton et d'acier l'avait empêchée d'être aspirée par le cyclone, mais ses tuiles, ses cheminées, les placages de la façade, tout avait disparu. Le caisson de métal blindé, décapé par le souffle de la tempête, trônait au milieu des dalles noires de la crypte, tel un étrange sarcophage aux contours biscornus fiché sur un îlot de marbre. Nue et grelottante, Peggy se redressa. La vieille bâtisse des McGregor n'existait plus. La formidable aspiration du cyclone l'avait arrachée de terre et éparpillée en milliers de planches et de poutres qui gisaient maintenant dans la vase des Glades. Le passage de la trombe était inscrit dans le sol, dont même l'herbe avait été arrachée. Cela formait comme une immense tranchée sombre qui labourait la pelouse et s'éloignait vers le marais. Comble d'ironie, la trombe avait épargné le *Distinguished Grey Club,* dont pas une tuile n'avait été emportée !

Peggy tituba, glacée. Des meubles fracassés jonchaient la pelouse, armoires, commodes. Tout cela comme écrasé sous les semelles d'un géant colérique. Nulle part il n'y avait trace de Jod, de Lorrie ou de Pyke Bozeman... Le cyclone les avait emmenés, comme le reste, les broyant au sein de son tourbillon. Leurs dépouilles devaient se trouver quelque part au fond de la vasière, là où l'ouragan les avait abandonnées après leur avoir rompu les os. Une colonne noire et sinueuse s'éloignait à l'horizon, poursuivant son chemin en direction de la mer. Peggy se retourna encore une fois pour contempler la maison de poupées. Il était difficile de lui donner encore ce nom car elle ressemblait davantage à l'épave d'un avion tordu, mais c'était ce caisson blindé qui lui avait sauvé la vie. Si elle n'avait pas été occupée à ramper au sein de ses couloirs, elle aurait été aspirée comme les autres, et mise en pièces par le maelström de débris brassés par le vent furieux.

Elle eut à peine conscience de l'arrivée des ambulances. Un infirmier l'enveloppa dans une couverture et la poussa vers un brancard nickelé en lui murmurant des paroles de réconfort qu'elle n'entendit pas.

31

Elle ne fit qu'un bref passage à l'hôpital car les médecins étaient débordés par les victimes de l'ouragan s'entassant dans le hall des urgences. Comme elle avait perdu tous ses papiers, elle éprouva quelques difficultés pour louer une voiture. Elle dut finalement appeler Dex Mullaby, son patron, pour qu'il vienne la chercher, si bien qu'elle rentra à Key West sans repasser par Saltree. Plus tard, Bounce lui confirma au téléphone que sa maison était toujours debout. Le cyclone avait ravagé la moitié de la ville, mais il avait épargné la vieille baraque rongée par les termites qui, à présent, trônait orgueilleusement au milieu du champ de ruines.

– Ouais, ricana l'agent immobilier. Il n'a épargné que deux choses : ta maison et l'arbre à saucisses, sur la place de la mairie. Faut le faire, non ?

Peggy ne réussit jamais à vendre la maison de son enfance. Elle n'entendit plus parler des McGregor ou de Pyke Bozeman. Elle ne chercha pas davantage à savoir ce qu'étaient devenus les restes de la maison de poupées. Au demeurant, il y avait fort à parier que le caisson d'acier disparaissait à présent sous la rouille, les hautes herbes, et c'était aussi bien ainsi.

Un jour, cependant, alors qu'elle faisait des courses à Miami, elle se trouva nez à nez avec Dotty Cavington qui sortait d'un magasin de jouets. La vieille dame tenait un enfant par la main. Un petit garçon d'une dizaine d'années. Le gosse ressemblait à Jod McGregor d'une manière stupéfiante.

Quand elle aperçut Peggy, Dotty tourna précipitamment les talons et s'enfonça dans la foule, comme si elle ne la connaissait pas.

L'enfant trottinait à ses côtés, un album de Tarzan sous le bras.

Composition réalisée par P.P.C.

IMPRIMÉ EN FRANCE PAR BRODARD ET TAUPIN
La Flèche (Sarthe)
LIBRAIRIE GÉNÉRALE FRANÇAISE - 43, quai de Grenelle - 75015 Paris
ISBN 2 - 253 - 17064-X